蘇漢臣「美人梳妝圖」——蘇漢臣，宋徽宗、高宗、孝宗年間畫院待詔。由此可見到宋代貴族女子的服飾及化妝用具。

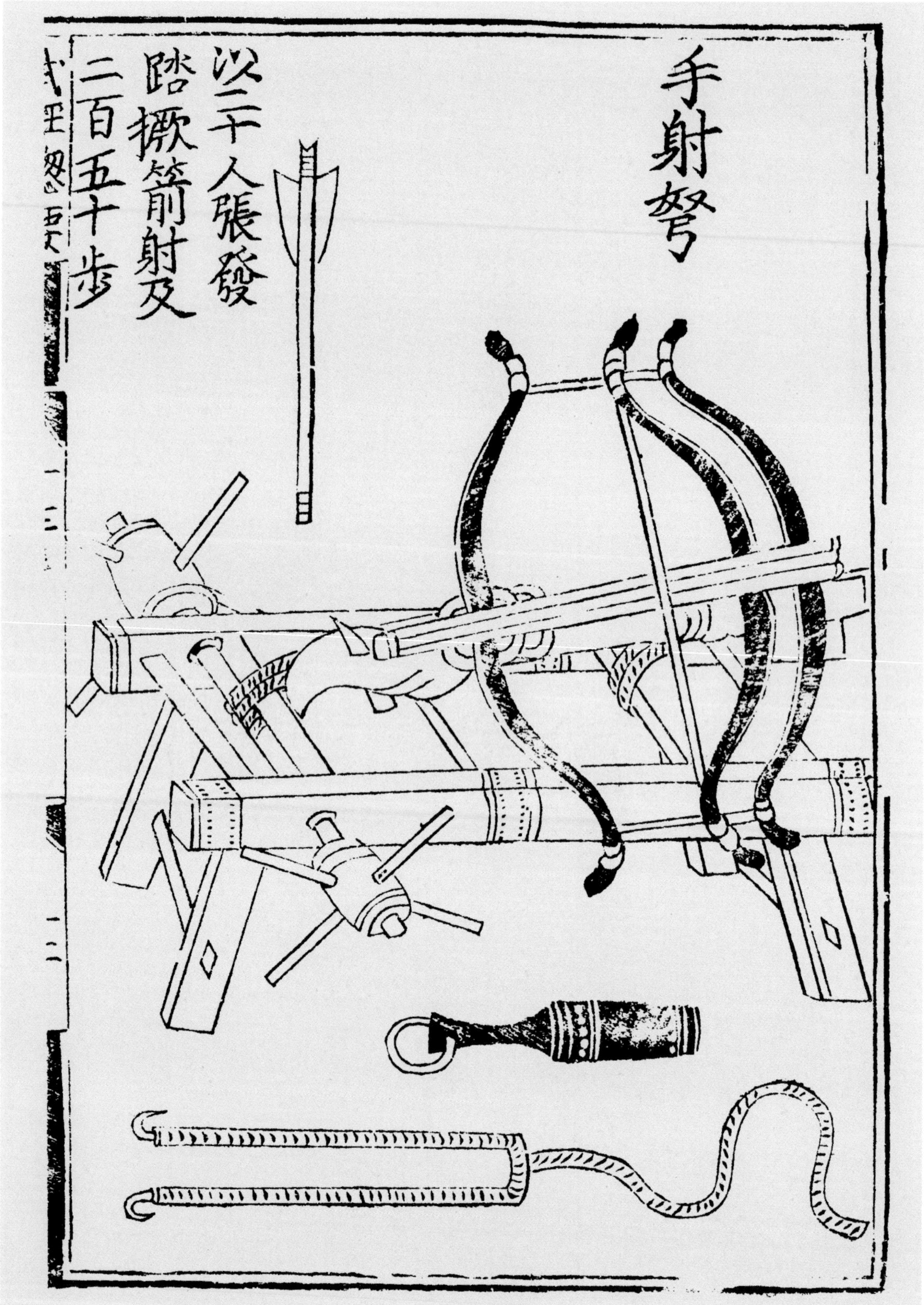

宋代的手射弩——錄自《武經總要》。該書於北宋仁宗時編定出版，南宋理宗紹定四年（楊過幼年時期）重刻，是兩宋欽定的兵法戰陣總典。

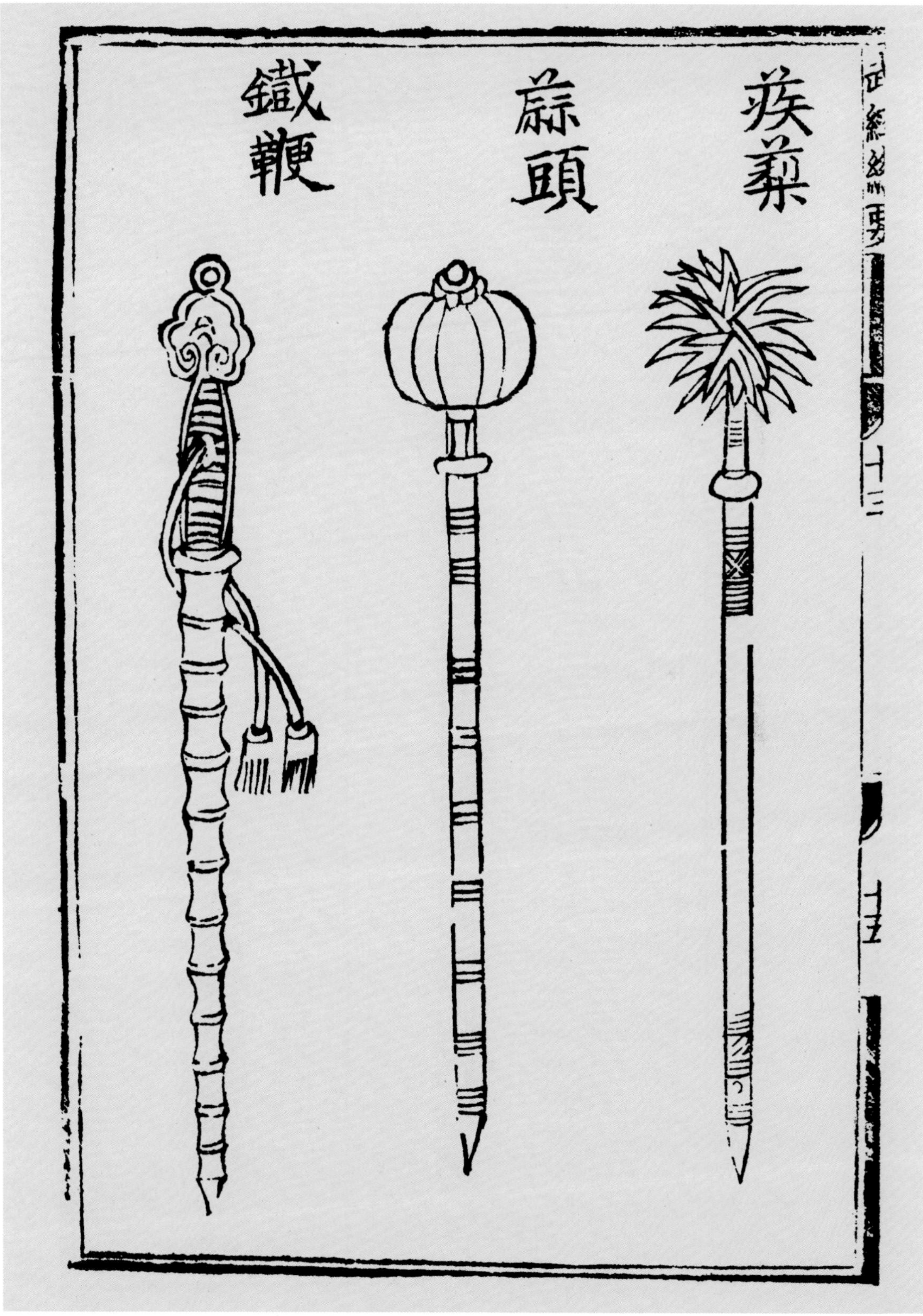

宋代的短兵器三種。錄自《武經總要》。

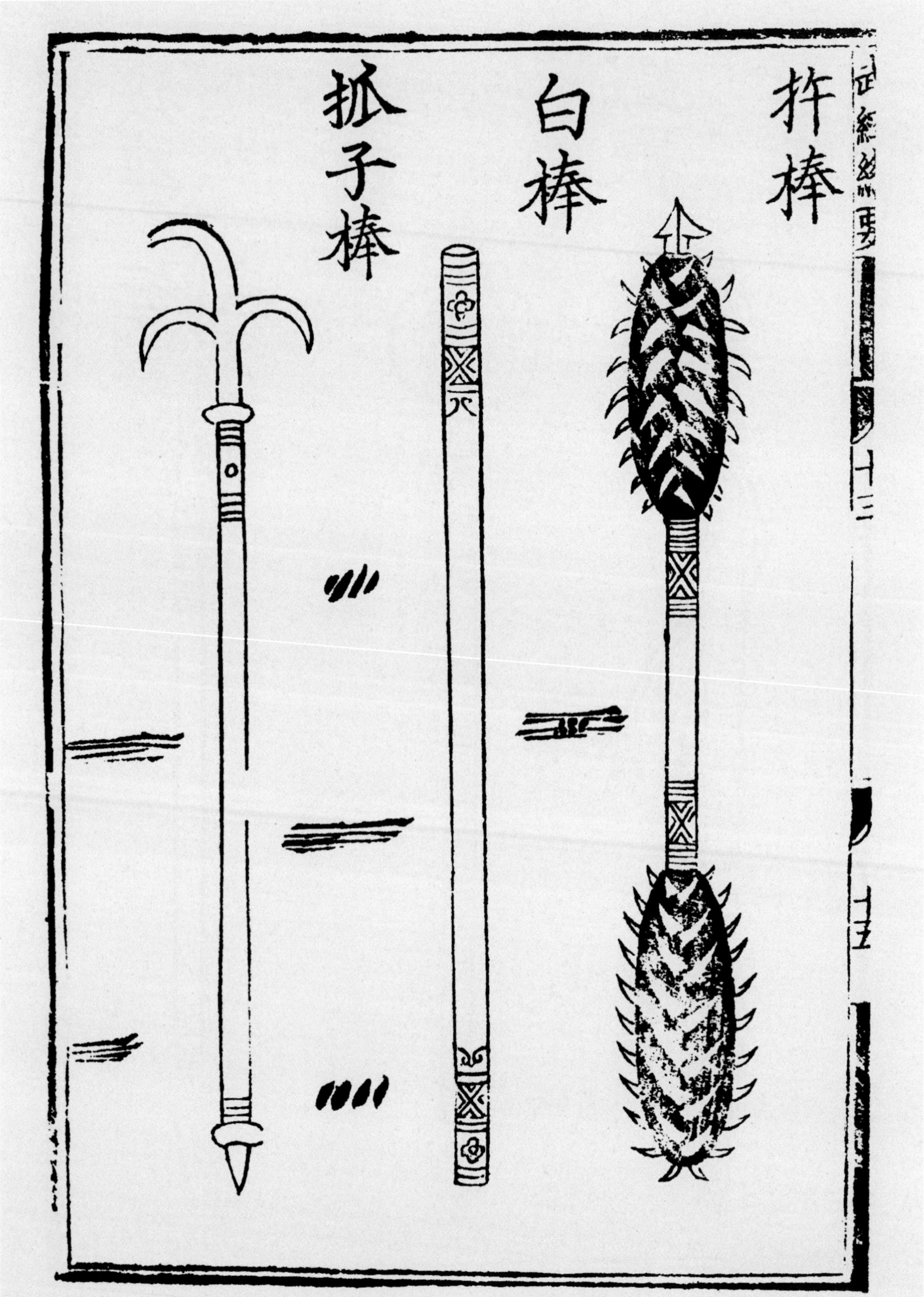

宋代的長兵器三種。錄自《武經總要》。

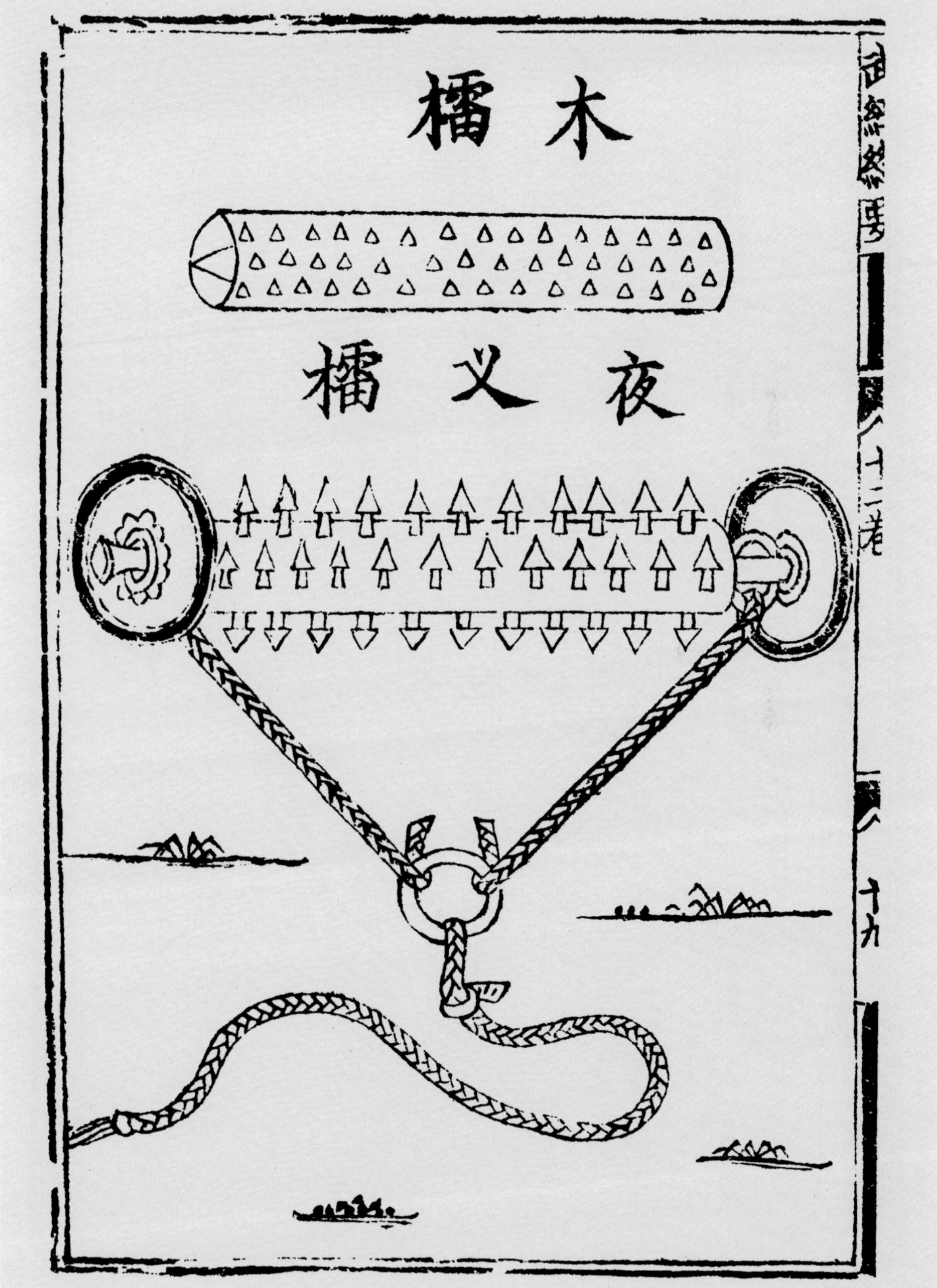

宋代守城的木檑及夜叉檑。錄自《武經總要》。

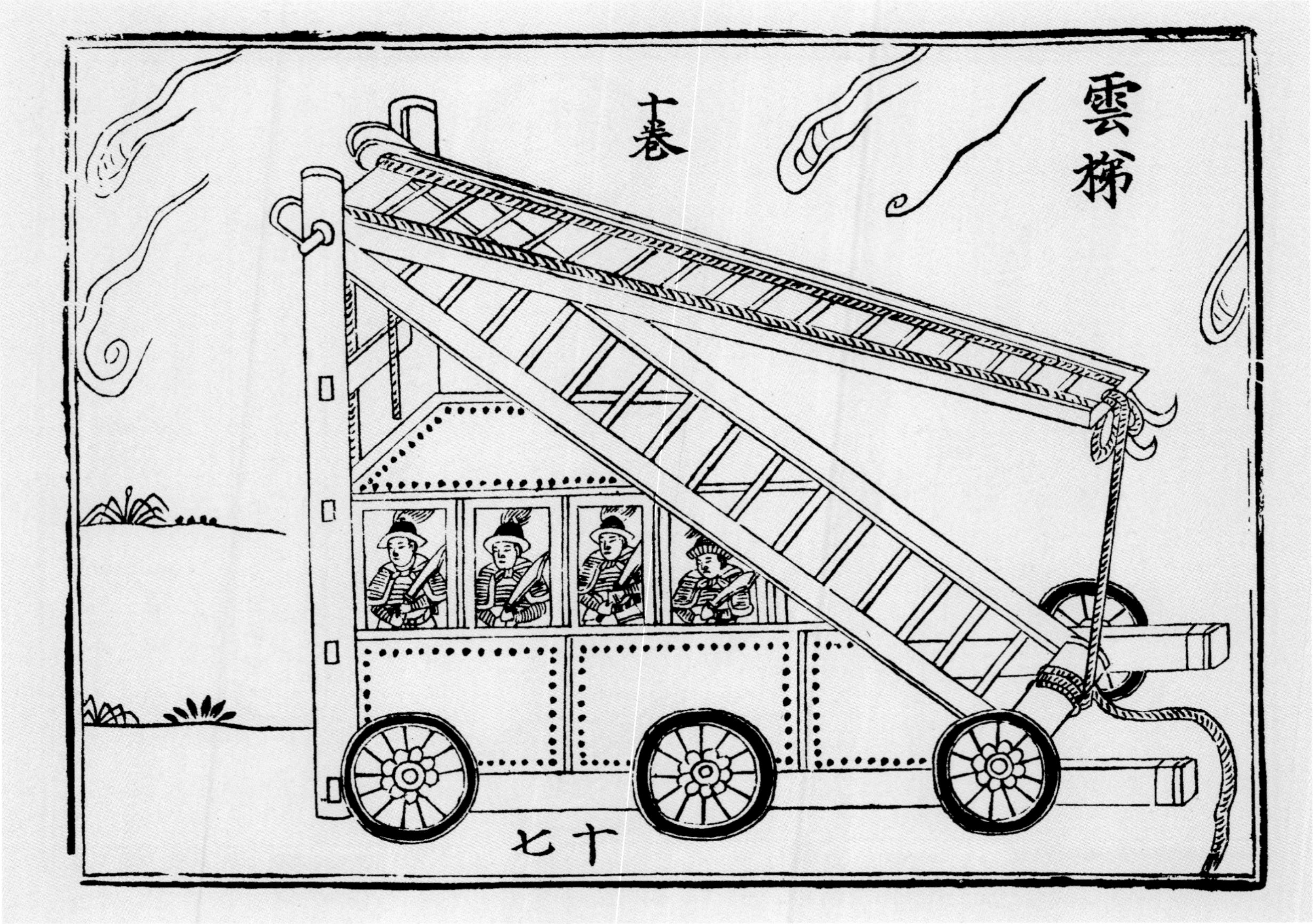

宋代攻城的雲梯。錄自《武經總要》。

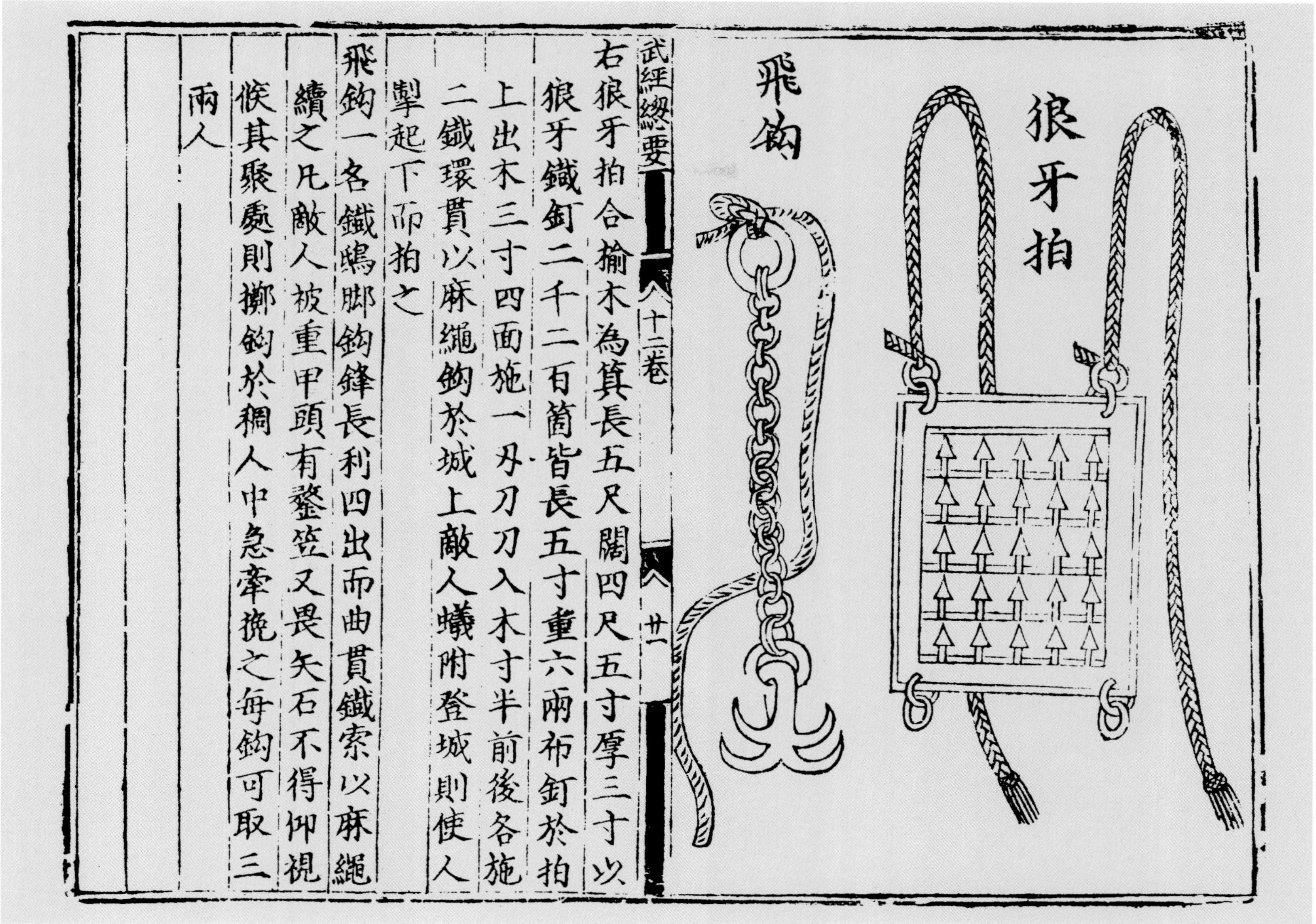

右狼牙拍合榆木為箕長五尺闊四尺五寸厚三寸以狼牙鐵釘二千二百箇皆長五寸重六兩布釘於拍上出木三寸四面施一丹刀刀入木寸半前後各施二鐵環貫以麻繩鈎於城上敵人蟻附登城則使人挈起下而拍之

飛鈎一名鐵鴟脚鈎鋒長利四出而曲貫鐵索以麻繩續之凡敵人被重甲頭有鍪笠又畏矢石不得仰視候其聚處則擲鈎於稠人中急牽挽之每鈎可取三兩人

宋代守城的狼牙拍及飛鈎。錄自《武經總要》。

西藏拉薩喇嘛廟的大法輪——佛教中教法稱為法輪，說教法稱為轉法輪。佛教中輪有二義，一為迴轉，二為碾摧，稱為「迴轉四天下，碾摧諸怨敵」，金輪國師的法名與兵器當據此而來。上乘佛法則稱「迴轉眾生界，摧破諸煩惱」。《仁王經》中有五大力菩薩，轉法輪菩薩為其中之一。佛教密宗以地、水、火、風、空為五輪。「俱舍輪」以風輪、水輪、金輪、地輪為四輪。轉輪聖王七寶之一為金輪，此寶位居銀輪、銅輪、鐵輪諸輪之上。

大字版 神鵰俠侶

⑥神鵰重劍

金庸

神鵰俠侶（大字版）/ 金庸作. -- 二版.
-- 臺北市：遠流，2017.10
冊； 公分. --（大字版金庸作品集；17–24）

ISBN 978-957-32-8094-1（全套：平裝）.

857.9 106016635

大字版金庸作品集㉒

神鵰俠侶 (6)神鵰重劍 「公元2003年金庸新修版」

The Giant Eagle and Its Companion, Vol. 6

作　者／金　庸

封面設計／唐壽南　內頁插畫／姜雲行

發 行 人／王 榮 文
出版・發行／遠流出版事業股份有限公司
臺北市中山北路一段11號13樓
電話／2571-0297　傳真／2571-0197　郵撥／0189456-1

□2004年2月16日　初版一刷
□2023年8月1日　二版六刷

大字版　每冊380元（本作品全八冊，共3040元）
〔另有典藏版共36冊（不分售），平裝版共36冊，新修版共36冊，新修文庫版共72冊〕

ISBN　978-957-32-8094-1（套：大字版）
ISBN　978-957-32-8091-0（第六冊：大字版）
Printed in Taiwan

YLib 遠流博識網
http://www.ylib.com　E-mail:ylib@ylib.com

目錄

數十柄長劍此上彼落，寒光閃爍，煞是奇觀。小龍女施展「天羅地網勢」手法，數十柄長劍隨接隨拋，手中每一刻都有兵刃，也是每一刻都無兵刃。

第二十六回　神鵰重劍

小龍女眼見全眞教羣道內鬨，蒙古武士大舉進襲，一切是是非非，於她便似過眼雲煙，全不在意，但見鹿淸篤舉劍要殺甄志丙，這一劍卻如何能讓旁人刺了？立時上前攔阻。趙志敬見小龍女突於此時進殿，心下大喜：「我一路給你追逼得氣都喘不過來，此刻高手如雲，你自來送死，眞是天賜其便！」喝道：「這小妖女不是好人，給我拿下了！」蒙古武士不聽他的指喝，俱都不動。趙志敬的兩名親傳弟子聽到師父號令，搶上前去，伸手分抓她左右手臂。

兩人手指尙未觸及小龍女衣袖，眼前斗然寒光閃動，只覺手腕劇痛，急忙向後躍開，原來腰間兩柄長劍已給小龍女拔去。在這一瞬之間，兩人手腕各已中劍，腕骨半斷，鮮血淋漓。小龍女這一下出手奇快，旁人尙未看淸楚她如何奪劍出招，兩名道人已負傷逃開，衆人都不禁愕然。

鹿清篤喝道：「大夥兒齊上啊！咱們人多勢衆，怕這小妖女何來？」他想小龍女武功再強，總不過一個年輕女子，衆人一擁而上，自能取勝，當先挺劍向小龍女刺去。小龍女劍尖顫動，鹿清篤左腕、右腕、左腿、右腿各已中劍，大吼一聲，倒地不起。這四劍刺得更快，連瀟湘子、尹克西這等高手也不由得相顧失色。他們在絕情谷中曾見她與公孫止動手，那時劍法雖亦精妙，但決不如眼前的出神入化。

小龍女得周伯通授以分心二用、左右互搏之術，斗然間武功倍增。她與楊過雙劍合璧使那「玉女素心劍法」，天下已少有抗手，此刻她一人同使兩劍，威力尤強。二人不論如何心意相通，總不及一個人內心的意念如電，她此刻所使劍術勁力雖不及二人聯手，出手卻比之兩人同使要快上數倍。

她長途追蹤甄趙二人，連日鬱鬱於心，不知該當如何處置才是，這時全眞道人先行發難，她乘勢還擊，劍上一見了血，滿腔悲憤，驀地裏都發作了出來。白衣飄飄，寒光閃閃，雙劍便似兩條銀蛇般在大殿中心四下遊走，叮噹、嗆啷、「啊喲」、「不好」之聲此起彼落，頃刻之間，全眞道人手中長劍落了一地，每人手腕上都中了一劍。奇在她所使的都是同樣一招「皓腕玉鐲」，衆道人但見她劍光從眼前掠過，手腕便感到劇痛，直是束手受戮，絕無招架之機。倘若她這一劍不是刺中手腕而是指向胸腹要害，羣道早已一一橫屍就地。羣道負傷，大駭逃開，三清神像前只餘下甄志丙等一批受縛的道人。

小龍女自學得左右互搏之術以後，除在曠野中練過幾次之外，從未與人動手過招，今日發硎新試，自己也想不到竟有如斯威力，殺退羣道之後，竟爾悚然自驚。

趙志敬見情勢不妙，忙從道袍下抽劍護身，同時移步後退。小龍女心中對他恨極，身形一晃，雙劍已將他前面去路與身後退路盡皆攔住。趙志敬揮劍奪路，只聽得叮噹一聲，尹克西道：「你不成，退開了！」原來他已揮金龍鞭將小龍女的長劍格開。小龍女連傷十餘人，直到此時，方始有人接得她一劍。

小龍女道：「今日我是來向全眞教的道人尋仇，與旁人無干，你快退開了。」尹克西適才見了她追風逐電般的快劍，心中也自膽寒，但他究是一流高手，總不能憑對方一語便即垂手退避，笑道：「全眞教中良莠不齊，有些人確是該殺，但不知是那些該死的賊道得罪了姑娘？」

小龍女「嗯」的一聲，不加理睬。尹克西心想先跟她拉拉交情，動起手來倘是不敵，她也不致就下殺手，若見情勢不對便即退讓，旁人見我和她相識，也不會笑我膽怯，笑嘻嘻的道：「龍姑娘，別來多日，你貴體清健啊！」小龍女又「嗯」了一聲，目光不離甄志丙、趙志敬二人，生怕他們乘機逃走。尹克西道：「跟這些賊道生氣，沒的損折了姑娘貴手。姑娘只須指點出來，待在下稍效微勞，一一給姑娘收拾了。」小龍女道：「好！你先給我殺了他。」說著向趙志敬一指。

尹克西心想：「此人已受蒙古大汗敕封，怎能殺他？」陪笑道：「這位趙眞人爲人很好啊，姑娘只怕有點誤會，我叫他向姑娘賠個不是罷！」小龍女秀眉微蹙，左手劍倏地遞出，快如電閃，向尹克西刺了過去。尹克西忙舉鞭擋過，只聽得「啊」的一聲，站在他身後的趙志敬已肩頭中劍。即是瀟湘子等這些高手，也沒看出這一劍是怎生刺的，只料想這一招乃右手劍所發，繞過尹克西身子，刺中了躲在他身後之人。

尹克西吃了一驚，心想這一劍雖非刺在自己身上，但自己無力護住趙志敬，那是同樣的丟臉，對方出招實在太快，全然瞧不清她雙劍的來勢去路，如此對敵注定非敗不可，想到此處，心下更加怯了，金龍鞭一擺，叫道：「龍姑娘，請你手下留情！」小龍女不理，對他既不敵視，亦無友意，腳步微動，向左踏出兩步。尹克西跟著一轉，仍想護住趙志敬，忽聽背後哼的一聲，一驚之下微微回頭，見趙志敬左肩袍袖已連著肩肉讓劍鋒劃去了一片，鮮血涔涔而下。小龍女這一劍如何傷他，旁人仍莫名其妙，劍法精妙迅疾到了這等地步，不但來去無蹤，竟似乎還能隔人傷敵。

趙志敬連中兩劍，心想尹克西武功平平，實不足以倚爲護身符，危急中提氣竄出，躍到了瀟湘子身旁。小龍女便似沒見，轉過身子，左手向尹克西刺了一劍，右手劍卻刺向尼摩星前胸。尼摩星左手撐住拐杖，右手以鐵蛇一擋，但聽得趙志敬高聲大叫，跟著嗆啷一響，長劍落地，手腕又已中劍。這一招更加奇特，明明小龍女與他相距甚遠，卻在攻擊兩大高手之際抽空傷他。

瀟湘子哼了一聲，道：「龍姑娘劍法不差，我也得領教，領教。」左手揮掌向旁推出，趙志敬只覺一股大力撞在肩頭，立足不住，跌出數丈，虧得他內功也已頗有根柢，身上雖受了三處傷，仍拿樁站住。瀟湘子掌力未收，哭喪棒同時擊出。

麻光佐與楊過、小龍女一直交好，心中大不以爲然，高聲叫道：「不要臉啊，眞正不要臉，三個武林大宗師，圍攻一個小姑娘。」

瀟湘子等聽在耳裏，臉上都微微一熱。他們生平對甚麼仁義道德原素不理會，然均傲慢自負，對身分體面卻瞧得極重，平時別說三人聯手，便單打獨鬥，也不屑跟這樣一個嬌滴滴的小姑娘動手，但此刻自知單憑自己一人，決擋不了她這般神鬼莫測的劍招，對麻光佐的譏嘲只好裝作沒聽到，均想：「渾大個兒，咱們同來辦事，你卻反助外人，回頭定要教你吃點苦頭。」便在這心念略轉之間，眼前劍光晃動，小龍女已然出招。三人仍瞧不清她劍勢，齊向後躍，退開丈餘，不約而同的舞動兵刃，護住周身要害。

衆蒙古武士牽著甄志丙、李志常、王志坦等人退後靠向殿壁，均知眼前這四人相鬥委實非同小可，只要給誰的兵刃帶到少許，不死也得重傷。

瀟湘子、尼摩星、尹克西均盼她先出手攻擊旁人，只要能在她招數之中瞧出一些端倪，便有了取勝之機。三人都一般的念頭，各施生平絕技，將全身護得沒半點空隙，先求己之不可勝、以求敵之可勝。這三大高手一出手便同取守勢，生平實所罕有，但眼見敵手如此之強，若上前搶攻，十九自取其辱。

大殿之上，小龍女雙劍拄地，站在中央，瀟湘子等三人分處三方，每人身前均有一片寒光來回晃動。尹克西的金鞭舞成一團黃光；尼摩星的鐵蛇是一條條黑影倏進倏退；瀟湘子的哭喪棒則攪成一張灰幕，遮住身前。

小龍女向三人望了一眼，心道：「我和你們三個無冤無仇，誰有空閒跟你們動手。」見趙志敬閃閃縮縮的正要退到神像之後，素袖一拂，踏步便上。尼摩星與瀟湘子自左右搶到，鐵蛇和哭喪棒搶在身前，他二人聯手，進攻即或不足，自守該當有餘。小龍女見無隙可乘，雙劍即不遞出，眼見趙志敬逃向殿後，仗劍追了兩步，但尼摩星和瀟湘子兩般兵刃使得颼颼風響，竟搶不過去。小龍女道：「你們讓是不讓？」

瀟湘子心想：「此時仇隙未成，她未必便施殺手。這全眞教的代掌教於我有甚好處，我何苦爲他樹此強敵？」他躊躇未答，尼摩星卻叫了起來：「我們偏偏不讓！你這小妖女有甚麼希奇古怪的、莫名其妙的本事，一塌胡塗施展出來的！」瀟湘子、尹克西同時向他瞪了一眼，均想：「咱們便不讓，又何必口吐惡言？難道憑你一人之力便敵得住她嗎？當眞太過不自量力了。」但和他協力禦敵之際，不便出口埋怨。他們不知尼摩星雙腿斷折，後來得國師告知，是受楊過與李莫愁之賜，他知楊過是小龍女的情郎，滿腔怨毒都要發洩在她身上，這時一動上手，他與其餘二人不同，存心要和她拚個死活的。

小龍女也不著惱，只知要誅殺甄趙二人，非將眼前這三個高手驅開不可，冷冷的道：「既不肯讓，可要得罪了！」一言甫畢，劍光閃處，只聽得一片聲響，悠然不絕。響聲未過，小龍女已躍退丈餘，回到大殿中心站定。瀟湘子和尼摩星臉上均各變色。原來這一記長聲乃四十餘下極短促的連續打擊組成。這頃刻之間，小龍女雙劍已刺削點斬，共出了四十餘招，尼瀟二人守得滴水不漏，每一招均撞上了兵刃，在羣道聽來，只不過一下兵刃碰擊的長聲而已。

她攻招如此迅捷，瀟湘子等三人更加驚懼。適才所以能擋住劍招，全憑兩人將兵器舞得滴水不入，全無空隙，若待她一劍既出，再舉兵刃擋架，身上早已中劍了。小龍女急攻不下，也佩服這兩人守得嚴密，微微一頓，輕飄飄的向後略退，臉面兀自朝著瀟湘子，雙劍倏地反轉倒刺，叮叮叮叮十二下急響，縱是琵琶高手的繁絃輪指也無如此急促，尹克西的金鞭始終沒閒著，也終於將這十二下急刺都擋了回去。

兩番攻守一過，四人心中均已了然，小龍女吃虧在內力不強，劍招上的勁道不能盪開對方兵刃，若能與這三人的眞力大致相仿，三人早守禦不住。小龍女提劍回到殿心，尋思破敵之計，見三個對手的兵刃越舞越急，卻那裏尋得出半點破綻？

她想：「如此迅疾舞動兵刃，內力耗費極大，定難持久，我只須靜以待變，時刻一長，總能尋到破綻。就算給趙志敬逃走了，慢慢再找便是。」雙劍微顫，似攻非攻，蓄勢待發，卻不出擊，教對手三人不敢稍有弛緩。瀟湘子等內力均極深厚，這般舞動兵刃，一時三刻之間氣力並不消滅。小龍女見無隙可乘，便靜靜的站著，神色嫻雅，風致端嚴。她性子向來不急，在道上追蹤甄志丙和趙志敬一月有餘，始終沒出手，此時便再多待一天半日，又有何妨？二十年古墓中寂靜自守，早練成了無人能及的耐心。

尼摩星見她仗劍閒立，旁若無人，第一個先沉不住氣了，猛地裏虎吼一聲，鐵蛇揮出，向她疾衝過去。他一出手攻擊，身左便露出空隙，小龍女長劍抖動，尼摩星拐杖急撐，躍了回來，但覺肩頭微微疼痛，俯眼一瞥，只見左肩衣服上已刺破一個小孔，鮮血滲出，若非小龍女也防他鐵蛇進襲，他這條左臂此刻已不連在身上了。

尼摩星搶攻無功，反受創傷，心中雖怒，卻也不敢貿然再進。三人分站三方各舞兵刃，小龍女站在中央全不理會。尹克西一套「黃沙萬里鞭法」反反覆覆已使了四次，猛地心念一動，叫道：「尼摩兄，瀟湘兄，咱們一齊踏上半步。」尼摩星與瀟湘子沒明白他的用意，但想他是西域大賈，見識廣博，人又聰明，於是依言踏上半步。尹克西同時踏上半步，叫道：「防守務須嚴謹，踏步要慢。咱們再踏上半步。」尼瀟二人依言上前。

三人毫不怠懈，舞了一會兵刃，便向前踏出半步，這時人人都已瞧出，三人圍著小龍女的圈子漸漸縮小，到最後便會將她擠在中心。三人雖不敢出手攻擊，但每人舞動兵刃，組成三堵銅牆鐵壁，向中間逐步擠攏，三股守勢合成一股強大的攻勢，當眞猛不可當。衆人瞧到這般情景，蒙古武士和趙志敬一派的道士心中暗喜，其餘的道士卻均爲小龍女擔憂。

小龍女見三人越來越近，兵刃招數中卻仍無隙可乘，眼見過不多時，勢非給他們擠死不可，雙劍連刺，叮叮之聲忽急忽緩，每一招都碰在對方兵刃之上。她連攻數十劍，盡數給擋了回來，那三人卻又各自踏進了半步。小龍女漸感慌亂，退向左側時足底一絆，微一踉蹌，這一下劍法中大現破綻，若不是瀟湘子等只守不攻，不敢乘機進襲，她已遭到極大凶險。

原來大殿地下投棄著數十柄長劍，都是全眞教羣道所用兵刃，給人奪下後拋擲在地。小龍女適才左足踏到一把長劍的劍柄，以致站立不穩。她忽然想起：「別人兩手能使雙劍，我既已學會分心二用之術，兩手該能同時使四柄劍。便算顯不出四劍的威力，或能擾亂敵人，乘機脫困。」左手長劍交在右手，俯身又拾起兩柄劍，左右各持雙劍，四劍同時揮動。

瀟湘子等大吃一驚，均想：「這姑娘的招數愈來愈奇，四劍齊使，當眞聞所未聞。」但三人打定了以不變應萬變的主意，不管她使甚麼怪招奇術，總之只守不攻，逐步進迫。小龍女四劍齊使，雖駭人耳目，威力反不及只用雙劍，她平素專練單劍，左手全眞劍法，右手玉女劍法，配合得天衣無縫，這時每一隻手都使雙劍，畢竟大不靈便，出招時已無得手應心之妙。

瀟湘子等數招之間，便發覺她劍招突然略緩，劍尖刺來時也不及先時的神妙莫測。尼摩星喉頭咕咕作響，揮動鐵蛇便要進襲。尹克西急叫：「使不得，這是誘敵之計。」尼摩星經他提醒，嚇了一跳，心想幸虧人家生意人見機得快，原來這女子如此狡獪，只要自己一攻，她立施反擊，不但合圍之勢登時破了，只怕自己還要性命沒有的。

其實小龍女本非存心誘敵，但聽尹克西這麼一叫，心想：「這黑矮子沉不住氣，須得從他身上想法子。他說我誘敵，我便當眞誘他一下。」突然間右手一揚，一柄長劍向上飛出，右手劍跟著刺出，左手又有一柄長劍飛上。瀟湘子等不禁一驚，不知她又要玩甚麼花樣，見半空雙劍尚未跌落，她手中僅有的雙劍也擲了上去，這麼一來，她兩手空空，已無兵刃。尹克西叫道：「自行嚴守，千萬不可進攻。」他瞧不透小龍女的用意，但想只要嚴密守衛，逐步前逼，便已穩操勝算，對方雖赤手空拳，卻也不必冒險進招。

小龍女彎下腰來，雙手不住在地下抓劍，一一擲上半空，同時空中長劍一柄柄落下，她一接住跟著又擲了上去。但見數十柄長劍此上彼落，寒光閃爍，煞是奇觀。古墓派武功本不以內力沉雄見長，而憑手法迅疾取勝。她「天羅地網勢」使將出來，活的麻雀尚能攔住，數十柄長劍隨接隨拋，在她自渾若無事。她手中每一刻都有兵刃，也是每一刻都無兵刃，只瞧得瀟湘子等目瞪口呆，均想這小姑娘在使幻術、玩把戲麼？

猛地裏小龍女左掌揚處，在一柄自空落下的長劍劍柄上一推，那劍橫飛而出，向尹克西疾刺過去。劍頭撞在他金龍鞭舞成的光幕之上，迅疾無比的彈回，卻撞向尼摩星。尼摩星的鐵蛇舞得正急，那劍一碰，便即飛去迴刺小龍女。這時空中又有兩柄長劍落下，小龍女雙手分撥回帶，三柄劍分襲三人。

頃刻之間，數十柄長劍不再向上飛起，而是在三般兵刃組成的光幕之間來回激盪，有些長劍去勢斜了，給尼摩星的鐵蛇大力砸碰，斷成兩截。小龍女手上戴了金絲手套，拍打在劍刃之上，絲毫不傷，她自幼熟習「天羅地網勢」，在房舍殿堂間進退趨避的功夫更天下無雙，眼明手快，靈台澄澈，越打越急，心中竟無半點雜念，全沒想到這場激戰是勝是敗，誰生誰死。有時順手抓到劍柄，便刺出數劍，隨即又向敵人拋擲。初時她雙劍在手，瀟湘子等已感不易抵禦，這時數十柄長劍亂飛亂刺，中間又夾著她凌厲迅疾的擊刺，卻如何還能招架？何況長劍從各人兵刃上碰撞出去之時，方向力道全然無法控制，是否要傷到同伴，只有聽天由命。

小龍女向空擲劍，本來不過想擾亂敵人的目光，這時情勢變化，實是出乎意料之外的大大有利。從兵刃飛舞的響聲之中，隱隱聽得尹克西和尼摩星氣息漸粗，瀟湘子的哭喪棒舞得雖快，但只見惶急，與他「瀟湘」兩字大異其趣。

突然間尹克西右臂下垂，大叫：「啊喲，不好！」原來三柄長劍飛去，正好和他的軟鞭纏在一起。他守得雖然嚴密，但這三柄劍均是從瀟湘子和尼摩星的兵刃上碰撞出來，三劍齊至，莫名其妙的纏在他鞭上。尹克西用力抖摔，甩脫三劍，但正當他軟鞭將起未起之際，小龍女長劍刺出，尹克西腕上劇痛，軟鞭把持不住。

但聽嗆啷一聲，金龍軟鞭落地。小龍女左掌連揮，七八柄長劍激飛而出，分刺三人，跟著雙手各接住一柄長劍，身形晃處，從尹克西身前躍出。尹克西手腕受傷，兵刃落地，這銅牆鐵壁般的包圍圈子立時破了，眼見她雙劍如兩道電光似的閃動，忙向後急退。小龍女的輕功比這三人都高，一提氣，直奔殿後，追趕趙志敬去了。

瀟湘子等一時還不能便收兵刃，直待數十把長劍一一落地，這才住手。尹克西臉帶愧色，說道：「小弟無能，給她走了！」一言甫畢，忽聽得山後隱隱傳來叮叮噹噹的兵刃撞擊之聲，撞擊聲中夾著國師五隻輪子的嗚嗚風響，顯然小龍女已在與國師動手。三人均想：「有這麼一個硬手作主將，咱們再從旁夾攻，必可取勝。」尹克西拾起金龍軟鞭，叫道：「大夥兒追！」搶先尋聲追了下去。瀟湘子舉起哭喪棒，與尼摩星率領衆蒙古武士發足跟隨。衆人此時心目中的大敵惟小龍女一人，全沒將諸全眞道人放在意下。

甄志丙、李志常等見衆蒙古武士退去，即行互解綁縛，紛紛拾起長劍，蜂擁跟去。

瀟湘子等趕到重陽宮後玉虛洞前，只見輪影激盪，劍氣縱橫，金輪國師吼聲如雷，小龍女白衣勝雪，兩人相隔丈餘，正自遙遙相鬥。金銀銅鐵鉛五隻巨輪迴旋飛舞，響聲只震得衆人耳中嗡嗡作響。國師的輪子在數度激戰中曾一再失去，但失後即補，大小重量與所失者無異，不過少了原來輪上所鑄的花紋、眞言而已，使動時仍可得心應手。

甄志丙和李志常見玉虛洞的洞門給大石堵塞，不知五位師長生死如何，心中焦急，一齊搶到洞口。達爾巴手執金杵，霍都揮動鋼扇，數招之間，便將羣道打退。

王志坦大叫：「師父，師父，你老人家安好嗎？」心中焦急，語音中已帶哭聲。李志常轉念一想：「憑著五位師長的玄功，怎能輕易給人關在洞中？定是他們練功到了緊急當口，不能分心抵禦外敵。王師弟這麼一叫，他們聽見了反而擾亂心神。」忙道：「王師弟，別叫，五位師長受不得驚擾。」王志坦立時醒悟，扶起倒在地下的宋德方，見他受傷不輕，設法救助。

瀟湘子等旁觀國師和小龍女相鬥，見他雖守多攻少，但接得兩三招便還遞一招，五輪威力奇猛，逼得小龍女無法近身，比之適才三人只守不攻確高出甚多。三人又佩服，又妒忌，均想：「這和尚得封為蒙古第一國師，也不枉他了。」三人本想與國師夾攻合擊，見此情勢，私心登起，都不願便這麼助他成功。

殊不知金輪國師出招雖猛，心中卻已叫苦不迭。小龍女雙手劍招不同，配合得精妙絕倫，左手劍攻前，右手劍便同時襲後，叫他退既不可，進又不能，雙劍每一路劍招都進攻數處，叫他顧此失彼，難以並救。若不是他內功外功俱已登峯造極，眼明手快，武功只要略差半分，這頃刻間身上已中了十七八劍。

拆到五六十招時，國師已險象環生，他收回金輪護身，不敢擲出攻敵，又數招後，再將銀輪也收了回來，接著五輪齊回，變成了只守不攻，便和適才瀟湘子等一般模樣。五隻輪子輕重大小、顏色形狀各各不同，或生尖刺，或起稜角，組成五道光環，在身周滾來滾去，嚴密守衛。

忽聽得小龍女嬌叱一聲：「著！」跟著國師低聲吼叫，叮叮數響。兩人縱躍來去，出手越來越快，便是瀟湘子這等高手，也沒瞧清兩人這一叱一叫，已起了甚麼變化。金輪國師若以五輪威猛之力與她對攻，小龍女便抵擋不住，可是他心中既怯，竟爾捨己之長，與小龍女比快，不免越來越不利。

突然之間，尼摩星臉上微微一痛，似被甚麼細小暗器打中，一驚之下伸手一摸，臉上沒甚麼，掌中卻有點鮮血。他呆了一下，又見一點鮮血飛到了尹克西身上，才知激鬥的二人之中已有一個受傷。過不多時，小龍女白衫之上點點斑斑的濺上十幾點鮮血，宛似白綾上畫了幾枝桃花，鮮艷奪目。尼摩星喜道：「小妖女受傷的！」接著劍光兩閃，國師一聲低吼。瀟湘子冷冷的道：「不！大和尚受傷的！」

尼摩星一想不錯，鮮血是國師受傷後濺到小龍女身上的，心想倘若國師死在她手下，再也沒法將她制住，叫道：「尹兄，瀟兄，大家一齊上的！」鐵蛇揮動，慢慢從小龍女身後逼上。瀟湘子和尹克西也覺不能再袖手旁觀，分從左右逼近。國師身中三劍，但均輕傷，危殆之中來了幫手，心中一寬，見瀟湘子等並不出手攻擊，各以兵刃護住自身，分從三方緩緩進逼，已知時刻稍長，小龍女勢必無倖。

玉虛洞前，青松林畔，四個武林怪客圍著一個素裝少女，好一場惡戰。眾蒙古武士和全眞道人目眩心驚，臉若死灰，生平那裏見過如此激鬥！

猛聽得砰嘭一聲震天價大響，砂石飛舞，煙塵瀰漫，玉虛洞前數十塊大石崩在一旁，五個道人從洞中緩步而出，正是丘處機、劉處玄等全眞五子。

甄志丙、李志常等大喜，齊叫「師父！」迎了上去。達爾巴和霍都大吃一驚，眼見這般破洞的聲勢，便如點燃了的火藥開山爆石一般。兩人各挺兵刃，向前搶上。丘處機等五人向旁一讓，突然十掌齊出，按在兩人背心，一捺一送，將兩人拋出丈許之外。

達爾巴和霍都的武功與郝大通等在伯仲之間，雖不及丘處機、王處一精湛，但也決不致只一招便給擲開。原來全眞五子在玉虛洞中閉關靜修，鑽研拆解《玉女心經》之法，五人殫精竭慮，日夜苦思，總覺小龍女和楊過所顯示的武功，每一招每一式都恰好是全眞派武功的剋星，要想從招術上取勝，實所難能。後來丘處機從天罡北斗陣法中悟出一理，說道：「咱們招術變化，斷然不及，但可合五人之力，以勁力補招數之不足。」五人便精思併力攻敵的法門，每一招之出，都將五人勁力集於一點。他們自知第三四代弟子中並無出類拔萃的人才，只有仗著人多，或能合力自保。這一個多月之中，終於創出了一招「七星聚會」。這一招畢竟還是從天罡北斗陣法中演化出來，雖說是「七星聚會」，卻也不必定須七人聯手，六人、五人，以至四人、三人，均可併力施展。

當金輪國師率領衆武士堵洞之時，這「七星聚會」正好練到了要緊當口，萬萬分心不得，明知大敵來攻，也只得置之不理，直到五人練到五力歸一，融合無間，這才破洞而出。只可惜過於迫促，這一招還只練到三四成火候，饒是如此，達爾巴和霍都也已抵擋不住，竟讓五子一擊成功。

丘處機等轉過身來，見國師等四人圍著小龍女劇鬥方酣。五人只瞧了片刻，面面相覷，人人面色慘然，都想：「罷了，罷了，原來古墓派的武功精妙若斯，要想勝她，那是終身無望了。」他們在洞中所想所練，都以先前所見小龍女和楊過的武功爲依歸，豈知眼前所顯示的神奇劍招，要想瞧個明白都有所不能，甚麼破解抵擋，不知從何說起？

國師等四大高手的武功都在全眞五子之上，此時全眞教中要有如此一個都千難萬難。丘處機等心想：「倘若先師在世，自能勝得過他們，周師叔大概也勝得他們一籌，但如同時受這四人圍攻，十九要抵敵不住。」五個老道垂頭喪氣，心下慚愧，自覺一代不如一代，不能承繼先師的功業，大敵當前，全眞教瞧來當眞立足無地了。但五人創出了「七星聚會」，勝得蒙古密宗，於兩國相爭，也大有功用。內爭事小，禦外事大，輸給古墓派不打緊，蒙古人卻萬萬輸不得。

這時小龍女等五人相鬥，情勢又已不同。小龍女招招攻擊，國師等始終遮攔多，還手少，但逐步進逼。小龍女處境越來越不利，數次想搶出圈子，暫且退走，但對方守得嚴密異常，每一招均給擋了回來。她知有金輪國師主持圍逼，無法再使擲劍之法，何況除了手中雙劍，身邊已無其他兵刃。

她自在大殿上劍傷鹿淸篤，到這時已鬥了將近一個時辰，氣力漸感不支，而強敵越逼越近，丘處機等五人又環伺在側，這五個老道也非易與之輩，四下盡是敵人，自己孤身一人，今日定要喪身重陽宮中了，忽想：「我遭際若此，一死又有甚麼可惜？就只……就只……臨死之時，總盼能見過兒一面。他這時是在那裏呢？多半是在跟郭姑娘親熱，說不定已成了親，新婚燕爾，那裏想到我這苦命女子在此受人圍攻？不！過兒不會這樣，他便和郭姑娘成了親，也決不會忘了我。我只要能再見他一面……」

她離襄陽北上之時，決意永不再和楊過相見，但這時面臨生死關頭，心中越來越割捨不下。她一想到楊過，本來分心二用突然變爲心有專注，雙手劍招相同，再無「玉女素心劍法」的威力。國師見她劍法陡變，便即踏上半步，左手銀輪護身，右手金輪往她劍上碰去。噹的一聲輕響，小龍女左手長劍脫手飛出，在半空中啪的一下，震爲兩截。國師這一下本來只是試探，竟致成功，實大出意料之外，當即右手金輪砸將過去。小龍女一驚，忙鎮懾心神，唰唰唰還了三劍，此時只憑單劍，武功便已遠不及國師。瀟湘子等三人瞧出便宜，三般兵刃同時攻上。

小龍女淡淡一笑，已不願再掙扎力抗，瞥眼望見三丈外的一株青松旁生著一叢玫瑰，花朵嬌艷欲滴，突然想起當年與楊過隔著花叢練「玉女心經」的光景，心道：「我既已見不到過兒，那便在臨死之時心中想念著他。」臉上神色柔和，登時沉浸在出神瞑想之中。

國師等四下裏合圍，原可一舉將她擊斃，忽見她神情古怪，似乎忘了迎敵，各各驚詫，不知她是否施展甚麼邪法，四般兵刃舉在半空，並不擊下。但也只這麼一頓，尼摩星的鐵蛇便首先遞了出去。

突然身旁風聲颯然，有人挺劍刺來。尼摩星忙回過鐵蛇擋格，卻擋了個空，只見人影見動，卻是甄志丙搶到了小龍女身前，倒持手中長劍，將劍柄遞過去給她。小龍女這時視而不見，聽而不聞，早將廝殺拚鬥之事置之度外，忽覺得左手掌中多了個劍柄，便即握住。旁觀衆人突見甄志丙搶入五大高手的戰團之中，直是送死，齊聲驚呼。

國師和他相識，不願傷他性命，當即左臂在他肩頭一撞，將他推開，右手揮輪向小龍女砸去。甄志丙見她不知如何竟爾突然失了戰意，心中大急，眼見這一輪便要將她砸死，奮不顧身的撲了上去，叫道：「龍姑娘，小心！」用自己背脊硬擋了國師金輪。

國師金輪一砸，威力裂石開山，甄志丙如何抵擋得住？立時向前俯衝。小龍女接過他遞來的劍後，兀自挺著劍呆呆出神，甄志丙身子衝來，恰好碰在劍尖之上，劍刃透胸而入。小龍女一呆，這才醒悟，原來是他救了自己性命，見他背遭輪砸，胸中劍刺，全是致命重傷，一刹那間，滿腔憎恨盡化成了憐憫，柔聲道：「你何苦如此？」

甄志丙命在垂危，忽然聽到這「你何苦如此」五字，不禁大喜若狂，說道：「龍姑娘，我實……實在對你不起，罪不容誅，你……你原諒了我麼？」

小龍女又是一怔，想起在襄陽郭府中聽到他和趙志敬的說話，一個念頭在腦中閃過：「過兒對我如此深情，立誓決不會變心。但他忽然決意和郭姑娘成親，棄我如遺，了無顧惜，定是知悉了我曾受這廝所污。」她心思單純，雖一路跟蹤甄趙二道，卻從未想到此事，這時猛地給甄志丙一言提醒，憐憫立時轉爲憎恨，一咬牙，右手長劍隨即往他胸口刺落。只她生平從未殺過人，雖滿腔悲憤，這一劍刺到他胸口，竟刺不下去。

丘處機在一旁瞧著，眼見愛徒死於非命，心中痛如刀割，事起倉卒，不及救援，小龍女第一劍，還可說是由於國師之故，但第二劍卻存心出手。他絲毫不知這中間的原委曲折，既認定小龍女是本教大敵，又決然想不到甄志丙會自願捨身救她，眼見她挺劍又刺，當即縱身而前，左手五指在她腕上一拂，右掌向她面門直擊過去。丘處機的武功在全眞七子之中向居第一，這一下情急發招，掌力雄渾已極。

小龍女手腕給他一拂而中，長劍拿揑不住，登時脫手，她不等長劍落地，一伸手，又已抓住，跟著遞出一劍，指向丘處機胸口。便在此時，甄志丙大叫一聲，倒在地下，創口中鮮血湧出。小龍女左手劍同時刺向丘處機小腹，這一來雙劍合璧，威力大增，丘處機武功雖然精深，只三招之間，已手忙腳亂。王處一等四道搶上應援，反將國師等四人擠在一旁。

金輪國師等見小龍女和全眞五子相鬥，俱感訝異，但想此事大大有利，正好旁觀你們自相殘殺。各人使個眼色，退開數步，只待小龍女和全眞五子勝敗一決，他們再行出手收拾殘局。

高手動武，每一招都生死繫於一髮，誰也不敢稍有鬆懈，丘處機等雖見局勢詭異，難以索解，但既已動上了手，那裏還有餘暇詢問？全眞五子赤手空拳，遇上小龍女神妙無方的劍招，那費了月餘之功創出來的一招「七星聚會」全無施展之機。頃刻之間，郝大通和劉處玄兩人身上中劍，兩人顧念師兄弟的安危，不肯退開，跟著嗤的一響，孫不二肩頭又中一劍。

全眞諸弟子見師父勢危，情不自禁的都驚呼起來。李志常叫道：「快送兵刃！」這時五子掌風呼呼，衆弟子無法近身，只得將長劍一柄柄擲去。小龍女搶著揮劍挑出，每一把擲來的長劍都給挑得飛了開去，劍長臂短，五子始終拿不到一件兵刃。忽聽得叮噹一聲，小龍女左手劍黏住一柄飛擲而來的長劍，驀地裏往後送出，王處一猝不及防，左眼角爲這一柄劍外之劍刺中，全眞五子中四人負傷，勝負已分。

金輪國師哈哈大笑，叫道：「各位道兄且退，這小妖女待老衲來料理罷！」說著踏上兩步。瀟湘子、尼摩星、尹克西三人跟著舞動兵刃上前合擊，竟成了九大高手圍攻小龍女的局面。

國師等一插手，全眞五子登時脫出小龍女雙劍的威迫，五人一聲呼喝，並肩而立，或出右掌，或出左掌，五股大力歸併爲一，使出了那招「七星聚會」。其時雖只五星聚會，但威力也已非同小可，小龍女斜身急退，砰的一響，沙坪上塵土飛揚，這一招將尼摩星打得重重跌了個觔斗。原來他雙腿已斷，單憑拐杖之力撐持，下盤不穩，抵不住這一招的重擊。總算他危急之中避開了正面之力，雖然摔倒，卻未受傷，立即躍起，哇哇怒叫，舉鐵蛇便往劉處玄頭頂砸下。玉虛洞前呼聲四起，亂成一團。

小龍女見尼摩星和全眞五子動手，素袖一拂，便要搶出圈子。金輪國師搶過來擋住，叫道：「尼摩兄，對付小妖女要緊。」尼摩星打得性發，對國師的叫喚不予理睬，鐵蛇吞吐，招數全是打向全眞諸道。小龍女雙劍向國師急刺數招，國師見來勢實在太快，難以招架，只得退了幾步。

突然之間，小龍女一聲大叫，雙頰全無血色，嗆啷、嗆啷兩聲，手中雙劍落地，呆呆的望著青松畔的那叢玫瑰，叫道：「過兒，當眞是你嗎？」

便在此時，國師金輪迎面砸去，全眞五子那招「七星聚會」卻自後心擊了上來。這一招本是抵禦尼摩星而發，但那天竺矮子吃過這招的苦頭，不敢硬接，身子向左閃避，這一招的勁力便都遞到了小龍女背心。

那知她竟如中邪著魔，全然不知躲閃，背心受掌，胸口中輪，一個嬌怯怯的身軀受了這兩股大力夾擊，目光仍望著玫瑰花叢，在這頃刻之間，她心搖神馳，即令這兩股大力，似乎也沒能傷到她半分。

衆人爲她的目光所懾，不由自主的也均轉頭，去瞧那玫瑰花叢中到底有甚麼古怪，只見青松旁一條人影飛出，竄入國師和全眞五子之間，伸左臂抱起小龍女，一閃一晃，又已躍出圈子，逕自坐在青松之下、玫瑰花旁，將小龍女抱在懷裏。

這人正是楊過！

小龍女甜甜一笑，眼中卻流下淚來，說道：「過兒，是你，這不是做夢麼？」楊過俯下頭去，親了親她臉頰，柔聲道：「不是做夢，我不是抱著你麼？」但見她衣衫上斑斑點點，滿身是血，心中矍然而驚，急問：「你受傷重不重？」

小龍女受了前後兩股大力的夾擊，初時乍見楊過，並未覺痛，這時只覺五臟六腑都要翻騰過來，伸手摟住他脖子，說道：「我……我……」身上痛得難熬，再也說不下去了。楊過見了這般情狀，恨不得代受其苦，低聲說：「姑姑，我還是來遲了一步！」小龍女說道：「不，你來得正好，我只道今生今世，再也瞧不見你啦！」突然間全身發冷，隱然覺得靈魂便要離身而去，抱著楊過的雙手也慢慢軟垂，說道：「過兒，你抱住我！」楊過的左臂略略收緊，把她摟在胸前，百感交集，眼淚緩緩流下，滴在她臉上。

小龍女道：「你抱我，用……用兩隻……兩隻手！」一轉眼間，突見他右手袖子空空蕩蕩，情狀有異，驚呼：「你的右臂呢？」楊過苦笑，低聲道：「這時候別關心我，你快閉上了眼，一點兒也別用力，我給你運氣鎮傷。」

小龍女道：「不！你的右臂呢？怎麼沒了？怎麼沒了？」她雖命在垂危，仍絲毫不顧念自己，定要問明白楊過怎會少了一條手臂。只因在她心中，這個少年實比自己重要百倍千倍，她一點也不顧念自己，但全心全意的關懷著他。

自從他們在古墓中共處，早就是這樣了，只不過那時她不知道這是爲了情愛，楊過也不知道。兩人只覺得互相關懷，是師父和弟子間應有之義，既然古墓中只有他們兩人，如果不關懷不體惜對方，那麼又去關懷體惜誰呢？其實這對少年男女，早在他們自己知道之前，已在互相深深的愛戀了。直到有一天，他們自己才知道，決不能沒有了對方而再活著，對方比自己的生命更重要過百倍千倍。

每一對互相愛戀的男女都會這樣想。但只有眞正深情之人，那些天生具有至性至情之人，這樣的兩個男女碰在一起，互相愛上了，他們才會眞正的愛惜對方，遠勝於愛惜自己。

對於小龍女，楊過的一條臂膀，比她自己的生死實在重要得多，因此固執著要問。她伸手輕輕撫摸他袖子，絲毫不敢用力，果然，袖子裏沒有臂膀。她忽然一點也不感到自身的劇痛，因爲心中給憐愛充滿了，再也不會知道自己的痛楚，輕輕說道：「可憐的過兒，斷了很久嗎？這時還痛麼？」楊過搖搖頭，說道：「早就不痛了。只要我見了你面，永遠不跟你分開，少一條臂膀又算得甚麼？我一條左臂不是也能抱著你麼？」

小龍女輕輕一笑，只覺他說得很對，躺在他懷抱之中，雖只一條左臂抱著自己，那也心滿意足了。她本來只求在臨死之前能再見他一面，現今實在太好，眞的太好了。

金輪國師、瀟湘子、尹克西、全眞五子、衆弟子……衆蒙古武士……人人一聲不響，呆呆的望著這對小情人。在這段時光之中，誰也不想向他們動手，也是誰也不敢向他們動手。

有道是「旁若無人」，楊過和小龍女在九大高手、無數蒙古武士虎視眈眈之下纏綿互憐，將所有強敵全都視如無物，那才眞是旁若無人了。愛到極處，不但糞土王侯，天下的富貴榮華全不放在心上，甚至生死大事也視作等閒。楊過和小龍女既然不再想到生死，別說九大高手，便天下英雄盡至，那又如何？只不過是死罷了。比之那銘心刻骨之愛，死又算得甚麼？

金輪國師等人當然並不懼怕這兩人，只詫異之極，眼見小龍女身受重傷，楊過又只剩一臂，決不能再起而抗拒，但兩人互相的纏綿愛憐之中，自然而然有一股凜然之氣，有一股無畏的剛勇，令人不敢輕侮。

終於小龍女忍不住又問：「你的手臂……手臂是怎麼斷的？快跟我說。」楊過微微苦笑，說道：「手臂斷了，自然是給人家斬的。」

小龍女悽然望著他，沒想到再追問是誰下的毒手，既已遭到不幸，那麼是誰下手都一樣，這時胸口和背上的傷處又劇烈疼痛起來，她自知命不久長，低低的道：「過兒，我求你一件事。」楊過道：「姑姑，難道你忘了，在古墓之中，我就曾答允過你，你要我做甚麼，我便做甚麼。」小龍女幽幽嘆了口氣，道：「那是很久很久以前的事啦！」楊過道：「在我永遠一樣。」小龍女悽然一笑，低低的道：「我沒多久好活了，你陪著我罷，一直瞧著我死，別去陪你的郭……郭芙姑娘。」

楊過又傷心，又憤恨，說道：「姑姑，我自然陪著你。那郭姑娘跟我有甚麼相干？我這條手臂便是給她斬斷的。」小龍女一驚，叫道：「啊，是她？爲甚麼她這樣狠心？難道……難道爲了你不愛她麼？」楊過恨恨的道：「我倆這般要好，你別多心！我只愛你一個，我一生一世從來沒愛過別的姑娘，這個郭姑娘啊，哼……」

楊過這條右臂，確是給郭芙斬斷的。

那日楊過與郭芙在襄陽郭府中言語衝突，以致動手，郭芙怒火難忍，抓起君子劍往他頭頂斬落。楊過中毒後尚未痊愈，四肢無力，眼見劍到，情急之下只得舉右臂擋在面前。郭芙狂怒之際，使力極猛，那君子劍又鋒利無比，劍鋒落處，楊過一條右臂登時遇劍而斷，給卸了下來。

這一劍斬落，竟致如此，楊過固驚怒交迸，劇痛至心，郭芙卻也嚇得呆了，知已闖下了無可彌補的大禍，見楊過手臂斷處血如泉湧，不知如何是好，也沒想到給他止血包紮，過了一會，突然哇的一聲，哭了出來，掩面奪門奔出。

楊過一陣慌亂過後，隨即鎮定，伸左手點了自己右肩「肩貞穴」的穴道，割下被單，緊緊縛住肩膀以止血流，再用金創藥敷上傷口，尋思：「此處是不能再躭的了，我得趕緊出城去。」慢慢扶著牆壁走了幾步，只因流血過多，眼前一黑，幾欲暈去。

便在此時，只聽得郭靖大聲問道：「快說，他怎麼了？血止了沒有？」語音中充滿了焦急之情。楊過當時心中只一個念頭：「我決不要再見郭伯伯，無論如何不要見他。」猛力吸一口氣，從房中衝了出去。

他奔出府門，牽過一匹馬翻身便上，馳至城門。守城的將士都曾見他在城頭救援郭靖，對他甚是欽仰，見他馳馬而來，立即打開城門。

此時蒙古軍已退至離城百餘里外。楊過出城後不走大路，縱馬儘往荒僻之處行去。尋思：「我身中情花劇毒，但過期不死，或許正如那天竺神僧所言，吸了冰魄銀針的毒汁之後，以毒攻毒，反而延了性命。但劇毒未去，遲早要發作。此刻身受重傷，到終南山去找尋姑姑，定難支持，難道我命中注定，要這般客死途中麼？」想到一生孤苦，除在古墓中與小龍女相聚這段時日之外，生平殊少歡愉，這時世上唯一的親人已捨己而去，復又給人斷殘肢體，命當垂危，言念及此，不禁流下淚來。

他伏在馬背之上，昏昏沉沉，只求不給郭靖找到，不讓他來救傷補過，不遇上蒙古大軍，隨便到那裏都好，有意無意之間，漸漸行近前幾晚與武氏兄弟相鬥的那荒谷。

黃昏時分，眼見四下裏長草齊膝，一片寂靜，料知周遭無人，在草叢中倒頭便睡。他這時早將生死置之度外，全沒防備甚麼毒蟲猛獸。這一晚創口奇痛，那裏睡得安穩？

次晨睜眼坐起，見離身不到兩尺處兩條蜈蚣僵死在地，紅黑斑斕，甚是可怖，口中卻染滿了血漬。楊過嚇了一跳，只見兩條蜈蚣身周有一大攤血跡，略一尋思，已明其理，原來他創傷處流血甚多，而血中含有劇毒，竟把兩條毒蟲毒死了。

楊過微微苦笑，自言自語：「想不到我楊過血中之毒，竟連蜈蚣也抵擋不住。」憤激悲苦，難以自已，忍不住仰天長笑。

忽聽得山峯頂上咕咕咕的叫了三聲，楊過抬起頭來，只見那神鵰昂首挺胸，獨立峯巓，形貌猙獰奇醜，卻自有一股凜凜之威。楊過大喜，宛如見了故人一般，叫道：「鵰兄，咱們又相見啦！」

神鵰長鳴一聲，從山巓上直衝下來。牠身軀沉重，翅短不能飛翔，但奔跑迅疾，有如駿馬，轉眼間便到了楊過身旁，見他少了一條手臂，目不轉睛的望著他。

楊過苦笑道：「鵰兄，我身遭大難，特來投奔你。」神鵰也不知是否能懂他說話，轉身便走。楊過牽了馬匹，跟隨在後。行不數步，神鵰回過頭來，突然伸出左翅在馬腹上一拍。那馬吃痛，大聲嘶叫，倒退幾步，不住跳躍。楊過點頭道：「是了，我既到鵰兄谷中，也不必再出去了，要這馬何用？」心想此鵰大具靈性，實不遜於人，鬆手放開韁繩，在馬臀上一拍，任馬自去，大踏步跟隨神鵰之後。他重傷之餘，體力衰弱，行不多時便坐下休息，神鵰也就停步等候。

如此邊行邊歇，過了一個多時辰，又來到劍魔獨孤求敗埋骨處的石洞。

楊過見了石墳，大爲感慨，心想這位前輩奇人縱橫當時，天下無敵，武功神妙高明，瞧他這般行逕，定是恃才傲物，與常人落落難合，到頭來在這荒谷中寂然而終，武林之中既沒流傳他的名聲事蹟，又沒遺下拳經劍譜、門人弟子，以傳他的絕世武功，這人的身世也眞可驚可羨，卻又可哀可傷。只可惜神鵰雖靈，終究不能言語，否則也可述說他的生平一二。

他在石洞中呆呆出神，神鵰已從外啣了兩隻山兔回來。楊過生火炙了，飽餐一頓。如此過了多日，傷口漸漸愈合，身子也日就康復。流血既多，失毒亦復不少，每當念及小龍女，胸口雖仍疼痛，但已遠不如先前那麼難熬難忍。他本性好動，長日在荒谷中與神鵰爲伴，不禁寂寞無聊起來。

這一日見洞後樹木蒼翠，山氣清佳，便信步過去觀賞風景，行了里許，來到一座峭壁之前。那峭壁便如一座極大的屛風，衝天而起，峭壁中部離地約二十餘丈處，生著一塊三四丈見方的大石，便似一個平台，石邊隱隱刻得有字。極目上望，瞧清楚是「劍塚」兩個大字，他好奇心起：「何以劍亦有塚？難道是獨孤前輩折斷了愛劍，埋在這裏？」

走近峭壁，見石壁草木不生，光禿禿的全無可容手足之處，不知當年那人如何攀援上去。

瞧了半天，越看越神往，心想他亦是人，怎能爬到這般高處，想來必定另有妙法，倘若真的憑藉武功硬爬上去，那直是匪夷所思了。凝神瞧了一陣，突見峭壁上每隔數尺便生著一叢青苔，數十叢筆直排列而上，有幾處生的卻是短草。他心念一動，縱身躍起，探手到最低一叢青苔中摸去，抓出一把黑泥，果然是個小小洞穴，料來是獨孤求敗或旁人當年以利器所挖鑿，年深日久，洞中積泥，因此生了青苔。

心想左右無事，便上去探探那劍塚，但膀下獨臂，攀援大是不便，但想：「爬不上便爬不上，難道還有旁人來笑話不成？就算笑話，卻又如何？」緊一緊腰帶，提一口氣，竄高數尺，左足踏入第一個小洞之中，跟著竄起，右足對準第二叢青苔踢了進去，軟泥迸出，石壁上果然又有一個小穴可以容足。

第一次爬了十來丈，已力氣不加，輕輕溜下，心想：「已有二十多個踏足處尋準，第二次便容易得多。」在石壁下運功調息，養足力氣，展開古墓派輕功，再竄上三十幾個踏足小穴，便竄上了平台。自己手臂雖折，輕功卻毫不減弱，也自欣慰，見大石上「劍塚」兩個大字之旁，尚有兩行字體較小的石刻：

「劍魔獨孤求敗既無敵於天下，乃埋劍於斯。

嗚呼！羣雄俯首，長劍空利，不亦悲夫！」

楊過又驚又羨，只覺這位前輩傲視當世，獨往獨來，與自己性子實有許多相似之處，但說到打遍天下無敵手，自己如何可及。現今只餘獨臂，就算一時不死，也不過是個尋常武夫而已。瞧著兩行石刻出了一會神，低下頭來，見許多石塊堆著一個大墳。這墳背向山谷，俯仰空闊，別說劍魔本人如何英雄，單是這座劍塚便已佔盡形勢，想見此人文武全才，抱負非常，但恨生得晚了，無緣得見這位前輩英雄。

楊過在劍塚之旁仰天長嘯，片刻間四下裏回音不絕，想起黃藥師曾說過「振衣千仞岡，濯足萬里流」之樂，此際亦復有此等豪情勝慨。他滿心雖想瞧瞧塚中利器到底是何等模樣，但畢竟不敢冒犯前輩，於是抱膝而坐，迎風呼吸，胸腹間清氣充塞，竟似欲乘風飛去。忽聽得山壁下咕咕咕的叫了數聲，俯首望去，見神鵰伸爪抓住峭壁上的踏足小穴，正自縱躍上來。牠身軀雖重，但腿勁爪力俱十分厲害，頃刻間便上了平台。

那神鵰稍作顧盼，向楊過點了點頭，叫了幾聲，聲音特異。楊過笑道：「鵰兄，只可惜我沒公冶長的本事，不懂你言語，否則你大可將這位獨孤前輩的生平說給我聽了。」神鵰又低叫幾聲，伸出鋼爪，抓起劍塚上的石頭，移在一旁。楊過心中一動：「獨孤前輩身具絕世武功，說不定會留下甚麼拳經劍譜之類。」

神鵰雙爪起落不停，不多時便搬開塚上石塊，露出並列著的三柄長劍，在第一、第二兩把劍之間，另有一塊長條石片。三柄劍和石片並列於一塊大青石之上。

楊過提起右首第一柄劍，見劍下的石上刻有兩行小字：

「凌厲剛猛，無堅不摧，弱冠前以之與河朔羣雄爭鋒。」

再看那劍時，見長約四尺，青光閃閃，的是利器。他將劍放回原處，拿起長條石片，見石片下的青石上也刻有兩行小字：

「紫薇軟劍，三十歲前所用，誤傷義士不祥，悔恨無已，乃棄之深谷。」

楊過心想：「這裏少了一把劍，原來是給他拋棄了，不知如何誤傷義士，這故事多半永遠無人知曉了。」出了一會神，再伸手去拿第二柄劍，只提起數尺，嗆啷一聲，竟然脫手掉下，在石上一碰，火花四濺，不禁嚇了一跳。

原來那劍黑黝黝的毫無異狀，卻沉重之極，三尺多長一把劍，重量竟自不下七八十斤，比之戰陣上最沉重的金刀大戟尤重數倍。楊過提起時如何想得到，出乎不意的手上一沉，便拿揑不住。再俯身拿起，這次有了防備，拿起七八十斤的重物自不當一回事。見那劍兩邊劍鋒都是鈍口，劍尖更圓圓的似是個半球，心想：「此劍如此沉重，又怎能使得靈便？何況劍尖劍鋒都不開口，倒似是我們古墓派的無尖無鋒劍。」看劍下的石刻，見兩行小字道：

「重劍無鋒，大巧不工。四十歲前恃之橫行天下。」

楊過喃喃唸著「重劍無鋒，大巧不工」八字，心中似有所悟，但想世間劍術，不論那一門那一派的變化如何不同，總以輕靈迅疾爲尙，古墓派玉女劍法尤重輕巧，這柄重劍卻與常理相反，緬懷昔賢，不禁神馳久之。

過了良久，才放下重劍，去取第三柄劍，這一次又上了個當。他只道這劍定然猶重前劍，因此提劍時力運左臂。那知拿在手裏卻輕飄飄的渾似無物，凝神一看，原來是柄木劍，年深日久，劍身劍柄均已腐朽，劍下的石刻是：

「四十歲後，不滯於物，草木竹石均可爲劍。自此精修，漸進於無劍勝有劍之境。」

他將木劍恭恭敬敬的放於原處，浩然長嘆，說道：「前輩神技，令人難以想像。」心想青石板之下不知是否留有劍譜之類遺物，伸手抓住石板，向上掀起，見石板下已是山壁的堅岩，別無他物，不由得微感失望。

那神鵰咕的一聲叫，低頭啣起重劍，放在楊過手裏，跟著又是咕的一聲叫，突然左翅勢挾勁風，向他當頭撲擊而下。頃刻間楊過只覺氣也喘不過來，一怔之下，神鵰的翅膀離他頭頂約有一尺，凝住不動，咕咕叫了兩聲。楊過笑道：「鵰兄，你要試試我的武功麼？左右無事，我便跟你玩玩。」但那七八十斤的重劍怎施展得動，放下重劍，拾起第一柄利劍。神鵰收攏雙翼，轉過了頭不再睬他，神情之間頗示不屑。

楊過立時會意，笑道：「你要我使重劍？但我武功平常，在這絕壁之上跟你過招，決非鵰兄敵手，可得容情一二。」換過了重劍，氣運丹田，力貫左臂，緩緩挺劍刺出。

神鵰並不轉身，左翅後掠，與那重劍一碰。楊過只覺一股極沉猛的大力從劍上傳來，壓得他無法透氣，急忙運力相抗，「嘿」的一聲，劍身晃了幾下，眼前一黑，登時暈去。

也不知過了多少時候，這才悠悠醒轉，只覺口中奇苦，更有不少苦汁正流入咽喉，睜開眼來，見神鵰啣著一枚深紫色的圓球，正餵入他口中。楊過聞到此物甚是腥臭，但想神鵰通靈，所餵之物定有益處，張口吃了。只輕輕咬得一下，圓球外皮便即破裂，登時滿口苦汁。

這汁液腥極苦極，難吃無比。楊過只想噴了出去，總覺不忍拂逆神鵰美意，勉強吞咽入腹。過了一會，略行運氣，但覺呼吸順暢，站起身來，抬手伸足之際非但不覺困乏，反精神大旺，尤勝平時。他暗暗奇怪，按理如爲人強力擊倒，閉氣暈去，縱然不受重傷，也必全身酸痛，難道這深紫色的圓囊竟是療傷靈藥？

他俯身提起重劍，竟似輕了幾分。便在此時，那神鵰咕的一聲，又展翅擊來。楊過不敢硬接，側身避開，神鵰跟著踏上一步，雙翅齊至，勢道威猛。楊過知牠對己並無惡意，但想此鵰雖然靈異，總是畜生，牠身具神力，展翅撲擊之時，發力輕重豈能控縱自如？若給翅膀掃上了，自空墮下，那裏還有命在？見雙翅掃到，忙退後兩步，左足已踏到了平台邊緣。

神鵰竟毫不容情，秃頭疾縮迅伸，彎彎的尖喙竟向他胸口直啄，便似當日啄擊巨蟒。楊過退無可退，只得橫劍封架，牠一嘴便啄在劍上。楊過只覺手臂劇震，重劍似欲脫手，見神鵰跟著右翅著地橫掃，往自己足脛上掠來。楊過吃了一驚，縱身從神鵰頭頂飛躍而過，搶到內側，生怕牠順勢跟擊，反手出劍，噗的一響，又與牠尖嘴相交。楊過嚇出了一身冷汗，叫道：「鵰兄，你不能當我是獨孤大俠啊！」雙足酸軟，坐倒在地。神鵰咕咕低叫兩聲，不再進擊。

楊過無意中叫了那句「你不能當我是獨孤大俠」，轉念一想，此鵰長期伴隨獨孤前輩，瞧牠撲啄趨退間，隱隱然有武學家數，多半獨孤前輩寂居荒谷，無聊之時便當牠是過招的對手。獨孤前輩屍骨已朽，絕世武功便此湮沒，但從此鵰身上，或能尋到這位前輩大師的一些往烈遺風。想到此處，心中轉喜，站起身來，叫道：「鵰兄，劍招又來啦！」重劍疾刺，指向神鵰胸間。神鵰左翅橫展擋住，右翅猛擊過來。

神鵰力氣實在太強，展翅掃來，疾風勁力，便似數位高手的掌風併力齊施一般，楊過手中之劍又太沉重，生平所學的甚麼全眞劍法、玉女劍法等等沒一招施用得上，只有守則以輕功巧妙趨避，攻則呆呆板板的挺劍刺擊。

鬥得一會，楊過疲累了，便坐倒休息。他只一坐倒，神鵰便走開兩步。如此玩了一個多時辰，一人一鵰才溜下平台，回入山洞。

次晨醒轉，神鵰已啣了三枚深紫色腥臭圓球放在他身邊，楊過細加審視，原來是禽獸的膽囊，想到初遇神鵰時牠曾大食毒蛇，又與巨蟒相鬥，想來必是蛇膽。又想毒蛇之膽不知是否也具劇毒，昨日食後精神爽利，力氣大增，反正自己體內就有情花和冰魄銀針的劇毒，也不用多加理會，便一口一個吃了，靜坐調息。突然之間，平時氣息不易走到的各處關脈穴道竟暢通無阻。楊過大喜，高聲叫好。本來靜坐修習內功，最忌心有旁騖，大哀大樂，更為凶險，但此時他喜極而呼，週身內息仍綿綿流轉，全無阻滯。

他躍起身來，提起重劍，出洞又和神鵰練劍。此時已去了幾分畏懼之心，雖仍避多擋少，但在神鵰凌厲無倫的翅力之間，偶然已能乘隙還招。平地練劍，不虞跌落高台，已有餘裕使出巧招。

如此練劍數日，楊過提著重劍時手上已不如先前沉重，擊刺揮掠，漸感得心應手。同時越來越覺以前所學劍術變化太繁，花巧太多，想到獨孤求敗在青石上所留「重劍無鋒，大巧不工」八字，其中境界，實遠勝世上諸般最巧妙的劍招。他和神鵰搏擊之時，凝思劍招的去勢迴路，但覺越是平平無奇的劍招，對方越難抗禦。比如挺劍直刺，只要勁力強猛，威力遠勝玉女劍法等變幻奇妙的劍招。他每日服食神鵰採來的蛇膽，不知不覺間膂力激增。而體內毒性發作時的劇痛也越來越輕，到後來毒性已若有若無，即令對小龍女苦苦相思，也不起難當難忍的劇痛了。

這日出外閒步，山谷間見有三條大毒蛇死在地下，肚腹洞開，蛇身為利爪抓得見骨，確知自己所食果是蛇膽。毒蛇遍身隱隱發出金光，三角形的蛇頭生有肉瘤，金光更盛，從所未見。心想：神鵰力氣這樣大，想必也是多食這些怪蛇的蛇膽之故。

過得月餘，竟勉強已可與神鵰驚人的巨力相抗，發劍擊刺，呼呼風響，不禁大感欣慰。武功到此地步，便似登泰山而小天下，回想昔日所學，頗有渺不足道之感。轉念又想，若無先前根柢，今日縱有奇遇，也決不能達此境地，神鵰總是不會言語的畜生，誘發導引則可，指教點撥卻萬萬不能，何況神鵰也不能說會甚麼武功，只不過天生神力，又跟隨獨孤求敗日久，經常和他動手過招，記得了一些進退撲擊的方法而已。

這一日清晨起身，滿天烏雲，大雨傾盆而下。楊過向神鵰道：「鵰兄，這般大雨，咱們還練武不練？」神鵰咬著他衣襟，拉著他向東北方行了幾步，隨即邁開大步，縱躍而行。楊過心想：「難道東北方又有甚麼奇怪事物？」提了重劍，冒雨跟去。

行了數里，隱隱聽到轟轟之聲，不絕於耳，越走聲音越響，顯是極大的水聲。楊過心道：「下了這場大雨，山洪暴發，可得小心些！」轉過一個山峽，水聲震耳欲聾，只見山峯間一條大白龍似的瀑布奔瀉而下，衝入一條溪流，奔騰雷鳴，湍急異常，水中挾著樹枝石塊，轉眼便沖得不知去向。

這時雨下得更大了，楊過衣履盡濕，四顧水氣濛濛，蔚爲奇觀，見山洪勢道奇猛，心中微生懼意。神鵰伸嘴拉著他衣襟，走向溪邊，似乎要他下去。楊過奇道：「下去幹麼？水勢勁急，只怕站不住腳。」神鵰放開他衣襟，咕的一聲，昂首長啼，躍入溪中，穩穩站在溪心的一塊巨石上，左翅前搧，將上流衝下來的一塊岩石打了回去，待那岩石再次順水衝下，又揮翅擊回，如是擊了五六次，那岩石始終流不過牠身邊。到第七次順水衝下時，神鵰振翅力擊，岩石飛出溪水，掉在右岸，神鵰隨即躍回楊過身旁。

楊過會意，知道劍魔獨孤求敗昔日每遇大雨，便到這山洪中練劍，自己卻無此功力，不敢便試，正自猶豫，神鵰大翅突出，唰的一下，拂在楊過臀上。牠站得甚近，楊過出其不意，身子直往溪中落去，忙使個「千斤墜」身法，落在神鵰站過的那塊巨石上。雙足一入水，山洪便衝得他左搖右晃，難於站穩。楊過心想：「獨孤前輩是人，我也是人，他既能站穩，我如何便不能？」屏氣凝息，奮力與激流相抗，但想伸劍挑動山洪中挾帶而至的岩石，卻力所不及。

耗了一炷香時分，他力氣漸盡，伸劍在石上一撐，躍回岸上。他沒喘息得幾下，神鵰又揮翅拂來。這一次他有了提防，沒給拂中，自行躍入溪心，心想：「這位鵰兄當真是嚴師諍友，逼我練功，竟沒半點鬆懈。牠既有此美意，我難道反無上進之心？」氣沉下盤，牢牢站住，時刻稍久，漸漸悟到了凝氣用力的法門，山洪雖越來越大，直浸到了腰間，他反不如先前的難以支持。又過片刻，山洪浸到胸口，逐步漲到口邊，楊過心道：「雖然我已站立得穩，總不成給水淹死！」只得縱躍回岸。

那知神鵰守在岸旁，見他從空躍至，不待他雙足落地，已展翅撲出。楊過伸劍擋架，卻給牠這一撲之力推回溪心，撲通一聲，跌入了山洪。

他雙足站上溪底巨石，水已沒頂，一大股水衝進了口中。倘若運氣將大口水逼出，內息上升，足底必虛，當下凝氣守中，雙足穩穩站定，使出古墓中習來的閉氣之法，暫不呼吸，過了一會，雙足一撐，躍起半空，口中一條水箭激射而出，隨即又沉下溪心，讓山洪從頭頂轟隆轟隆的衝過，身子便如中流砥柱般在水中屹立不動。心漸寧定，暗想：「鵰兄叫我在山洪中站立，若不使劍挑石，仍叫牠小覷了。」他生來要強好勝，便在一隻扁毛畜生之前也不肯失了面子，見到溪流中帶下樹枝山石，便舉劍挑刺，向上流反推上去。岩石在水中輕了許多，那重劍受水力一托，也已大不如平時沉重，出手較為靈便。他挑刺掠擊，直練到筋疲力盡，足步虛晃，這才躍回岸上。

他生怕神鵰又要趕他下水，這時腳底無力，若不小休片時，已難與山洪的衝力抗拒。果然神鵰不讓他在岸上立足，見他從水中躍出，登時舉翅搏擊。

楊過叫道：「鵰兄，你這不要了我的命麼？」躍回溪中站立一會，實在支持不住，終又縱回岸上，眼見神鵰舉翅拂來，卻又不願便此坐倒認輸，只得挺劍回刺，三個回合過去，神鵰竟給他逼得退了一步。楊過叫道：「得罪！」又挺劍刺去，只聽得劍刃刺出時嗤嗤聲響，與往時已頗不相同。神鵰見他的劍尖刺近，也已不敢硬接，迫得閃躍退避。

楊過知道在山洪中練了半日，勁力已頗有進境，又驚又喜，自忖勁力增長，本來決非十天半月之功，何以在水中擊刺半日，劍力竟會大進？想是那怪蛇的蛇膽定有強筋健骨的奇效，以致在不知不覺之間早已內力大增，此時於危急之際生發出來，自己這才察知。他在溪旁靜坐片刻，力氣即復，這時不須神鵰催逼，自行躍入溪中練劍。

二次躍上時見神鵰已不在溪邊，不知到了何處。見雨勢漸小，心想山洪倏來倏去，明日再來，水力必弱，乘著此時並不覺得如何疲累，不如多練一會，便又躍入溪心。

練到第四次躍上，見岸旁放著兩枚怪蛇的蛇膽，好生感激神鵰愛護之德，便即吃了，又入溪心練劍。練到深夜，山洪卻漸漸小了。

當晚他竟不安睡，在水中悟得了許多順刺、逆擊、橫削、倒劈的劍理。到這時方始大悟，以此使劍，眞是無堅不摧，劍上何必有鋒？但若非這一柄比平常長劍重了數十倍的重劍，這門劍法也施展不出，尋常利劍只須拿在手裏輕輕一抖，勁力未發，劍刃便早斷了。

其時大雨初歇，晴空一碧，新月的銀光灑在林木溪水之上。楊過瞧著山洪奔騰而下，心通其理，手精其術，知重劍的劍法已盡於此，不必再練，便劍魔復生，所能傳授的劍術也不過如此而已。將來內力日長，所用之劍便可日輕，終於使木劍如使重劍，那只是功力自淺而深，全仗自己修爲，至於劍術，卻至此而達止境。又想：玉女心經中的劍法求輕求快，也並非錯了，只因女流之輩，難使沈重兵器，難練厚重勁力，只得從「快捷飄忽」著眼，這與「勁雄凝重」是武學中的兩條正途。「重劍無鋒」與「天羅地網」皆是武學中的至高絕詣。

他在溪邊來回閒步，仰望明月，心想若非獨孤前輩留下這柄重劍，又若非神鵰從旁誘導，自己因服怪蛇蛇膽而內力大增，那麼這套劍術世間已不可再而得見。又想到獨孤求敗全無憑藉，居然能自行悟到這劍中的神境妙旨，聰明才智實勝己百倍。

獨立水畔想像先賢風烈，又佩服，又心感。尋思：「姑姑見到我此刻的武功，可不知有多歡喜了。唉，不知她此時身在何處？是否望著明月，也在想我？」一念及小龍女，胸口仍然一陣劇痛，比之先前卻已輕得多了。

轉念又想：「我雖悟到了劍術的至理，但枯守荒山，又有何用？我體內毒性並未去盡，倘若突然發作，隨時便即死了，這至精至妙的劍術豈非又歸湮沒？」想到此處，雄心登起，自言自語：「我也當學一學獨孤前輩，要以此劍術打得天下羣雄俯首束手，這才甘心就死。何況我死之前，必得再與姑姑相會。」

迴眼看著右臂斷折之處，想起郭芙截臂之恨，熱血湧上胸間，心道：「這丫頭自恃父親是當代大俠，母親是丐幫幫主，自來不把我放在眼裏，自小我寄居她家，不知受了她多少白眼，多少屈辱？我謊言欺騙武氏兄弟，其實也是爲了她好，倘若武氏兄弟中有一人爲她而死，豈非是她的罪過？她乘我重病之際斬我一臂，此仇不報，非丈夫也！」

他向來極重恩怨，胸襟殊不寬宏，當日手臂初斷，躲在這荒谷中療傷，那是無可奈何，此刻臂傷已愈，武功反而大進，報仇雪恨之念再也難以抑制。

心神激盪之下，連夜回到山洞，向神鵰說道：「鵰兄，你的大恩大德，終究報答不了，小弟在江湖上尚有幾樁恩怨未了，暫且分別，日後再來相伴。獨孤前輩這柄重劍，小弟求借一用。」說著深深一揖，又向獨孤求敗的石塚拜了幾拜，掉首出谷。那神鵰直送至谷口，一人一鵰摟抱親熱了一陣，這才依依而別。

那柄劍極是沉重，如繫在腰間，腰帶立即崩斷。他在山邊採了三條老藤，搓成一帶，將重劍繫了，負在背上，施展輕身功夫，直奔襄陽。

到得城外，天色未晚，心想日間行事不便，何況一晚沒睡，精力不充，郭伯伯和郭伯母均是武學高手，此時必已康復，遇上了定有一番惡鬥，當下在城外的墳場草叢中睡了幾個時辰，然後調息運功，又採些野果飽餐了一頓，等到初更時分，來到襄陽城下。

襄陽城雄垣高，當日金輪國師、李莫愁等從城頭躍下，尚須以人墊足，方免受傷，現下要從城牆腳攀上城頭，殊非易易。楊過在墳場中休息之時，早已想到了上城的法子，心想郭伯伯那「上天梯」的功夫我可不會，獨孤前輩如何上那懸崖峭壁，我便如何爬上襄陽城頭，走到東門旁僻靜之處，待城頭巡視的守兵走遠，便躍起身來，挺重劍往城牆上奮力一刺。重劍雖無尖鋒，但這一劍去勢剛猛，那城牆以極厚的花岡石砌成，卻聽篷的一聲，應劍而破，裂出了一個碗口大的洞孔。

楊過沒料到隨手一劍竟有這般威力，心中又驚又喜，二次躍上時左足踏入破洞，舉手挺劍，在頭頂的城牆上又刺了一孔，這次出手輕得多了，以免驚動城上守軍。如此逐步爬上，最後翻上了城頭，躲在暗處。城牆內側有石級可下，楊過待守軍行開，一溜煙的飛奔而下，逕往郭府而去。

他服食蛇膽後內力大增，同時身軀靈便，輕功也遠勝往昔。但郭靖的武功實在非同小可，單是降龍十八掌的掌力就只怕天下無人能敵，再加上黃蓉的打狗棒法變化奧妙，自己所知者不過十之七八，所能運使者更不過十之六七，半點也不敢大意。遇上二人當眞動手，自己輸多贏少，可不能白白的前來送死，枉自將性命送在這裏，即使郭靖對自己不下殺手，卻又何苦來要他饒命，自討沒趣？

他縮身在郭府牆外一株大樹之後，隱隱聽得郭府中更夫打了二更，篤篤篤三聲擊打竹筒，噹噹兩聲敲鑼，叫著：「風乾物燥，火燭小心！」一見黑影晃動，有人悄悄躡向牆邊。楊過凝神看去，那人身形苗條，一身黑衣，背上斜揷長劍，依稀便是郭芙。楊過心想：「她深夜出外，幹甚麼了？」見郭芙輕輕越牆而入，奇道：「她回到自己家裏，卻何以這等鬼鬼祟祟，似乎怕人察覺？」走得稍遠，從另一處越牆而入。

矇矓中見郭芙輕手輕腳前行，楊過便跟在她身後，見郭芙回向她自己的住房，推開房門，便即入內。楊過竄上她房外的一株大木筆花樹，藏在枝葉之間，依稀聽得一個女子聲音歡然道：「大小姐，你回來啦。夫人已差人來問起三次，大小姐回來了沒有？」郭芙道：「我出去找尋妹妹的蹤跡，你去跟老爺、夫人回報，說我要見爹爹。」那女子應道：「是！」開房門出來。楊過尋思：「此時要去斷她一臂，再也容易不過。」

他相貌英俊，性格也頗風流自喜，雖對小龍女一往情深，從無他念，但許多少女見了他往往不由自主的為之鍾情顛倒，如程英、陸無雙、公孫綠萼、完顏萍等人或暗暗傾心，或坦率示意。此刻他手撫樹幹，想起自己已成殘廢，若再遇到這些多情少女，在她們眼中，自己勢必成為可笑可憐之人，武功雖強，也不過是個驚世駭俗的怪物而已。思潮起伏，追念平生諸事，情不自禁的低聲說道：「只有姑姑，只姑姑一人，別說我少了一臂，便四肢齊折，她對我的心意也必毫無變異。」

又想：「既然姑姑對我情意不變，我是否少了一臂，又有甚麼相干？此刻要傷她雖易，究非男子漢大丈夫的磊落作為。」凝目四望，見一個女子提了燈籠，在花園中向東而行，料想她是郭芙派去稟告郭靖夫婦的丫鬟，悄聲落地，快步跟在她身後。見她走入郭靖夫婦的居室，便走到窗下，要聽他夫婦說些甚麼。

那丫鬟走進房中，說道：「老爺，夫人，大小姐回來啦！大小姐出去找尋二小姐的蹤跡，她說要來見老爺。」郭靖問道：「她說找到甚麼線索沒有？」那丫鬟道：「大小姐沒說。」郭靖道：「你跟她說，不用再裝模作樣的去找人，沒用的！我要見她，自會見她。」那丫鬟答應道：「是！老爺夫人請安歇。」轉身出來，帶上了房門。

只聽得黃蓉柔聲勸道：「芙兒斬斷了過兒一條手臂，怕你責罰，逃出去不知在那裏躲了十來天，我記掛得要命。好容易盼到她回家來了，這麼多天，你始終不肯見她。自己親生的女兒喲，你怎麼狠得下心！靖哥哥，你聽我勸，這便見她一見，狠狠的責罵她一頓，再或用毛竹板重重打她一頓。她怕你怕得狠了，這些天瘦了快十斤啦。你真氣不過，使你的降龍十八掌打她幾下屁股，不就完了。」她說到降龍十八掌時，語音中已帶笑意。

郭靖道：「哼！我使降龍十八掌打她，她配麼？這一下，豈不把她屁股打得稀爛！」黃蓉柔聲道：「你做爹爹的，落手輕些，不就成了？」郭靖道：「我幹麼要落手輕些？我想起咱們這麼對不起過兒，眞不知怎麼向他賠罪才是。他從小要強好勝，少了一條手臂，從此武功全失，在這世上只有任人欺侮的份兒，要打要罵，無從反抗，他就算今天還沒死，這般受人欺壓，過不了幾年，也就鬱鬱死去了。咱們要是收留他在家，好好照看，他廢人一個，有甚麼樂趣？何況咱們家裏還有位大小姐天天要欺侮他……」說到後來，聲音竟嗚咽了。楊過聽了，似乎覺得自己眞如此可憐，心中不覺竟也感到十分淒涼。

黃蓉道：「這件事，也不全是芙兒的過錯。楊過和他師伯李莫愁兩人搶了襄兒，要去絕情谷換取丹藥，要解過兒身上之毒。芙兒要救妹子，惱怒之下，下手稍狠，也不能說罪不可恕。你想李莫愁殺人如麻，心狠手辣，江湖上一等一的好漢也聞名喪膽，襄兒小小一個女孩兒……這孩子生下不到一個時辰，便落入了這魔頭手中，這時還有命麼？」說到這裏，語聲嗚咽，啜泣起來。

郭靖說道：「過兒決不是這樣的人。再說，他累次救我救你，咱們便拿襄兒換他一命，那也心甘情願。」黃蓉泣道：「你情願，我可不情願……」

這時室中突然發出一陣嬰兒啼哭，聲音甚是洪亮。楊過大奇：「難道那小女孩已從李莫愁手中搶回來了？怎麼她又說『這時還有命麼』？」屏住呼吸，湊眼到窗縫中張望，見黃蓉手中果然抱著一個嬰兒。那嬰兒剛好臉向窗口，楊過瞧得明白，但見他方面大耳，皮色粗黑，臉上生滿了細毛。那女嬰郭襄他曾在懷中抱過良久，記得是白嫩嬌小，眉目清秀，和這壯健肥碩的嬰兒大不相同。黃蓉背向窗口，低聲哄著嬰兒，說道：「好好一對雙胞胎，你快去給我找他姊姊回來。」楊過恍然大悟，才知黃蓉一胎生下了兩個孩兒，先誕生的是女嬰郭襄，其後又生一個男嬰。當生這男嬰之時，女嬰已給小龍女抱走。

郭靖在室中踱來踱去，說道：「蓉兒，你平素挺識大體，怎地一牽涉到兒女之事，便這般瞧不破？眼下軍務緊急，我怎能為了一個小女兒而離開襄陽？」黃蓉道：「我說我自己去找，你又不放我去。難道便讓咱們的孩兒這樣白白送命麼？」郭靖道：「你身子還沒復原，怎能去得？」黃蓉怒道：「做爹的不要女兒，做娘的命苦，那有甚麼法子？」說著垂下淚來。

楊過在桃花島上和他們相聚多時，見他們夫婦相敬相愛，從沒吵過半句，這時卻見二人面紅耳赤，言語各不相下，顯然已為此事爭執過多次。黃蓉又哭又說，郭靖綳緊了臉，在室中來回走個不停。

過了一會，郭靖說道：「這女孩兒就算找了回來，你待她仍如對待芙兒一般，嬌縱得她無法無天，這樣的女兒有不如無！」黃蓉大聲道：「芙兒有甚麼不好了？她心疼妹子，出手重些，也是情理之常。倘若是我啊，楊過若不把女兒還我，我連他左臂也砍了下來。」郭靖大聲喝道：「蓉兒，你說甚麼？」舉手往桌上重重一擊，砰的一聲，木屑紛飛，一張堅實的紅木桌子登時給他打塌了半邊。那嬰兒本來不住啼哭，給他這麼一喝一擊，竟嚇得不敢再哭。

便在此時，楊過突見西首窗下有個人影一晃，那人接著矮了身子，悄悄退開。楊過心想：「原來除我之外，還有人在窗外偷聽，卻是誰了？」躡足在那人之後，見那人身形婀娜，正是郭芙。楊過心道：「好啊！瞧你躲到那裏？」突然身後一暗，房中燈火熄滅，聽黃蓉氣忿忿的道：「你出去罷，別驚嚇了孩兒！」

楊過知郭靖就要出來，在他眼前可不易躲得過，忙搶到假山之後，快步繞到郭芙房外，竄高上了她房外那株大木筆花樹，躲在枝葉之間。

過不多時，果見郭芙回到房中。那丫鬟說道：「已打過二更啦，姑娘請安睡罷。」郭芙哼了一聲，道：「我睡得著時自然會睡！你出去。」那丫鬟應道：「是。」開門出來，帶上房門，自行去了。

過了半晌，只聽得郭芙幽幽的一聲長嘆，楊過心道：「你還嘆甚麼氣？你斷我一臂，我便也斷你一臂，只不過好男不與女鬥，此刻我下來傷你，雖易如反掌，卻不是大丈夫行逕。」略一沉吟，已有計較：「好，讓我大聲叫嚷，將郭伯伯叫來。我先將他打敗，再處置他女兒。男兒漢光明磊落，再也沒人能笑話我一句。」但轉念又想：「郭伯伯武功卓絕，我眞能勝得了他麼？只怕未必！君子報仇，十年未晚，還是程英妹子那句話。但我還有十年的命來等嗎？」念及斷臂之恨，胸間熱血潮湧，忽聽得腳步聲響，一人大踏步過來。

只見他腳步沉凝，身形端穩，正是郭靖。他走到女兒房外，伸指在門上輕輕一彈，說道：「芙兒，你睡了麼？」郭芙站了起來，道：「爹，是你麼？」聲音微帶顫抖。楊過心中一驚：「莫非郭伯伯知我來此，特來保護女兒？」

郭靖「嗯」了一聲。郭芙將門打開，抬頭向父親望了一眼，隨即低下了頭。

李莫愁見黃蓉將棘藤纏了一道又是一道，在幾株大樹之間拉來扯去，密密層層的越纏越多，又見她臉帶詭笑，似乎不懷好意，心中不禁有些發毛，說道：「夠了！」

第二十七回　鬥智鬥力

郭靖走進房去帶上了門，坐在床前椅上，半晌無言。兩人僵了半天，郭靖才問：「這些時候你到那裏去啦？」郭芙道：「我……我傷了楊大哥，怕你責罰，因此……因此……」郭靖道：「因此出去躲避幾天？」郭芙咬著嘴唇，點了點頭。郭靖道：「你是想等我怒氣過了，這才回來？」

郭芙又點了點頭，突然撲在他懷裏，抽抽噎噎的道：「爹，你還生女兒的氣麼？」郭靖撫摸她頭髮，低聲道：「我沒生氣。我從來就沒生氣，只是為你傷心。」郭芙叫了聲：「爹！」伏在他懷裏，嗚嗚咽咽的哭泣。

郭靖仰頭望著屋頂，一聲不響，待她哭聲稍止，說道：「楊過的祖父鐵心公，和你祖父嘯天公是異姓骨肉，他的爹爹和你爹爹，也是結義兄弟，這你都是知道的。」郭芙

「嗯」一聲。郭靖又道：「楊過這孩子雖然行事任性些，卻是一副俠義心腸，幾次三番不顧自身，救過你爹娘的性命，也曾救過你。他年紀輕輕，但爲國爲民，已立過不小的功勞，你也知道的。」郭芙聽父親的口氣漸漸嚴厲，更不敢接口。

郭靖站起身來，又道：「還有一件事，你卻並不知道，今日也對你說了。過兒的父親楊康，當年行爲不端，我是他義兄，卻沒盡心竭力勸他改過，他終於慘死在嘉興王鐵槍廟中，雖不是你媽媽下手所害，他卻是因你媽媽而死，我郭家負他楊家實多……」

楊過聽到「慘死在嘉興王鐵槍廟中」以及「他卻是因你媽媽而死」兩句話，深藏心底的仇恨，猛地裏又翻了上來，只聽郭靖又道：「我本想將你許配於他，彌補我這件畢生之恨，豈知……豈知……唉！」

郭芙抬起頭來，道：「爹，他擄我妹子，又說了許多胡言亂語，敗壞女兒的名聲。爹，他楊家雖和我家有這許多瓜葛，難道女兒便這樣任他欺侮，不能反抗？」

郭靖霍地站起，喝道：「明明是你斬斷了他手臂，他卻怎樣欺侮你了？他武功勝你十倍，眞要欺侮你，你便有十條臂膀，也都給他斬了。那柄劍呢？」郭芙不敢再說，從枕頭底下取出君子劍來。郭靖接在手裏，輕輕一抖，劍刃發出一陣嗡嗡之聲，凜然說道：「芙兒，人生天地之間，行事須當無愧於心。爹爹平時雖對你嚴厲，但愛你之心，和你母親並無分別。」說到最後幾句話，語聲轉爲柔和。郭芙低聲道：「女兒知道。」

郭靖又道：「好，你伸出右臂來。你斬斷人家一臂，我也斬斷你一臂。你爹爹一生正直，決不敢循私妄為，庇護女兒。」郭芙明知這一次父親必有重責，但沒料想到竟要斬斷自己一條手臂，只嚇得臉如土色，大叫：「爹爹！」郭靖鐵青著臉，雙目凝視著她。

楊過料想不到郭靖竟會如此重義，瞧了這般情景，只嚇得一顆心突突亂跳，只想：「我要不要下去阻止？叫他饒了郭姑娘？」正自思念未定，郭靖長劍抖動，揮劍削下，劍到半空時微微一頓，跟著便即斬落。

突然呼的一聲，窗中躍進一人，身法快捷無倫，人未至，棒先到，一棒便將郭靖長劍去勢封住，正是黃蓉。

她一言不發，唰唰唰連進三棒，都是打狗棒法中的絕招。一來她棒法精奧，二來郭靖出其不意，竟給她逼得向後退了兩步。黃蓉叫道：「芙兒還不快逃！」

郭芙的心思遠沒母親靈敏，遭此大事，竟嚇得呆了，站著不動。黃蓉左手抱著嬰孩，右手迴棒一挑一帶，捲起女兒身軀，從窗口中摔了出去，叫道：「快回桃花島去，請柯公公來向爹爹求情。」跟著轉過竹棒，連用打狗棒法中的「纏」「封」兩訣，阻住郭靖去路，叫道：「快走，快走！小紅馬在府門口。」

黃蓉素知丈夫為人正直，近於古板，又極重義氣，這一次女兒闖下大禍，在外躲了多日回家，丈夫怒氣不息，定要重罰，早已命人牽了小紅馬待在府門之外，馬鞍上衣服銀兩，一應俱備。如能勸解得下，讓丈夫將女兒責打一頓便此了事，那自是上上大吉，否則只好遣她遠走高飛，待日子久了，再謀父女團聚。臥室中夫妻倆一場爭吵，見他臉色不善，走向女兒臥房，心知凶多吉少，當即跟來，救了女兒的一條臂膀。憑她武功，原不足以阻住丈夫，但郭靖向來對她敬畏三分，情深愛切，又見她懷中抱著嬰兒，總不成便施殺手奪路外闖，只這麼略一躭擱，郭芙已奔出花園，到了府門之外。

楊過坐在樹上，一切看在眼裏，當郭芙從窗中摔出之時，倘若伸劍下擊，她焉能逃脫？但想她一家吵得天翻地覆，都是爲我而起，這時乘人之危，卻下不了手。

黃蓉連進數招，又將郭靖逼得倒退兩步，這時他已靠在床沿之上，無可再退。黃蓉叫道：「接著！」將嬰兒向丈夫抛去。郭靖一怔，伸左手接住了孩子。黃蓉垂下竹棒，走到丈夫身前，柔聲道：「靖哥哥，你便饒了芙兒罷！」郭靖搖頭道：「我何嘗不深愛芙兒？但她做下這等事來，若不重懲，於心何安？咱們又怎對得起過兒？唉，過兒斷了一臂，沒人照料，不知他這時生死如何？我……我眞恨不得斬斷了自己這條臂膀……」右手提著君子劍從空虛擬。黃蓉自知他不會眞的自己斷臂，但知丈夫古板重義，畢竟有些害怕，將劍接過，插入劍鞘，拿在手裏。

楊過聽郭靖言辭眞摯，不禁心中一酸，眼眶兒紅了。

黃蓉道：「連日四下裏找尋，都沒見到他蹤跡，倘若有甚不測，必能發見端倪。過兒武功已不在你我之下，雖受重傷，必無大礙。」郭靖道：「但願如此。我去追芙兒回來，這事可不能就此算了。」黃蓉笑道：「她早騎小紅馬出城去了，那裏還追得著？」郭靖道：「這時三鼓未過，若無呂大人和我的令牌，黑夜中誰敢開城？」

黃蓉嘆了口氣，道：「好罷，由得你便了！」伸手去接抱兒子郭破虜。郭靖將嬰兒遞了過去，臉有歉意，說道：「蓉兒，是我對你不住。但芙兒受罰之後，雖然殘廢，只要她痛改前非，於她也未始沒好處……」

黃蓉點頭道：「那也說得是！」雙手剛碰到兒子的襁褓，突然一沉，卻揷到了郭靖脅下，使出家傳「蘭花拂穴手」絕技，在他左臂下「淵液穴」、右臂下「京門穴」同時一拂。這兩處穴道都在手臂之下，以郭靖此時武功，黃蓉若非使詐，焉能拂他得著？但當她將兒子拋給丈夫之時，已安排了這後著。郭靖遇到妻子用計，當眞縛手縛腳，登時全身酸麻，倒在床上，動彈不得。

黃蓉把孩兒放在床尾，爲郭靖除去鞋襪外衣，讓他好好躺在床上，取枕頭墊在後腦，令他睡得舒舒服服，然後從他腰間取出令牌。郭靖眼睜睜的瞧著，卻無法抗拒。

黃蓉又將兒子放在丈夫身畔，讓他爺兒倆並頭而臥，然後將棉被蓋在二人身上，說道：「靖哥哥，今日便得罪一次，待我送芙兒出城，回來親自做幾個小菜，敬你三碗，向你賠罪。你原諒了蓉兒這一次。你一生體諒我多了，再多一次也不打緊。」說著福了一福，站起身來，在他臉頰上親了一吻。

郭靖聽在耳裏，妻子已是三個孩子的母親，卻頑皮嬌憨不減當年，眼睜睜的瞧著她抿嘴一笑，飄然出門，心想這兩處穴道給拂中後，她若不回來解救，自己以內力衝穴，最快也得半個時辰方能解開，女兒是無論如何追不上了，這件事當眞哭笑不得。

黃蓉愛惜女兒，她孤身一人回桃花島去，以她這樣一個美貌而莽撞的少女，千里迢迢，途中難免不遇凶險，回到臥室，取了桃花島至寶軟蝟甲用包袱包了，夾在腋下，快步出府，展開輕功，頃刻間趕到了南門。

只見郭芙騎在小紅馬上，正與城門守將大聲吵鬧。那守將說話極是謙敬，郭姑娘前，郭姑娘後的叫不絕口，但總說若無令牌，黑夜開城，便有殺頭之罪。

黃蓉心想這草包女兒一生在父母庇蔭之下，從未經歷過艱險，遇上了難題，不設法出奇制勝，一味發怒呼喝，卻濟得甚事？手持令牌，走上前去，說道：「這是呂大人的令牌，你驗過了罷。」

當時主持襄陽城防的是安撫使呂文煥，雖一切全仗郭靖指點，但郭靖是布衣客卿，諸般號令部署全憑呂文煥的名銜發布。那守將見郭夫人親來，又見令牌無誤，忙陪笑開城，牽過自己坐騎，說道：「郭夫人如用得著，請乘了小將這匹馬去。」黃蓉道：

「好，我便借用一下。」郭芙見母親到來，歡喜無限，母女倆並騎出城南行。

黃蓉捨不得就此和女兒分手，竟越送越遠。襄陽以北，除相隔漢水的樊城之外，數百里幾無人煙，襄陽以南卻賴此重鎮屏障，未遭蒙古大軍蹂躪，雖動亂不安，居民仍一如其舊。母女倆行出二十餘里，天色大明，到了一個市鎮，叫作新城鎮，趕早市的店鋪已經開門。黃蓉道：「芙兒，再向南便是宜城。咱們同去吃點兒飲食，我便要回城去啦。」

郭芙含淚答應，好生後悔，實不該以一時之忿，斬斷了楊過手臂，以致今日骨肉分離，獨自冷清清的回桃花島去，和一個瞎了眼睛的柯公公為伴，這樣的日子只要想一想也就難挨了。但父親舉劍砍落的神情，念及猶自心有餘悸，說甚麼也不敢回襄陽。

兩人走進一家飯鋪，叫了些熟牛肉、麵餅，母女倆分手在即，誰也無心食用。黃蓉將軟蝟甲交給女兒，叫她晚間到了客店，便穿在身上，又反復叮嚀，在道上須得留心這些、提防那些，但一時之間又怎說得了多少？眼見女兒口中只是答應，眼眶紅紅的楚楚可憐，平時愛嬌活潑的模樣一時盡失，更加不忍，一瞥眼見市鎮西頭一家糖食店前擺著一擔蘋果，鮮紅肥大，心道：「去買幾個來讓芙兒在道上吃，這便該分手啦。」說道：「芙兒，你多吃幾塊麵餅。便吃不下，也得勉強吃些，這兵荒馬亂之際，要到宜城才有東西吃。我過去買點物事。」站起身來，走過十多家店面，到了那賣蘋果的擔子前。

她揀了十來個大紅蘋果放入懷中，順手取了一錢銀子，正要遞給果販，忽聽得身後一個女子的聲音說道：「給秤二十斤白米，一斤鹽，都放在這麻袋裏。」

黃蓉聽那女子話聲清脆明亮，側頭斜望，見是個黃衣道姑站在一家糧食店前買物。這道姑左手抱著個嬰兒，右手伸到懷中去取銀兩。嬰兒身上的襁褓是湖綠色的緞子，繡著一隻殷紅的小馬，正是黃蓉親手所製。

她一見到這襁褓，登時心頭大震，雙手發顫，右手拿著的那塊銀子落入了籮筐。這嬰兒若不是她親生女兒郭襄，卻又是誰？只見那道姑側過半邊臉來，容貌甚美，眉間眼角卻隱隱含有煞氣，腰間垂掛一根拂塵，自然便是江湖上大名鼎鼎的赤練仙子李莫愁了。黃蓉從未和這女魔頭會過面，但這般裝束相貌，除她之外更無別人。

黃蓉生下郭襄後，慌亂之際，只模模糊糊的瞧過幾眼，這時忍不住細看女兒，見她眉目嬌美，神姿秀麗，雖是個極幼的嬰兒，但無疑是個美人胎子，又見她小臉兒紅紅的，長得甚是壯健。她兄弟郭破虜雖吃母乳，還不及她這般肥白可愛。黃蓉又驚又喜，忍不住要流下淚來。李莫愁付了銀錢，取過麻袋，一手提了，便即出鎮。

黃蓉見事機緊迫，不及去招呼郭芙，心想：「襄兒既入她手，此人陰毒絕倫，如強行搶奪，她必傷孩兒性命。」一見她走出市梢，沿大路向西而行，於是不即不離的跟隨在後，又想：「她是過兒的師伯，雖聽說他們相互不睦，但芙兒傷了過兒手臂，他們古墓派和我郭家已結了深仇。倘若過兒和龍姑娘都在前面相候，我以一敵三，萬難取勝，只有及早出手，方是上策。」見李莫愁折而向南，走進一座樹林，便展開輕功，快步從樹旁繞過，趕在李莫愁前頭，突然竄出，迎面攔住。

李莫愁忽見身前出現一個美貌少婦，當即立定。黃蓉笑道：「這位想必是赤練仙子李道長了，幸會，幸會！」李莫愁見她竄出時身法輕盈，實非平常之輩，又見她赤手空拳，腰帶間插著一根淡黃色竹杖，一轉念間，登時滿臉堆歡，放下蔴袋，斂衽施禮，說道：「小妹久慕郭夫人大名，今日得見芳顏，實慰平生。」

當今武林之中，女流高手以黃蓉和李莫愁兩人聲名最響。清淨散人孫不二成名雖早，武功遠不及兩人。小龍女則年紀幼小，霍都王子終南山古墓敗歸，小龍女始爲人知，大勝關一戰，更名揚天下，但畢竟爲時未久。黃李二人一個是東邪黃藥師嬌女、大俠郭靖之妻、身任丐幫幫主二十餘年；另一個以拂塵、銀針、赤練神掌三絕技名滿天下，江湖上聞而喪膽。此時兩人初次見面，細看對方，均各自驚奇：「原來她竟是如此的一個美貌女子！」心下都嚴加提防，對方既享大名，必有眞實本領。

黃蓉笑道：「道長之名，小妹一向久仰的了。道長說話如何這般客氣？」李莫愁道：「郭夫人是天下第一大幫丐幫前任幫主，武林中羣倫之首，小妹當眞相見恨晚。」兩人說了好些客套話。

黃蓉笑道：「道長懷抱的這個嬰兒，可愛得很啊，卻不知是誰家孩兒？」李莫愁道：「說來慚愧，郭夫人可莫見笑。」黃蓉道：「不敢。」心想眼下說到正題了，一說翻便得動手，心中籌思方策，如何在動手之前先將女兒搶過，卻聽李莫愁道：「也是我古墓派師門不幸，小妹無德，不能教誨師妹，這孩兒是我龍師妹的私生女兒。」

黃蓉心下大奇：「龍姑娘沒懷孕，怎會有私生女兒？這明明是我女兒，她當面謊言欺詐，是何用意？」她不知李莫愁實非有心欺騙，只道這女孩眞是楊過和小龍女所生。李莫愁心恨師父偏心，將古墓派的秘笈《玉女心經》單傳於小師妹，這時黃蓉問及，便乘機敗壞師妹的名聲。黃蓉道：「龍姑娘看來貞淑端莊，原來有這等事，倒眞令人想不到了。卻不知這孩兒的父親是誰？」

李莫愁道：「這孩兒的父親麼？說起來更加氣人，卻是我師妹的徒兒楊過。」

黃蓉雖善於裝假作僞，這時卻也忍不住滿臉紅暈，心下大怒，暗道：「你把我女兒說成是龍姑娘私生，那也罷了，但說她父親乃是楊過，豈非當面辱我？」但這怒色只在臉上一閃而過，隨即平靜如常，說道：「胡鬧，胡鬧，太不成話了！可是這女孩兒卻眞討人歡喜，李道長，給我抱抱。」說著從懷中取出一個蘋果，舉在孩子面前，口中啜啜作聲，逗那女孩，說道：「乖孩兒，你的臉蛋兒可不像這蘋果麼？」

李莫愁自奪得郭襄後一直隱居深山，弄兒爲樂，每日買了豬牛羊肉餵飼母豹，再擠了豹乳餵飼嬰兒。她一生作惡多端，卻也不是天性歹毒，不過情場失意後憤世嫉俗，由惱恨傷痛而乖僻，更自乖僻而狠戾殘暴。郭襄嬌美可愛，竟打動了她天生的母性，有時中夜自思，即使小龍女用《玉女心經》來換，也未必肯把郭襄交還。這時見黃蓉要抱孩兒，便如做母親的聽到旁人稱讚自己孩兒一般，頗以爲喜，笑吟吟的遞了過去。

黃蓉雙手剛要碰到郭襄的襁褓，臉上忍不住流露出愛憐備至的神色，這慈母之情，說甚麼也難以掩飾。她對這幼女日夜思想，只恐她已死於非命，這時得能親手抱在懷中，如何不大喜若狂？

李莫愁斗見她神色有異，心中一動：「她如只是喜愛小兒，隨手抱她一抱，何必如此心神震盪？此中定然有詐。」猛地裏雙臂回收，右足點動，已向後躍開。她雙足落地，正要喝問，只見黃蓉已如影隨形般竄來。李莫愁提起放在地下的麻袋，隨手一抖，袋中二十斤白米和一斤鹽齊向黃蓉劈面打去。

黃蓉縱身躍起，白米和鹽粒盡數從腳底飛過。李莫愁乘機又已縱後丈許，抽了拂塵在手，笑吟吟的道：「郭夫人，你要助楊過搶這孩兒麼？」黃蓉在這一竄一躍之間，已想到對方既已起疑，勢難智取，只有用力強奪，當下也笑嘻嘻的道：「我不過見孩兒可愛，想要抱抱。你如此見外，未免太瞧人不起了。」李莫愁道：「郭大俠夫婦威名震於江湖，小妹一直欽佩得緊，今日得見施展身手，果然名下無虛。小妹此刻有事，便此拜別。」她生怕郭靖便在左近，膽先怯了，交代了這幾句話，轉身便走。

黃蓉縱躍上前，身在半空，已抽竹棒在手。丐幫世傳的打狗棒她已傳給魯有腳，現下隨身所攜的這條竹棒雖不如打狗棒堅韌，長短輕重卻一般無異，只是色作淡黃，以示與打狗棒有別。她不待身子落地，竹棒已使「纏」字訣掠到了李莫愁背後。

李莫愁心想我和你無怨無仇，今日初次見面，我說話客客氣氣，有甚得罪你處，何以毫沒來由的便出兵刃打人？拂塵後揮，擋開竹棒，還了一招。黃蓉的棒法快速無倫，六七招一過，李莫愁已感招架爲難。她本身武功比之黃蓉原已稍遜，何況手抱孩兒，更加轉動不靈。黃蓉繞著她東轉西擋，竹棒抖動，頃刻間李莫愁已處下風。

又拆數招，李莫愁見她竹棒始終離開孩兒遠遠的，知她有所避忌，心想：「每次與人相鬥，倒是抱著孩兒的佔了便宜。」笑道：「郭夫人，你要考較小妹功夫，山高水長，儘有相見之日，何必定要今日過招？任誰一個失手，豈不傷了這可愛的孩兒？」

黃蓉心想：「她是當眞不知這是我的女兒，還是裝假？可須得先試她出來。」說道：「爲了這孩兒，我已讓了你十多招，你再不放下孩兒，我可不顧她死活了！」說著舉棒向她右腿點去。李莫愁揮拂塵一擋，黃蓉竹棒不待與拂塵相交，已然挑起，驀地戳向她左胸。這一戳又快又妙，棒端所指，正是郭襄小小的身子。

這一棒倘若戳中了，連李莫愁也須受傷，郭襄受了更非立時喪命不可。黃蓉在這棒上控縱自如，棒端疾送，已點到了郭襄的襁褓，這一下看似險到了極處，但打狗棒法在她手下使將出來，自是輕重遠近，不失分毫。李莫愁那知就裏，眼見危急，忙向右閃避，自身不免就此露了破綻，啪的一下，左脛骨已給竹棒掃中，險些絆倒，向旁連跨兩步，這才站定。她揮拂塵護住身前，轉過頭來，怒道：「郭夫人你枉有俠名，卻對這小小嬰兒也施辣手，豈不可恥？」

黃蓉見她這番惱怒並非佯裝，心下大喜，暗想：「你出力保護我的女兒，我偏要棒打親女，嚇你一跳。」微微一笑，說道：「道長既說這孩兒來歷不明，留在世上作甚？」說著舉棒疾攻，數招一過，郭襄又遇危險。她身在李莫愁懷中，顛簸起伏，甚不舒服，突然放聲大哭。黃蓉暗叫：「乖女莫驚！我要救你，只得如此。」她雖心中憐惜，出手卻越來越凌厲，若非李莫愁奮力抗禦，看來招招都能制郭襄的死命。李莫愁急退數步，舉拂塵護在郭襄身前，叫道：「郭夫人，你到底要怎地？」

黃蓉笑道：「當今女流英傑，武林中只稱李道長和小妹二人。此刻有緣相逢，何不一分高下？」她這幾棒毒打郭襄，已將李莫愁激得怒氣勃發，心想：「你丈夫若來，我還忌他三分，憑你也不過是個女子，難道我便眞怕了你？」哼了一聲，道：「郭夫人有意賜敎，正是求之不得。」黃蓉道：「你懷抱嬰兒，我勝之不武，還是將她擲下，咱倆憑眞功夫過招玩玩。」

李莫愁心想抱著嬰兒決計非她敵手，施發毒針時也諸多顧忌，心道：「江湖上多稱郭靖夫婦仁義過人，但瞧她對一個嬰兒也如此殘忍，可見傳聞言過其實。」遊目四顧，見東首幾株大樹之間生著一片長草，頗爲柔軟，將郭襄抱去放在草上，輕輕拍了幾下，又哄了幾句，轉身道：「請發招罷。」

黃蓉與她拆了這十餘招，知她武功比之自己也差不了多少，若此時將女兒搶在手中，她再上來纏鬥，自己稍有疏虞，只怕便傷了女兒，只有先將她打死打傷，再抱回女兒，方無後患。這女子作惡多端，百死不足以蔽其辜，想到此處，心中已動殺機。

李莫愁平素下手狠辣，無所不用其極，以己之心度人，見黃蓉眼角不斷的向嬰兒一望一瞥，心想：「她若打我不過，便會向孩兒突下毒手，分我心神。」是以站在郭襄身前，不容對方走近。

在這頃刻之間，黃蓉心中已想了七八條計策，每一計均有機可制李莫愁死命，但也均不免危及郭襄，尋思：「瞧這女魔頭的神情，對我襄兒居然甚爲愛惜，襄兒在她手中，縱然一時搶不回來，也無大礙，卻不可冒險輕進，反使襄兒遭難。」心念一轉，說道：「李道長，咱倆非片刻之間可分勝負，相鬥之際若有虎狼之類出來吃了孩兒，豈不令人分心？不如先結果了這小鬼，咱們痛痛快快的打一架。」說著彎腰拾起一塊小石子，放在中指上一彈，呼的一聲，石子挾著破空之聲急向郭襄飛去。

這一彈是她家傳絕技「彈指神通」功夫，李莫愁曾見黃藥師露過，知勁力不小，忙舉拂塵格開，喝道：「這小孩兒礙著你甚麼事了？何以幾次三番要害她性命？」

黃蓉暗暗好笑，其實這顆石子彈出去時力道雖急，她手指上卻早已使了迴力，李莫愁便算不救，石子一碰到郭襄的身子立時便會斜飛，決不會損傷到她絲毫，當即笑道：「你對這孩兒如此牽肚掛腸，旁人不知，還道……還道是你的……哈哈……」李莫愁怒道：「難道是我的孩……」說到這「孩」字，突然住口，臉上一紅，道：「是我甚麼？」黃蓉笑道：「你是道姑，自不能有孩兒，旁人定要說這孩兒是你的妹子了。」李莫愁哼了一聲，也不以為意，卻不知黃蓉連口頭上也不肯吃半點虧，說郭襄是她妹子，便是說郭靖和自己是她父母，討她一個小小便宜，誰叫她適才說楊過是郭襄之父呢？

李莫愁道：「郭夫人這便請上罷！」黃蓉道：「你掛念著孩兒，動手時不能全神貫注，我縱然勝你，也沒意味，你輸了也還有個藉口。這樣罷，我割些棘藤將她圍著，野獸便不能近前，咱倆再痛痛快快的打一場。」說著從腰間取出一柄金柄小佩刀，走到樹叢中割了許多生滿棘刺的長藤。

李莫愁嚴密監防，只怕黃蓉突然出手傷害孩子，只見她拉著棘藤，纏在孩子身週的幾株大樹之上，這麼野獸固傷害不了孩子，而郭襄幼小，還不會翻身，也不會滾到棘刺上去。她心想：「江湖上稱道郭夫人多智，果然名不虛傳。」見黃蓉將棘藤纏了一道又是一道，在幾株大樹間東拉來，西扯去，密密層層的越纏越多，又見她臉帶詭笑，似乎不懷好意，心中不禁有些發毛，說道：「夠了！」

黃蓉道：「好，你說夠了，便夠了！李道長，你見過我爹爹，是麼？」李莫愁道：「是啊。」黃蓉道：「我曾聽楊過說，你寫過四句話譏嘲我爹爹，是不是？好像是甚麼『桃花島主，弟子衆多，以五敵一，貽笑江湖』！」

李莫愁心中一凜：「啊，我當眞胡塗了，早就該想到此事。她今日跟我纏個沒了沒完，原來是爲了這四句話。」冷冷的道：「當日他們五個人對付我一個人，原是實情。」黃蓉道：「今日咱們以一敵一，卻瞧是誰貽笑江湖？」李莫愁心頭火起，喝道：「你也休得忒也托大，桃花島的武功我見得多了，也不過如此而已，沒甚麼了不起。」

黃蓉冷笑道：「哼哼！莫說桃花島的武功，便算不是武功，你也未必對付得了。你有本事，便將那孩兒抱出來瞧瞧！」

李莫愁吃了一驚：「難道她已對孩兒施了毒手。」急忙縱身躍過一道棘藤，向左拐了個彎，見棘藤攔路，於是順勢向右轉內，耳聽得郭襄正自哇哇啼哭，稍覺放心，又向內轉了幾個彎，不知如何，竟然又轉到了棘藤之外。她大惑不解，明明是一路轉進，何以忽然轉到了藤外？當下不及細想，雙足點處，又向內躍去，只是地下棘藤一條條的橫七豎八，五花八門，一個不小心，嗤的一聲響，道袍的衣角給荊棘撕下了一塊。這麼一來，她不敢再行莽撞，待要瞧淸楚如何落腳，突見黃蓉已站在棘藤之內，俯身抱起了孩兒。

她登時大驚失色，高聲叫道：「放下了孩兒！」眼見一條條棘藤間足可側身通過，當即連續縱躍，跨過棘藤向黃蓉奔去，但這七八棵大樹方圓不過數丈，竟可望而不可即，她這般縱躍奔跑，似左實右，似前實後，幾個轉身，又已到棘藤圈之外。只見黃蓉放下孩兒，東一轉，西一晃，輕巧自在的空手出了藤圈。

李莫愁猛地省悟，那晚與楊過、程英、陸無雙等爲敵，他們在茅屋外堆了一個個土墩，自己竟爾無法正面攻入，這時黃蓉用棘藤所圍的，自也是桃花島的九宮八卦神術了。她微一沉吟，心念已決：「只有先打退敵人，然後把棘藤一條條自外而內的移去，再抱嬰兒。這時如莽撞亂闖，敵人佔了陣勢之利，自己非敗不可。」一擺拂塵，竄出數丈，反離得棘藤遠遠的，凝神待敵，竟沒再將這回事放在心上。

黃蓉初時見她在棘藤圈中亂轉，正自暗喜，忽見她縱身躍開，卻也好生佩服：「這魔頭拿得起，放得下，決斷好快。她得享大名，果非倖致，看來實是勁敵。」這時女兒已置身於萬無一失之地，再無牽掛，揮竹棒使招「按狗低頭」，向李莫愁後頸捺落。李莫愁拂塵倒捲，纏向竹棒，唰的一聲，帚絲直向黃蓉面門擊來。兩人以快打快，各展精妙招術，頃刻間已拆了數十招。

李莫愁功力深厚，拂塵上招數變化精微，但對方的打狗棒法委實奧妙無比，她勉力抵擋得數十招，已可說是武林中罕有之事，眼見竹棒平平淡淡的一下打來，到得身前，方向部位斗然大異，自知再鬥下去，終將落敗。這竹棒看來似乎並非殺人利器，但周身三十六大穴只要給棒端戳中一處，便即動彈不得。李莫愁奮力再招架了幾棒，額頭已然見汗，拂塵在身前連揮數下，攻出兩招，足下疾向後退，說道：「郭夫人的棒法果然精妙，小妹甘拜下風。只小妹有一事不解，卻要請教。」黃蓉道：「不敢！」

李莫愁道：「這竹棒棒法乃九指神丐絕技，桃花島的武功倘然果眞了得，郭夫人何以不學令尊的家傳本事，卻反求諸外人？」黃蓉心想：「這人口齒好不厲害，她勝不了我棒法，便想我捨長不用。」笑道：「你既知這棒法是九指神丐所傳，那麼也必知道棒法之名了。」李莫愁哼了一聲，眉間煞氣凝聚，卻不答話。黃蓉笑道：「棒號打狗，見狗便打，事所必至，豈有他哉？」

李莫愁見不能激得她捨棒用掌，若與她作口舌之爭，對方又伶牙俐齒，自己仍然是輸，將拂塵在腰間一插，冷笑道：「天下的叫化兒個個唱得慣蓮花落，果然連幫主也是貧嘴滑舌之徒，領教了！」說著大踏步走到林邊，在一個樹墩上一坐。

她這麼認輸走開，黃蓉本是求之不得，但見她坐著不走，心念一轉，已知其意，她實是捨不得襄兒，自己倘若去將女兒抱了出來，她必上來纏鬥，這一來強弱之勢倒轉，那便大大不利，看來不將此人打死打傷，女兒縱入自己掌握，仍沒法平平安安的抱回家去。當下左走三步，右搶四步，斜行迂迴，已搶到李莫愁身前，這幾步看似輕描淡寫，並無奇處，但中藏八卦變化，李莫愁不論向那一個方位縱躍，都不能逃離她的截阻，跟著右手輕抖，竹棒已點向李莫愁左肘。

李莫愁舉掌封格，喝道：「自陳玄風、梅超風一死，黃藥師果眞已無傳人。」她這話一來譏刺黃蓉只有北丐所傳的打狗棒法可用，二來又恥笑黃藥師收徒不謹。

黃蓉的家傳「玉簫劍法」這時也已練得頗爲精深，只是手中無劍，若是以棒作劍，兵刃不順，便未必能勝眼前這個強敵，微微一笑，說道：「我爹爹收了幾個不肖徒兒，果然不妙，卻那及得李道長和龍姑娘師姊妹同氣連枝，一般的端莊貞淑。」

李莫愁怒氣上衝，袖口一揮，兩枚冰魄銀針向黃蓉小腹激射過去。她雖殺人不眨眼，手段毒辣無比，卻是個守身如玉的處女，她只道小龍女行止不端，聽黃蓉竟將自己與師妹相提並論，大怒之下，一出手便是最陰狠的暗器。

黃蓉這時和她站得甚近，閃避不及，急忙迴轉竹棒，一一撥開。若不是她打狗棒法已練到化境，撥得開一枚，第二枚實難擋過。兩枚銀針從她臉前兩寸之外飛掠而過，隱隱聞到一股藥氣，當眞險到極處。黃蓉想起數年前愛鵰的一足爲這冰魄銀針擦傷，醫治了六七個月毒性方始去盡，一凜之下，又見雙針迎面射來。

黃蓉向東斜閃，兩枚銀針挾著勁風從雙耳之旁越過，心想：「此處離襄兒太近，這毒針四下裏亂飛激射，萬一碰破她一點嫩皮，可不得了！」疾奔向東，穿出林子。李莫愁隨後追來，認定她除棒法神妙之外，其餘武功均不及自己，眼見她晃身出林，喝道：「未分勝敗，怎麼便走了？」黃蓉轉過身子，微微一笑。李莫愁道：「郭夫人，你擋我銀針，還是非用這竹棒不可麼？」說著搶上幾步。

黃蓉知道若不收起竹棒，她總是輸得心不甘服，將竹棒往腰間一插，笑道：「久聞李道長赤練神掌殺人無數，小妹便接你幾掌。」

李莫愁一怔，心道：「她明知我毒掌厲害，卻仍要和我比掌，如此有恃無恐，只怕有詐。」但想她掌法縱然神妙，怎及自己的神掌沾身即斃，雙掌一拍，內力已運至掌心，說道：「願領教桃花島桃華落英掌妙技。」眼見黃蓉右掌輕飄飄的拍來，當下左掌往她掌心按去，右掌跟著往她肩頭擊落。這兩掌本已迅速沉猛，兼而有之，但她右掌擊出之際，同時更發出兩枚銀針，射向黃蓉胸腹之間。

這掌中夾針的陰毒招數，是她離師門後自行所創，對方正全神提防她毒掌，那料得到她又會在如此近身之處突發暗器，不少武學名家便因此而喪生於毒針之下。黃蓉縮回左掌，托向她右腕，化開了她右掌的撲擊，右手縮入懷中，似乎也要掏摸暗器還敬，終於遲了一步，她右手剛從懷中伸出，銀針離她肋下已不及五寸，到此地步，縱有通天本領也已閃避不了。李莫愁心中大喜，見兩枚銀針透衣而沒，射入了黃蓉身子。

黃蓉叫聲：「啊喲！」雙手捧肚，彎下腰去，隨即左掌拍出，擊向李莫愁胸口。這一掌還是來得眞快，李莫愁叫道：「好！」上身後仰避開，雙掌齊出，也拍向黃蓉胸口。她知黃蓉中針之後，毒性迅即發作，這一招只求將她推開。卻見黃蓉上身微動，並不招架，李莫愁雙掌剛沾上對方胸口衣襟，突然兩隻掌心一痛，似是擊中甚麼尖針。

她大驚之下，急忙後躍，舉掌看時，見每隻掌心都刺破了一孔，孔周帶著一圈黑血，顯是爲自己的冰魄銀針所傷。她又驚又怒，不明緣由，卻見黃蓉從懷中取出兩隻蘋果，雙手各持一隻，笑吟吟的舉起，每隻蘋果上都刺著一枚銀針。李莫愁這才省悟，原來她懷中藏著蘋果，先前自己發射暗器，她並不撥打閃避，卻伸手入懷抓住蘋果，對準銀針來路，收去毒針，讓毒針尖端破蘋果皮而出，轉過蘋果向外，對準了自己手掌，誘使自己出掌擊上蘋果。

李莫愁本也是個絕頂聰明之人，今日遇上了這詭詐百出的對手，只有甘拜下風，忙伸手入懷去取解藥，卻聽得風聲颯然，黃蓉雙掌已攻向她面門。

李莫愁舉左手一封，猛見黃蓉一隻雪白的手掌五指分開，拂向自己右手手肘的「小海穴」，五指形如蘭花，姿態曼妙難言。她心中一動：「莫非這是天下聞名的蘭花拂穴手？」右手來不及去取解藥，忙翻掌出懷，伸手往她手指上抓去。黃蓉右手縮回，左手化掌爲指，又拂向她頸肩之交的「缺盆穴」。

李莫愁見她指化爲掌，掌化爲指，「桃華落英掌」與「蘭花拂穴手」交互爲用，當眞是掌來時如落英繽紛，指拂處若春蘭葳蕤，不但招招淩厲，且丰姿端麗，不由得面若死灰，心道：「今日得見桃花島神技，委實大非尋常，莫說我掌上已然中毒，便安健如常，也不是她對手。」她急於脫身，以便取服解藥，但黃蓉忽掌忽指，纏得她沒半分餘暇。那冰魄銀針的毒性何等厲害，若不是她日常使用，體質習於毒性，這片時之間早已暈去了。

黃蓉見她臉色蒼白，出招越來越軟弱，知道只要再纏得少時，她便要支持不住，心想這女魔頭作惡多端，今日斃於她自己的毒針之下，正好爲武氏兄弟報了殺母之仇，著著進逼，手下毫不放鬆，同時守緊門戶，防她臨死之際突施反噬。

李莫愁先覺下臂酸痲，漸漸痲到了手肘，再拆數招，已痲到了腋窩，這時雙臂僵直，已不聽使喚，只得叫道：「且慢！」向旁搶開兩步，慘然道：「郭夫人，我平素殺人如痲，早就沒想能活到今日。鬥智鬥力，我都遠不如你，死在你手下，實所甘服，但我斗膽求你一事。」黃蓉道：「甚麼事？」雙眼不轉瞬的瞪著她，防她施緩兵之計，伸手去取解藥，然見她雙臂下垂，已彎不過來，聽她說道：「我和師妹向來不睦，但那孩兒實在可愛，求你大發善心，好好照料，別傷了她小命。」

黃蓉聽她這幾句話說得極是誠懇，不禁心中一動：「這魔頭積惡如山，臨死之際居然能眞心愛我的女兒。」說道：「這女孩兒的父母並非尋常之輩，倘若讓她留在世上，不免令我一世操心，辛苦百端……」李莫愁怎聽得出她言中之意，求道：「望你高抬貴手……」黃蓉要再試她一試，走近前去，揮指先拂了她穴道，從她懷中取出一個藥瓶，問道：「這是你毒針的解藥麼？」李莫愁道：「是！」黃蓉道：「我不能兩個人都饒了，若要我救你，須得殺那女孩兒。倘你自甘就死，我便饒那孩兒。」

李莫愁萬想不到竟尚有活命之機，但叫黃蓉殺那女孩固然說不出口，以自己性命換得女孩活命，卻也不願，見黃蓉從小瓶中倒出一粒解藥，兩根手指拈住了輕輕晃動，只等自己回答，顫聲道：「我……我……」黃蓉心想：「她遲疑了這麼久，實已不易。不管她如何回答，單憑這一念之善，我便須饒她一命。她滿身血債，將來自有人找她報仇。」攔住她話頭，笑道：「李道長，多謝你對我襄兒如此關懷。」

李莫愁愕然道：「甚麼？」黃蓉笑道：「這女孩兒姓郭名襄，是郭靖爺和我的女兒，生下不久便落入了龍姑娘手中，不知你怎地竟會起了這個誤會。承你養育多日，小妹感謝不盡。」歛衽行了一禮，將一粒解藥塞入她口中，問道：「夠了麼？」李莫愁茫然道：「我中毒已深，須得連服三粒。」黃蓉道：「好！」又餵了她兩粒，心想這解藥或有後用，卻不還她，將藥瓶放入懷中，笑道：「三個時辰之後，你穴道自解。」

她快步回入樹林，心想：「躭擱了這多時，不知芙兒走了沒有？若能讓她姊妹倆見上一面，大是佳事。」轉入棘藤圈中，一瞥之下，不由得如入冰窖，全身都涼了。棘藤圈絲毫無異，郭襄卻已影蹤不見。黃蓉心中怦怦亂跳，饒是她智計無雙，這時也慌得沒做手腳處。她定了定神，心道：「莫慌，莫慌，我和李莫愁出林相鬥，並無多時，襄兒給人抱去，定走不遠。」攀到林中最高一株樹上四下眺望。襄陽城郊地勢平坦，這一眼望去足足有十餘里，竟沒見到絲毫可疑的事物。此時蒙古大軍甫退，路上絕無行人，只要有一人一騎走動，雖遠必見，甚至向北望到樊城，向南望到宜城，路上也不見有何動靜。

黃蓉心想：「此人既未遠去，必在近處。」細尋棘藤圈附近有無留下足印之類。只見一條條棘藤全無曾遭碰動搬移之跡，決非甚麼野獸衝入將孩兒啣去，尋思：「我這些棘藤按九宮八卦方位而布，那是我爹爹自創的奇門之術，世上除桃花島弟子之外，再也無人識得，雖是金輪國師這等才智之士，也不能在這棘藤之間來去自如，難道竟是爹爹到了？……啊喲，不好！」

猛地想起，數月前與金輪國師邂逅相遇，危急中布下亂石陣抵擋，當時楊過來救，曾將陣法的大要說了給他知曉，此人聰明無比，舉一反三，雖不能就此精通奇門之術，但棘藤匆匆布就，破解並不甚難。她一想到楊過，腦中一暈，不由得更增了幾分憂心，暗道：「芙兒斷他一臂，他和我郭家更結下了深仇，襄兒落入此人手中，這條小命可算完啦。他也不用相害，只須隨手將她在荒野中一拋，這嬰兒那裏還有命在？」想起這女孩兒出世沒幾天，便如此多災多難，竟怔怔的掉下淚來。

她多歷變故，才智絕倫，又豈是徒自傷心的尋常女子？微一沉吟，隨即擦乾眼淚，追尋楊過的去路。說也奇怪，附近竟找不出他半個足印，心下大奇：「他便輕功練到了絕頂，軟泥之上也必會有淺淺足印，難道他竟是在空中飛行的麼？」

她這一下猜測果然不錯，郭襄確是給楊過抱去的，而他出入棘藤，確也是從空飛行來去。

那天晚間楊過在窗外見黃蓉點了郭靖穴道，放走女兒，他便從原路出城，遠遠跟隨，心道：「郭伯母，你女兒欠我一條臂膀，你丈夫斬不了，便讓我來斬。你在明，我在暗，你想永世保住女兒這條右臂，只怕也不怎麼容易。」

黃蓉與女兒分離在即，心中難過，沒留意到身後有人跟蹤。此後她在新城鎮與李莫愁相遇、兩人相鬥等情，楊過在林外都瞧得清清楚楚。待得兩人出林，他便躍上高樹，扯了三條長藤併在一起，一端縛在樹上，另一端左手拉住了，自空縱入棘圈，雙足夾住郭襄腰間，左手使勁一扯，身子便已盪出棘圈。眼見黃蓉與李莫愁兀自在掌來指往的相門，便在樹梢上縱躍出林，落地後奔跑更速，片刻間回到了市鎮。見郭芙站在街頭，牽著小紅馬東張西望，等候母親回來，楊過雙足一點，身子從丈外遠處躍上了紅馬。

郭芙吃了一驚，回過頭來，見騎在馬背的竟是楊過，心中騰的一跳，「啊」的一聲叫了出來，忙拔劍在手。那君子、淑女雙劍雖利，都留在臥室之中，匆匆不及攜走，手中所持，仍是常用的那柄利劍。

楊過見她臉色蒼白，目光中盡是懼色，同時顯得嬌弱無助，楚楚可憐。他此時要斬斷她右臂，可說易如反掌，突然間心中升起一股憐惜之情，竟下不了手，哼的一聲，揮出右臂，空袖子已裹住了她長劍，向外甩出。郭芙那裏還拿捏得住，長劍脫手，直撞向牆角。楊過左手搶過馬韁，雙腿一夾，小紅馬向前急衝，絕塵而去。郭芙只嚇得手足酸軟，慢慢走到牆角拾起長劍，劍身在牆角上猛力碰撞，已彎得便如一把曲尺。

以柔物施展剛勁，原是古墓派武功的精要所在，李莫愁使拂塵、小龍女使綢帶，皆是這門功夫。楊過此時內勁既強，袖子一拂，實不下於鋼鞭巨杵之撞擊。

楊過抱了郭襄，騎著汗血寶馬向北疾馳，不多時便已掠過襄陽，奔行了數十里，因此黃蓉雖攀上樹頂極目遠眺，卻瞧不見他蹤影。

楊過騎在馬上，見道旁樹木如飛般向後倒退，俯首看懷中的郭襄，見她睡得正沉，一張小臉秀美嬌嫩，心道：「郭伯伯、郭伯母這個小女兒，我總是不還他們了，也算報了我這斷臂之仇。他們這時心中的難過懊喪，只怕尤勝於我。」奔了一陣，轉念又想：「楊過啊楊過，是不是你天生的風流性兒作祟，見了郭芙這美貌少女，天大的仇怨也拋到了腦後？倘若斬斷你手臂的是個男人，是武氏兄弟中的那一個，你難道也肯饒了他？」想了半日，只好搖頭苦笑。他對自己激烈易變的性格非但管制不住，甚且自己也難以明白。

行出二百里後，沿途漸有人煙，一路上向農家討些羊乳牛乳餵郭襄吃了，決意回古墓去找小龍女，不數日間已到了終南山下。

回首前塵，感慨無已，縱馬上山，覓路來到古墓之前。「活死人墓」的大石碑巍然聳立，與前無異，墓門卻已在李莫愁攻入時封閉，若要進墓，只有鑽過水溪及地底潛流，從秘道進去。憑他這時內功修爲，穿越秘道自不費力，然如何安排郭襄卻大爲躊躇，這小小嬰兒一入水底，必死無疑，但想到小龍女多半便在墓中，進去即可與她相見，那裏還能按捺得住？從口袋裏取些餅餌嚼得爛了，餵了郭襄幾口，在附近找到個小山洞，將郭襄放在小山洞內，拔些荆棘柴草堆在洞口，心想不論在墓中是否能與小龍女相見，都要立即回出，設法安置嬰兒。

堆好荆棘，正要向後走去，忽聽得遠處山道上腳步聲響，似有數人快步而過，楊過忙尋聲過去，縮身在一株大松樹後躲起，聽見一人大聲說道：「新任代掌教淸肅眞人趙眞人法旨：如有蒙古武士上山來到重陽宮，一概恭敬放行，不得攔阻……」另一人道：「鄭師哥，新任代掌教明明是沖和眞人甄眞人，怎麼變了淸肅眞人？」先一人道：「沖和眞人突然身患急病，剛才將代掌教之位轉授了淸肅眞人，轉授的大典不久前便行過了。」後一人道：「代掌教眞人統率本教上下數萬道俗弟子，何等重要，怎麼說改便改，不太兒戲了些麼？」先一人道：「怎麼？你不服麼？要是不服，便到重陽宮跟大夥兒說去。你有本事，錢師弟，便你來做也可以啊。就不知別人服不服呢？」

姓錢道人道：「我有個屁本事？鄭師哥，先前沖和眞人分派我們把守這裏的山道，絕不可放一個蒙古武士上山，他們倘若硬闖，便結天罡北斗陣截住，打不過就傳訊出去呼援。現下又說不得攔阻，我們到底聽誰的號令啊？」姓鄭道人道：「現今代掌教是誰？」姓錢道人道：「你說是趙眞人！」姓鄭道人道：「好啊，這就是了！咱們做小輩的，上面怎麼號令，咱們遵從照辦便是。」姓錢道人道：「是！」放大聲音叫道：「各位師弟，鄭師哥傳來新任代掌教趙眞人號令，命我們如見到蒙古武士上山，須得恭敬相待，不可阻攔！」丈許外五六人齊聲應道：「是！」

楊過聽得心中有氣，尋思：「全眞教向來以護民為本，決不順服外族。他們口中的淸肅眞人應是趙志敬沒錯，怎麼做起代掌教來？趙志敬卑鄙下流，投降蒙古人倒不稀奇。」記掛要儘快進古墓去找小龍女，一時也沒心思跟趙志敬算帳。

只聽那姓鄭的道人又大聲道：「趙眞人又吩咐，如見到一位穿白衫子的姑娘，無論如何要攔住她，不得讓她上山。」楊過吃了一驚，心道：「他說的明明是姑姑，怎麼又要攔住她不得上山？」那姓錢道人道：「你說的是古墓派的小龍女嗎？她……她可早就上山去了。」姓鄭的道人拍腿叫道：「你……這可不是開玩笑嗎？趙眞人號令要結天罡北斗陣，千萬不能放她上山，你怎敢不聽號令？」姓錢道人大聲道：「各位師弟，先前代掌教甄眞人傳下號令說，見到古墓派的小龍女姑娘上山，大家須得客客氣氣，不可失了禮數。是不是啊？」丈許外那五六名道人齊聲道：「是啊，甄眞人派人來傳令，確是這麼說的。」姓錢道人道：「鄭師哥，趙眞人吩咐的那位穿白衫子的姑娘，倘若便是小龍女，那她上去好一會兒了，咱們對她客客氣氣，決不失了禮數。我還說：『龍姑娘，你請慢走！』她說：『這位道友，多謝你啦！』倒也客氣，全沒失了禮數……」

楊過聽他說小龍女已「上去好一會兒了」，心急如焚，再也不去理會那些道人說些甚麼，施展古墓派輕功，轉身搶上山去。待得遠遠望見山上重陽宮房舍，尋思：「我暗中去接應姑姑？還是開門見山，直闖重陽宮去和全眞教理論？」思慮未定，突見一隻銀輪嗚嗚聲響，激飛上天，正是金輪國師的兵刃。楊過心中一震：「金輪國師也在這裏，跟全眞教的高手動上了手？不知姑姑是否已經現身？還是隱伏在旁？」認定銀輪所在的方位，急步趕到重陽宮後玉虛洞前。便在此時，小龍女身受全眞五子一招「七星聚會」

和金輪國師輪子的前後夾擊，身受重傷！

楊過只消早到片刻，便能救得此厄。但天道不測，世事難言，一切豈能盡如人意？人世間悲歡離合，禍福榮辱，往往便只差於釐毫之間！

全眞五子乍見楊過到來，均知此事糾葛更多。丘處機大聲道：「我重陽宮淸修之地，今日各位來此騷擾，卻是爲何？」王處一更怒容滿面，喝道：「龍姑娘，你古墓派和我全眞教縱有樑子，雙方自行了斷便是，何以約了西域胡人、諸般邪魔外道，害死我這許多教下弟子？」小龍女重傷之餘，那裏還能分辯是非，和他們作口舌之爭？全眞教下諸弟子見她劍刺甄志丙，又傷趙志敬，不論是甄派趙派，盡數拿她當作敵人，當此紛擾之際，更沒人出來說明眞相。

楊過伸左臂輕輕扶著小龍女的腰，柔聲道：「姑姑，我和你回古墓去，別理會這些人啦！」小龍女道：「你的手臂還痛不痛？」楊過笑著搖了搖頭，道：「早就好啦。」小龍女道：「你身上情花的毒沒發作麼？」楊過道：「有時發作幾次，也不怎麼厲害。」

趙志敬自給小龍女刺傷之後，一直躲在後面，不敢出頭，待見全眞五子破關而出，心知衆師長查究起來，自己代掌教之位固然落空，還得身受嚴刑。他本來也不過是生性暴躁，器量褊狹，原非大奸大惡，只自忖武功於第三代弟子中算得第一，這首座弟子之位卻落於甄志丙身上，心中憤憤不平，就此一念之差，終於陷溺日深，不可自拔。此時暗想眼下的局面決不能任其寧定，只有攪他個天翻地覆，五位師長是非難分，方有從中取巧之機，惡念既生，更想如能假手於金輪國師將全眞五子除了，更一勞永逸；眼見楊過失了右臂，左手又扶著小龍女，幾乎已成束手待斃的情勢，他生平最憎恨之人，便是這個叛門辱師的弟子，這時有此良機，那肯放過？向身旁的鹿淸篤使了個眼色，大聲喝道：「逆徒楊過，兩位祖師爺跟你說話，你不跪下磕頭，竟敢倨傲不理？」

楊過回頭來，眼光中充滿了怨毒，心道：「姑姑傷在你全眞教一班臭道士手下，今日暫且不理，日後再來跟你們算帳。」向羣道狠狠的掃了一眼，扶著小龍女，移步便行。

趙志敬喝道：「上罷！」與鹿淸篤兩人雙劍齊出，向楊過右脅刺去。趙志敬先前雖身遭劍刺，但傷勢不重，這一劍刺向楊過斷臂之處，看準了他不能還手，劍挾勁風，使上了畢生的修爲勁力。丘處機雖不滿楊過狂妄任性，目無尊長，但想起郭靖的重託，又想起和他父親楊康昔日的師徒之情，喝道：「志敬，劍下留情！」

那一邊郝光佐更高聲叫罵起來：「牛鼻子要臉麼？刺人家的斷臂！」他和楊過最合得來，眼見他遇險，便要衝上來解救，苦於相距過遠，出手不及。

突見灰影一閃，鹿淸篤那高大肥胖的身子飛將起來，哇哇大叫，砰的一聲，正好撞在尼摩星身上。以尼摩星的武功，這一下雖出其不意，也決不能撞得著他，但他雙腿斷了，兩隻手都撐著拐杖，既不能伸手推擋，縱躍閃避又不靈便，登時撞個正著，仰天一交摔倒。尼摩星背脊在地下一靠，立即彈起，一拐杖打在鹿清篤背上，登時將他打得暈了過去。

這一邊楊過卻已伸右足踏住了趙志敬長劍，趙志敬用力抽拔，臉孔脹得通紅，長劍竟紋絲不動。原來當雙劍刺到之時，楊過右手空袖猛地拂起，一股巨力將鹿清篤摔了出去。趙志敬斗然感到袖力沉猛，忙使個「千斤墜」，身子牢牢定住。這一來，長劍勢須低垂，楊過提腳下踹，已將劍刃踏在足底。他在山洪中練劍，水力再強亦衝他不倒，這時一足踏定，當眞如嶽之鎮，趙志敬猛力拔奪，那裏奪得出分毫？

楊過冷冷的道：「趙道長，當時在大勝關郭大俠跟前，你已明言非我之師，今日何以又提師承之說？也罷，瞧在從前叫過你幾聲師父的份上，讓你去罷！」說完這句話，右足絲毫不動，足底的勁力卻突然間消除得無影無蹤。

趙志敬正運強力向後拉奪，手中猛地一空，長劍急回，嘭的一響，劍柄重重撞在胸口，正與他猛力以劍柄擊打自己無疑。這一擊若爲敵人運勁打來，他即令抵擋不住，也必以內力相抗，現下自行撞擊，那是半點抗力也無，但覺胸口劇痛，一口鮮血噴將出來，眼前一黑，仰天跌倒。

王處一和劉處玄雙劍出鞘，分自左右刺向楊過，突然一個人影自斜刺裏衝至，嗆的一聲，兩柄長劍盪了開去。這人正是尼摩星，他給鹿清篤撞得摔了一交，雖打倒鹿清篤，但心頭惡氣未出。推尋原由，全是楊過之故，掄杖躍到，左手拐杖架開了王劉二道長劍，右手拐杖便向楊過和小龍女頭頂猛擊下去。

楊過心知尼摩星武功了得，單用一隻空袖，只怕拂不開他剛柔並濟的一擊，這時小龍女全身無力，正軟軟的靠在他身上，於是身子左斜，右手空袖橫揮，捲住了小龍女的纖腰，讓她靠在自己前胸右側，左手抽出背負的玄鐵重劍，順手揮出。噗的一聲，響聲又沉又悶，便如木棍擊打敗革，尼摩星右手虎口爆裂，一條黑影衝天而起，卻是鐵杖向上激飛。這鐵杖也有十來斤重，向天空竟高飛二十餘丈，直落到了玉虛洞山後。

楊過首次以劍魔獨孤求敗的重劍臨敵，竟有如斯威力，也不禁暗自駭然。

尼摩星半邊身子酸麻，一條右臂震得全無知覺，他生性悍勇無比，大吼一聲，左手鐵杖在地下一撐，躍高丈餘，跟著劈將下來。楊過心想我劍上剛力已然試過，再來試試柔力，重劍劍尖抖處，已將鐵拐黏住，這時只要內力吐出，便能將尼摩星擲出數丈之外，如摔向山壁，更非撞得他筋斷骨折不可。他見小龍女如此傷重，滿心怨苦，這一下出手原決不容情。正當臂上內力將吐未吐之際，見尼摩星身在半空，雙腿齊膝斷絕，猛想起自己也斷了一臂，不禁起了同病相憐之意，當下重劍不向上揚，反手下壓，那鐵拐筆直向下戳落，塵土飛揚，大半截戳入了土內。

尼摩星握著鐵拐，想要運勁拔起，但左臂經那重劍一黏一壓，竟如給人點了穴道一般，半點使不出勁來。楊過道：「今日饒你一命，快快回天竺去罷。」尼摩星臉如死灰，僵在當地，隔了一會，才迸出一句話來：「你的功夫古怪大大的！」

瀟湘子和尹克西雖見變出意外，卻那猜得到在這一個多月之內楊過已功力大進，還道尼摩星斷腿後變得極不濟事。尹克西搶上幾步，拔起鐵拐，遞在尼摩星手中。尼摩星接了，在地下一撐，想要遠躍離開，豈知手臂痳軟未復，一撐之下，竟咕咚摔倒。

瀟湘子向來幸災樂禍，只要旁人倒霉，不論是友是敵，都覺歡喜，心想：「天竺矮子向來好生自負，對我不服，這就可算是完了。眼下高手畢集，快搶先擒了楊過，那正是揚名立威的良機。」縱身而出，喝道：「楊過小子，數次壞了王爺大事，快隨老子走罷！」

楊過心想：「姑姑傷重，須得及早救治，偏生眼前強敵甚多，不下殺手，難以脫身。」低聲問小龍女道：「痛得厲害嗎？」小龍女道：「你抱著我，我……我好歡喜。」

楊過抬起頭來，向瀟湘子道：「上罷！」玄鐵劍指向他腰間，劍頭離他身子約有二尺，穩穩平持。瀟湘子見這劍粗大黝黑，鈍頭無鋒，倒似是一條頑鐵，心想：「這小子劍法迅捷，靈動變幻，果然了得，可是拿了這根鐵條，劍法再快也必有限。」說道：「那兒去撿來了這根通火棒兒？」說著便揮純鋼哭喪棒往重劍上擊去。

楊過持劍不動，內勁傳到劍上，只聽得噗的一聲悶響，劍棒相交，哭喪棒登時斷成七八截，四下飛散。瀟湘子大叫：「不好！」向後急退。楊過玄鐵劍伸出，左擊一劍，右擊一劍，瀟湘子雙臂齊折。

楊過連敗鹿清篤、趙志敬、尼摩星三人，玉虛洞前衆人已羣情聳動，這次他身不動，臂不抬，純以內力震斷瀟湘子的兵刃，衆人更不明所以，相顧駭然，均想：「這人的武功當眞邪門！」

尹克西是西域大賈，善於鑒別寶物，見楊過以重劍震飛尼摩星的鐵拐，早已暗暗吃驚：「此劍如此威猛，大非尋常，劍身深黑之中隱隱透出紅光，莫非竟是以玄鐵製成？這玄鐵是從天上落下的隕石中提煉而得，乃天下至寶，本來要得一二兩也是絕難，尋常刀槍劍戟之中，只要加入半兩數錢，凡鐵立成利器。他卻從那裏覓得這許多玄鐵？再說，這劍若眞是通體玄鐵，豈非重達四五十斤，又如何使得靈便？」其實這劍重達九九八十一斤，若非如此沉重，楊過內力雖強，也不能發出如許威力。待見瀟湘子的哭喪棒斷得七零八落，尹克西更知此劍定是神品。他爲人尙無重大過惡，只是自小做珠寶買賣，一見奇珍異寶，心中便奇癢難搔，或買或騙，或搶或偷，說甚麼也要得之而後快。這時見了楊過的重劍，貪念大熾，縱身而出，金龍鞭一抖，往他劍上捲去。

楊過與他在絕情谷同進同出，見他成日笑嘻嘻的甚是隨和客氣，對他一直不存敵意，見金龍鞭捲到，鞭上珠光寶氣，鑲滿了寶石、金剛鑽、白玉之屬，讓玄鐵劍由他軟鞭捲住，說道：「尹兄，我和你素無過節，快快撤鞭讓路。你這條鞭上寶貝不少，損壞了有點可惜。」尹克西笑道：「是麼？」運勁便奪，楊過端凝屹立，卻那裏撼動得他分毫？

這時尹克西站得近了，看得分明，這劍果是玄鐵所鑄。金剛鑽是天下至堅之物，不論與任何硬物相擦，均能劃破對方而己身無損，但金龍鞭鞭梢所鑲的大鑽在玄鐵劍上劃過，劍身竟連細紋也不起一條。他心頭火熱，知對方武功厲害，非出奇策，難奪此劍，笑嘻嘻的道：「楊兄功夫精進若斯，可喜可賀，小弟甘拜下風。」口中說著客套話，左腕一翻，寒光閃動，左手中已多了一柄匕首，猛地探臂，向小龍女胸口直扎過去。

他這一下倒也不是想傷小龍女性命，但知楊過對小龍女情切關懷，見她有難，定然捨命救援，自己聲東擊西，便能奪到了寶劍。楊過見狀，果然一驚。尹克西喝道：「撤劍！」全身之力都運到右臂之上，拉鞭奪劍。

他這一聲：「撤劍！」楊過當眞依言撒手，挺劍送出。劍長匕短，重劍隔在三人之間，匕首便扎不到小龍女身上。但楊過情急之下，力道使得極猛，連劍帶鞭的直撞了過去。尹克西明知此劍甚重，早有提防，卻萬想不到來勢竟如此猛烈，眼見閃避不及，急運內力，雙掌疾出，抓住重劍與寶鞭，砰的一聲猛響，登時連退了五六步，才勉強拿樁站定，臉如金紙，嘴角邊雖猶帶笑容，卻悽慘之意遠勝於歡愉，頃刻間只感五臟六腑都似翻轉了，站在當地，既不敢運氣，也不敢移動半步，雙臂伸前持劍，便如僵了一般。

楊過走近身去，伸手接過玄鐵劍，輕輕一抖，只聽得丁丁東東一陣響過，陽光照射之下，寶光耀眼，金銀珠寶散了滿地，一條鑲滿珠寶的金龍軟鞭已震成碎塊。

楊過叫道：「金輪國師，咱們的帳是今日算呢，還是留待異日？」

金輪國師見他連敗尼摩星、瀟湘子、尹克西三大高手，都只一招之間便傷了對手，這少年何以武功大進，實是不可思議。自己上前動手，雖決不致如那三人這般不濟，要取勝也必不易，此刻各路英雄聚會，給他一嚇便走，顏面何存？心想：「他斷了一臂，左手雖然厲害，右側定有破綻，我專向他右邊攻擊，韌戰久鬥。他顧著小龍女的傷勢，時候拖久了，心神定然不寧。」整一整袍袖，金銀銅鐵鉛五輪齊持，心知這一戰關涉生死榮辱，絲毫大意不得，神色間卻仍似漫不在乎，緩步而出，笑道：「楊兄弟，恭喜你又有異遇，得了這柄威猛絕倫的神劍啊！你這件希奇古怪的法寶，只怕老衲也對付不了。」他既無勝算，便先留地步，極力讚譽玄鐵重劍，要令旁人覺得，這少年不過運氣好，得了一件神異的兵刃而已。

小龍女偎倚在楊過懷中，迷迷糊糊間見金輪國師持輪而上，心想憑楊過一人之力，決計敵他不過，低聲道：「過兒，你給我找一把劍，咱們……咱們……一起……一起使玉女素心劍法打他。」楊過胸口一酸，低聲道：「姑姑你放心，過兒一人對付得了。」小龍女向左挪移，要儘量遮在楊過身前，為他多擋些災難。楊過又感激，又歡喜，大聲道：「姑姑，咱倆今日一起力戰羣魔，人生至此，更無餘憾。」玄鐵劍向前直指。

國師不敢與他正面力拚，縱躍退後，立時嗚嗚聲響，一隻灰撲撲的鉛輪飛擲過去。楊過舉劍便削，鉛輪卻繞過他身後，回向國師，這一下竟沒削中。只聽得嗚嗚、嗡嗡、轟轟之聲大作，金光閃閃，銀光爍爍，五隻輪子從五個不同方位飛襲過來。

楊過生怕牽動小龍女的傷勢，凝立不動。國師五輪齊出，僅為佯攻，旨在試探，五輪在二人身旁繞了個圈子，重行飛回。他見楊過並不舉劍追擊，已明其意，心下暗喜：「你不敢移動身子，加重小龍女傷勢，處境之劣，無以復加。我縱躍遠攻，已立於不敗之地。」對方既斷一臂，又要保護傷者，按照國師的身分原不能如此相鬥，但他知道良機難再，小龍女一旦傷愈，他二人聯手固對付不了，便算小龍女重傷而死，楊過少了牽制，自己也未必能是敵手，只有今日乘勢一舉而斃，方無後患，至於是否公平，卻顧不得這許多了。

這情勢旁觀衆人也能瞧得明白，都覺國師太也不夠光明磊落。麻光佐大叫：「大和尚，你是英雄，還是混帳王八蛋？」

國師只作沒聽見，五輪連續擲出，連續飛回，仍繞著楊過和小龍女兜個圈子，又伸手接住。五隻輪子忽高忽低，或正或斜，所發聲音也有輕有響，旁觀衆人均給擾得眼花繚亂，心神不定。突然之間，麻光佐「啊」的一聲大呼，卻是銅輪斜裏飛來，猛地轉彎，從他頭頂掠過，將他頭皮削去了一片，頭皮連著一叢頭髮，血淋淋的掉在地下。麻光佐捧頭大罵，卻也不敢撲上去廝打。

楊過眼見小龍女傷重，多挨得一刻，便少了一分救治機會，暗暗焦急。國師叫道：「小心了！」驀然間五輪歸一，並排向二人撞去，勢若五牛衝陣。楊過全身勁力也都貫到了左臂之上，劍尖顫動，噹噹噹三響，挑開了金銅鐵三輪，跟著揮劍下擊。衆人眼前一耀，地下灰塵騰起，銀輪和鉛輪都已從中劈開，分成四個半圓，掉落在地。

國師大聲酣呼，飛步搶上，左手在銅輪上一撥，抓住金鐵兩輪，向楊過頭頂猛砸。楊過逕不招架，玄鐵劍當胸疾刺，劍長輪短，輪子尚未砸到楊過頭頂，劍頭距國師胸口已不到半尺。國師立時後退，上前固然迅疾，退後也快速無倫，也不見他如何跨步，已向左後側斜退數尺，在這倏忽之間直趨斜退，確是武林中罕見的功夫。旁觀衆人目眩神馳，忍不住大聲喝采：「好！」

玄鐵劍一送即收，楊過迴劍向後，噹的一響，已將背後襲來的銅輪劈爲兩半，銅輪尚未分開落地，劍鋒橫揮，兩半片銅輪從中截斷，分爲四塊。玄鐵劍雖劍刃無鋒，但他運上內力，竟無堅不摧。衆人見了國師的絕頂輕功，還喝得出一聲采，待見到他這神劍奇威，都驚得寂然無聲。

霎時之間，國師的輪子五毀其三，但他全不氣餒，舞動金鐵雙輪，奮勇搶攻。楊過挺劍刺出，國師側身拗步，避劍出輪，這時輪子不再脫手，雖無法遠攻，卻比遙擲堅實得多。他繞著楊龍二人，左攻右拒，縱躍酣鬥，雙輪跳盪靈動，嗚嗚響聲不絕。楊過的玄鐵劍卻似使得頗爲澀滯，但不論國師如何變招，總欺不近楊龍二人三步之內。堪堪鬥了四五十招，國師雙輪歸一，向小龍女砸去。楊過玄鐵劍刺出，嗒的一聲輕響，抵在金輪邊上，兩股內力自兩件兵刃上傳了出來，互相激盪，霎時間兩人僵持不動。

楊過只覺對方衝來的勁力綿綿不絕，越來越強，暗自駭異：「此人內力竟如此深厚。」又想：「旣至互拚內力，玄鐵劍鼓盪衝擊的威勢便無法施展，這賊禿練功時日久長，功力深厚，爲時一久，必佔上風。且引他近身，用袖子出其不意的拂他面門。」左臂緩緩退縮，兩人原本相距五尺有餘，漸漸的相距五尺而四尺半，四尺半而四尺。

國師的弟子達爾巴和霍都一直守在師父身旁，見師父漸佔優勢，心中大喜，向前走近幾步。達爾巴關懷師父的安危，又盼師父別傷了轉世投胎的「大師兄」。霍都卻是想暗算楊過。他揮動摺扇，似是取涼，其實要俟機發射扇中暗器。

丘處機與王處一見他目光閃爍的緩步上前，便知他要出手助師，二人對望一眼，均想：「楊過雖與我教爲敵，但夷夏之爭重於一切，且大丈夫光明磊落，是輸是贏，當憑眞本事取決。終南山豈容奸徒猖狂？」兩人各挺長劍，踏上一步，一齊瞪住了霍都。丘王二道這時鬚髮俱白，但久習玄功，滿面紅光，兩柄長劍青光如虹，自有一股凜凜之威，鎭懾得霍都不敢妄動。

這時楊過左臂漸漸縮後，相距國師已不過三尺，心想：「這和尙只要再向前半尺，我右手袖子拂將出去，雖不能制他死命，也要打得他頭昏眼花。」國師見他右肩忽然微動，已知其意，心想：「你手臂雖斷，衣袖尙在，勁力運將上去，也是一件如同軟鞭般的利器。我將計就計，拚著受你這一拂，當你揮袖之時，左臂力道必減，那時我乘勢全力猛攻，要你身受重傷。」

小龍女靠在楊過身上，一直迷迷糊糊，楊過催動內力，血行加速，全身越來越熱。小龍女覺到他臉上發出熱氣，睜開眼來，見他額角滲出汗珠，伸袖輕輕抹拭，替他抹了幾下，見他神色鄭重，雙目向前直視，便順著他目光轉頭瞧去，不禁一驚，原來國師一對銅鈴般的眼睛睜得大大的，就在面前。但見這雙眼中兇光畢露，忙閉上眼睛，待得再次睜開，國師的眼睛又近了些。小龍女與意中人相偎相倚，偏有這麼一雙惡狠狠的眼睛在旁瞪視，惹厭之極。她這時沒想到國師正與楊過拚鬥，只知這和尙是個大惡人，又不願他在這時來打擾自己甜蜜的時光，伸手入懷，取出一枚玉蜂金針，緩緩往國師左眼中刺去。

別說金針之上餵有劇毒，便一枚平常的繡花針刺入眼珠，眼睛也是立瞎。總算小龍女這時只要這對討厭的大眼移開，沒想到彈指射針，而重傷之餘，伸手出去時也軟弱無力，去勢緩慢。

但國師和楊過正自僵持，已至十分緊急的當口，任誰稍有移動，都要立吃大虧。小龍女那金針緩緩刺將過去，國師竟半點也抗拒不得。見金針越移越近，自兩尺而一尺，自一尺而半尺，國師大叫一聲，雙輪向前力送，一個觔斗向後翻出，可是玄鐵劍上那股威猛之極的勁力畢竟不能盡數卸去。他剛站定腳步，身子一晃，便坐倒在地。達爾巴和霍都齊叫：「師父！」搶上去相扶。

楊過連劈兩劍，將金輪鐵輪又劈成兩半，跟著踏上兩步，揮劍向國師頭頂斬落。國師岔了內息，惟覺鬱悶欲死，委頓在地，全無抗拒之力。達爾巴舉起金杵，霍都舉起鋼扇，一齊架住玄鐵劍。但這一劍斬下來力道奇猛，達爾巴和霍都兩人同時雙膝一軟，支撐不住，跪倒在地，仍挺兵刃，死命撐住。

玄鐵劍上勁力愈來愈強，達爾巴和霍都只覺腰背如欲斷折，全身骨節格格作響。霍都道：「師哥，你獨力支撐片刻，小弟先將師父救開，再來助你。」本來兩人合力便已抵擋不住，賸下達爾巴一人，怎擋得住這重劍的威力？但他捨命護師，叫道：「好！」奮力將黃金杵往上挺舉。他兩人說的都是蒙古語，楊過不明其意，只覺杵上勁力暴增，待要運力下壓，霍都已縱身躍開。

豈知霍都並不是設法相救師父，只自謀脫身，叫道：「師哥，小弟回蒙古勤練武功，十年後找上這姓楊的小子，給師父和你報仇！」說著轉身急躍，飛也似的去了。

達爾巴受了師弟之欺，怒不可遏，又想起楊過是大師兄轉世，何以對師父如此無情無義？大聲道：「大師哥，你饒小弟一命，待我救回師父，找那狼心狗肺的師弟來碎屍萬段，然後自行投上，任憑大師哥處置。那時要殺要剮，小弟決不敢皺一皺眉頭。」

楊過聽他嘰哩咕嚕的說了一大篇，自然不懂，但霍都臨危逃命，此人對師忠義，卻也瞧得明白，眼見他神色慷慨，也敬重他是條漢子，微一側頭，見小龍女雙眼柔情無限的望著自己。霎時之間，一切殺人報仇之念都拋到了九霄雲外，只覺世間所有恩恩怨怨，全都算不了甚麼，當下玄鐵劍一抬，說道：「你去罷！」

達爾巴站起身來，適才使勁過度，全身脫力，黃金杵拿捏不住，鏜的一響，掉在地下。他俯伏在地，向楊過拜了幾拜，謝他不殺之恩。這時國師兀自坐在地上，動彈不得。達爾巴將師父負在背上，大踏步下山而去。

楊過獨臂單劍，殺得蒙古六大高手大敗虧輸。衆武士見領頭的六人或敗或傷，那裏還敢出手，抬起負傷的瀟湘子、尹克西諸人，頃刻間逃得無影無蹤。

麻光佐滿頭鮮血淋漓，走到楊過身前，挺起大拇指道：「小兄弟，眞有你的！」楊過道：「麻大哥，你這些同伴都是存心不良之輩，你跟他們混在一起，定要吃虧，不如辭別忽必烈王爺，回自己老家去罷！」麻光佐道：「小兄弟說得是。」他向小龍女望了一眼，見她雖然重傷，仍丰姿端麗，嬌美難言，說道：「你和新娘子幾時成親？我留著吃你喜酒，好不好？」他在絕情谷中初會小龍女時見她是個新娘子，一直便當她是新娘子了。

楊過苦笑著搖了搖頭，向身周團團圍著的數百名道士掃了一眼。麻光佐道：「啊，還有這許多臭道士沒打發，我來助你。」楊過心想：「若是以一鬥一，這些道人沒一個是我敵手。但如他們一擁而上，情勢便凶險萬分，犯不著叫他枉自送命。」大聲說道：「你快快去罷，我一個人對付得了。」麻光佐一楞，猛地會意，鼓掌道：「不錯，不錯。連大和尚、活殭屍他們都打你不過，這些臭道士中甚麼用？小兄弟，新娘子，我去也！」倒拖熟銅棍，哈哈大笑，回頭便走，只聽得銅棍與地下山石相碰，嗆啷啷之聲不絕，漸漸遠去。

楊過重劍拄地，適才和國師這番比拚委實大耗內力，尋思：「金輪國師、瀟湘子等互有心病，和我相鬥時逐一出手，均盼旁人鷸蚌相爭，自己來個漁翁得利。如這六人一擁而上，我就萬難抵擋。何況我與金輪國師比拚內力，實已輸定，幸得姑姑金針一刺，才令我僥倖得勝。全真教諸道卻齊心合力，聽從五子號令。羣道武功雖不及國師等人，但衆志成城，又練有天罡北斗陣，威力比國師等各自爲戰強得多了。反正我已和姑姑在一起，打到甚麼時候沒了力氣，兩人一起死了便是。」

丘處機朗聲道：「楊過，你武功練到了這等地步，我輩遠遠不及。這裏我教數百人在此，你自忖能闖出重圍麼？」

楊過放眼望去，見四下裏劍光閃爍，每七個道人組成一隊，重重疊疊的將自己與小龍女圍在垓心。七個中上武功的道人聯劍合力，便可和一位一流高手相抗，這時他前後左右，相當於有數十位高手挺劍環伺。

楊過此時早將生死置之度外，哼了一聲，跨出一步，立時便有七名道人仗劍擋住。楊過挺劍刺出，七劍同時伸出招架。嗆啷啷一響，七劍齊斷，七道手中各賸半截斷劍，忙向旁躍開。

他劍上威力如此雄渾，丘處機等雖均久經大敵，卻也是前所未見。王處一叫道：「璇璣、搖光後擊！」楊過心想不理你如何大呼小叫，我只恃著神劍威力向外硬闖便了，當下帶著小龍女跨前兩步，見又有七名道人轉上擋住，立即揮劍橫掃。豈知這七名道人這次卻不挺劍招架，身形疾晃，交叉換位，從他身前掠過，饒是七人久習陣法，身法快捷，還是「啊、啊」兩聲呼叫，兩名道人已爲劍力帶到，一傷腰，一斷腿，滾倒在地。

便在此時，十四柄長劍已指到了楊龍二人背後，七柄指著楊過，七柄指著小龍女。

楊過若迴劍後擊，雖能將十四柄劍大都盪開，但只要膂下一劍，小龍女也非受傷不可。他微一猶豫，又有七柄劍指到了小龍女右側。到此地步，他便豁出自己性命不要，也已無法解救小龍女了。

丘處機舉手喝道：「且住！」二十一柄長劍劍光閃爍，每一柄劍的劍尖離楊龍二人身周各距數寸，停住不動。丘處機道：「龍姑娘、楊過，你我的先輩師尊相互原有極深淵源。我全眞教今日倚多爲勝，贏了也不光采，何況龍姑娘又已身負重傷。自古道冤家宜解不宜結，兩位便此請回。往日過節，不論誰是誰非，自今一筆勾銷如何？」

楊過和全眞教原本無甚深仇大怨，當年孫婆婆爲郝大通誤傷而死，郝大通深自悔恨，願以一命相抵，此事也已揭過。這次他上終南山來只是爲找小龍女，並非有意與全眞教爲敵，這時聽了丘處機之言，心想：「救姑姑的性命要緊，和這些牛鼻子道人相鬥，勝敗榮辱，何足道哉？」正要出言答允，小龍女的目光緩緩自左向右瞧去，低聲問道：「甄志丙呢？」

甄志丙背遭輪砸，胸受劍刺，兩下都是致命的重傷，只一時未死，爲他同門師弟救在一旁，已奄奄一息，氣若遊絲，迷迷糊糊中忽聽得一個嬌柔的聲音問道：「甄志丙呢？」這四字說得甚輕，但在他耳中卻宛似轟轟雷震一般。也不知他自何處生出一股力氣，霍地翻身站起，衝入劍林，叫道：「龍姑娘，我在這兒！」

小龍女向他凝望片刻，見他道袍上鮮血淋漓，臉上全無血色，不由得萬念俱灰，顫聲道：「過兒，我那日給歐陽鋒點中穴道，動彈不得，清白為此人玷污，縱然傷愈，也不能跟你成婚了。但他……但他捨命救我，你也別再難為他。總之，是我命苦。」她心中光風霽月，但覺事無不可對人言，雖在數百人之前，仍將自己的悲苦照實說了出來。

甄志丙聽得小龍女說道：「但他捨命救我，你也別再難為他。總之，是我命苦。」這幾句話傳入耳中，不由得心如刀剜，自忖一時慾令智昏，鑄成大錯，自己對小龍女敬若天人，卻害得她終身不幸，當眞百死難贖其咎，大聲叫道：「師父，四位師伯師叔，弟子罪孽深重，乘人之危，污辱了龍姑娘冰清玉潔之身，你們千萬不能再難為龍姑娘和楊過。」縱身躍起，撲向衆道士手中兀自向前挺出的八九柄長劍，數劍穿身而過，登時斃命。

這一下變故，衆人都大出意料之外，不禁齊聲驚呼。

羣道聽了小龍女的言語，又見甄志丙認罪自戕，看來定是他不守清規，以卑污手段玷辱了小龍女。全眞五子都是戒律謹嚴的有道高士，想到此事錯在己方，都大為慚愧，但要說甚麼歉仄之言，卻感難以措辭。丘處機向四個師兄弟望了一眼，喝道：「撤了劍陣！」只聽得嗆啷啷之聲不絕，羣道還劍入鞘，讓出一條路來。

小龍女戴上耳環，插上珠釵，手腕上戴了玉鐲。楊過淚流滿面，悲不自勝，拿起鳳冠，到她身後給她戴上。小龍女在鏡中見他舉袖擦乾了淚水，再到身前時，臉上已強作歡容。

第二十八回　洞房花燭

楊過仍以右手空袖摟在小龍女腰間，支撐著她身子，低聲道：「姑姑，咱們去罷！」小龍女甜甜一笑，低聲道：「這時候，我在你身邊死了，心裏……心裏很快活。」忽又想起一事，說道：「郭大俠的姑娘傷你手臂，她不會好好待你的。那麼以後誰來照顧你呢？」她想到這件事，心中好生難過，低低的道：「你孤苦伶仃的一個兒，你……沒人陪伴……」

楊過眼見她命在須臾，傷痛難禁，驀地想起：「那日她在這終南山上，曾問我願不願要她做媳婦，那時我愕然不答，以致日後生出這許多災難困苦。眼前爲時無多，務須讓她明白我的心意。」大聲說道：「甚麼師徒名分，甚麼名節淸白，咱們通通當是放屁！通通滾他媽的蛋！死也罷，活也罷，咱倆誰也沒命苦，誰也不會孤苦伶仃。從今而後，你不是我師父，不是我姑姑，是我媳婦！是我妻子！是我老婆！」

小龍女滿心歡悅，望著他臉，低聲道：「這是你的眞心話麼？是不是爲了讓我歡喜，故意說些好聽言語？」楊過道：「自然是眞心。我斷了手臂，你更加憐惜我；你遇到了甚麼災難，我也更加憐惜你。」小龍女低低的道：「是啊，世上除了你我兩人自己，原也沒旁人憐惜。」

重陽宮中數百名道人盡是出家淸修之士，突然聽他二人輕憐密愛，軟語纏綿，無不大是狼狽，年老的頗爲尷尬，年輕的少不免起了凡心。各人面面相覷，有的不禁臉紅。淸淨散人孫不二喝道：「你們快快出宮去罷，重陽宮乃淸淨之地，不該在此說這些非禮言語！」

楊過聽而不聞，凝視著小龍女的眼，說道：「當年重陽先師和我古墓派祖師婆婆原該好好結爲夫妻，不知爲了甚麼勞什子古怪禮教、淸規戒律，弄得各自遺恨而終，咱倆今日便在重陽祖師的座前拜堂成親，結爲夫婦，讓咱們祖師婆婆出這口惡氣。」他對王重陽本來殊無好感，但自起始修習古墓壁上他的遺刻，越練越欽佩，到後來已十分崇敬，隱隱覺得自己便是他的傳人一般。小龍女嘆了口氣，幽幽的道：「過兒，你待我眞好。」

當年王重陽和林朝英互有深情，全眞五子盡皆知曉，雖均敬仰師父揮慧劍斬情絲，實是一位了不起的英雄好漢，但想到武學淵深的林朝英以絕世之姿、妙齡之年，竟在古墓中自閉一生，自也無不感嘆。這時楊過提起此事，羣道中年輕的不知根由，倒沒甚麼，年長的無不心中一震。

孫不二喝道：「先師以大智慧、大定力出家創教，他老人家一番苦心孤詣，豈是你後生小子所能窺測？你再在此大膽妄為，胡言亂語，可莫怪我劍下無情了。」當日大勝關英雄宴上，楊過拒卻孫不二送來長劍，當場使她下不了台。她雖是修道之士，胸襟卻遠不及丘處機、王處一等人寬宏，她以全眞教中尊長身分，受辱於徒孫輩的少年，自不免耿耿於懷。兼之她以女流而和衆道羣居參修，更是自持綦嚴，聽到楊過竟要在莊嚴法地、全眞教上下向來認為神聖的祖師像前拜堂成親，怒氣勃發，難以抑制，眼見楊龍二人對她的呼喝置若罔聞，唰的一聲，長劍又即出鞘。

楊過冷冷的瞧了她一眼，尋思：「單憑你這老道姑，自然非我敵手，但一動上手，全眞教餘人決無袖手之理。我非和姑姑立刻成親不可。若不在此拜堂，出得重陽宮去，她萬一傷重不治，豈不令她遺恨而終？你罵我『大膽妄為』，哼，我楊過大膽妄為，又非始於今日。我既說了要在重陽祖師像前成親，說甚麼也要做到。」遊目四顧，見倒有半數道人已執劍在手，說道：「孫道長，你定要逼我們出去，是不是？」

孫不二厲聲道：「快走！自今而後，全眞教跟古墓派一刀兩斷，永無瓜葛，最好大家別再見面！」

楊過長嘆一聲，搖了搖頭，轉過身來，向著通向古墓的小徑走了兩步，慢慢將玄鐵劍負在背上，右袖揮開，伸左臂扶住小龍女，暗暗氣凝丹田，突然間抬起頭來，仰天大笑，聲動林梢。羣道斗聞笑聲震耳，都是一驚。

他笑聲未畢，忽地放脫小龍女，縱身後躍，左手已扣住孫不二右手手腕上的「會宗」、「支溝」兩穴。小龍女身無憑依，晃了一晃，便欲摔倒，楊過已拉著孫不二回過來靠在小龍女身後。這一下退後縱前，當眞迅如脫兔，乃古墓派的嫡傳輕功，羣道眼睛還沒一瞬，孫不二已落入他掌握，動彈不得。丘處機、王處一、孫不二等久經大敵，本來也防到他會突然發難，擒住一人為質，但見他既收起兵刃，走向出宮的小徑，唯一的手臂又扶住了小龍女，料定他已知難而退，那知他竟長笑擾敵，而衣袖放開小龍女、還劍背上兩事，竟成爲騰出手來擒獲孫不二的手段。羣道齊聲發喊，各挺長劍，但孫不二既入其手，誰都不敢上前相攻。

楊過低聲道：「孫道長，多有得罪，晚輩回頭向你賠禮。」拉著她手腕，和小龍女緩步走向重陽宮後殿。羣道跟隨在後，滿臉憤激，卻無對付之策。

進側門、過偏殿、繞迴廊，楊龍二人挾著孫不二終於到了後殿。楊過回過頭來，朗聲說道：「各位請都站在殿外，誰都不可進殿一步。我二人早已豁出性命不要，如要動手，我二人和孫道長一起同歸於盡便了。」

王處一低聲問：「丘師哥，怎麼辦？」丘處機道：「暫且不動，見機行事。瞧來他也不敢加害孫師妹。」這幾人一生縱橫江湖，威名遠振，想不到臨到暮年，反受一個初出道的少年挾制，想想固然有氣，卻也不禁失笑。

楊過拉過一個蒲團，讓孫不二坐下，說道：「對不住！」伸手點了她背心的「大椎」「神堂」兩穴，令她不能走動，見羣道依言站在殿外，不敢進來，扶著小龍女站在王重陽畫像之前，雙雙並肩而立。

只見畫中道人手挺長劍，風姿颯爽，不過三十來歲年紀，肖像之旁題著「活死人」三字。畫像不過寥寥幾筆，但畫中人英氣勃勃，飄逸絕倫。楊過幼時在重陽宮中學藝，這畫像見之已熟，早知是祖師爺的肖像，這時猛地想起，古墓中也有一幅王重陽的畫像，雖然此是正面而墓中之畫是背影，筆法卻一般無異，說道：「這畫也是祖師婆婆的手筆。」小龍女點點頭，向他甜甜一笑，低聲道：「咱倆在重陽祖師畫像之前成親，而這畫正是祖師婆婆所繪，當真再好不過。」

楊過踢過兩個蒲團，並排放在畫像之前，大聲說道：「弟子楊過和弟子龍氏，今日在重陽祖師之前結成夫婦，此間全眞教數百位道長，都是見證。」說罷跪在蒲團之上，見小龍女站著不跪，說道：「咱們就此拜堂成親，你也跪下來罷！」小龍女沉吟不語，雙目紅潤，盈淚欲滴。楊過柔聲道：「你有甚麼話說？在這裏不好麼？」小龍女顫聲道：「不，不是！」她頓了一頓，說道：「我既非淸白之軀，又是個垂死之人，你何必……你何必待我這樣好？」說到這裏，淚珠從臉頰上緩緩流下。

楊過重行站起，伸衣袖給她擦了擦眼淚，笑道：「你難道還不明白我的心麼？」小龍女抬頭望著他，只聽他柔聲道：「我眞願咱兩個都能再活一百年，讓我能好好待你，報答你對我的恩情。倘若不能，倘若老天爺只許咱們再活一天，咱們便做一天夫妻，只許咱們再活一個時辰，咱們就做一個時辰的夫妻。」小龍女見他臉色誠懇，目光中深情無限，心中激動，眞不知要怎樣愛惜他才好，悽苦的臉上慢慢露出笑靨，淚珠未乾，神色已歡喜無限，在蒲團上盈盈跪倒。

楊過跟著跪下。兩人齊向畫像拜倒，均想：「咱二人雖然一生孤苦，但既有此日此時，福緣深厚已極。過去的苦楚煩惱，來日的短命而死，全都不算甚麼。」兩人相視一笑，在蒲團上磕下頭去。

楊過低聲祝禱：「弟子楊過和龍氏眞心相愛，始終不渝，願生生世世，結爲夫婦。」小龍女也低聲道：「願祖師爺保佑，讓咱倆生生世世，結爲夫婦。」楊過又道：「祖師爺，弟子楊過冒犯了全眞教，眞正對不住之至，這裏跟您老人家磕頭賠罪。弟子對祖師爺，心中實在尊敬萬分。全眞教今後若有所需，弟子奉命驅策，必效奔走之勞。」說著又磕了幾個頭。

孫不二坐在蒲團之上，身子雖不能移動，於兩人言語神情卻都聽得淸楚，瞧得明白，但覺二人光明磊落，所作所爲雖荒誕不經，卻出乎一片至性至情，不自禁想起自己少年時和馬鈺新婚燕爾的情景來。又聽得楊過說冒犯了全眞教，磕頭賠罪，今後奉命驅策。她本來滿臉怒容，待楊龍二人交拜站起，臉上神色已大爲柔和。

楊過心想：「此刻咱二人已結成夫妻，即令立時便死，也已無憾。」原先防備羣道闖入阻擋之心登時盡去，向小龍女笑道：「我是全眞派的叛逆弟子，武林間衆所知聞，你卻也是個大大的叛徒。」小龍女道：「是啊。師父不許我收男弟子，更不許我嫁人，我卻沒一件遵守。咱二人災刼重重，原本罪有應得。」楊過朗聲道：「叛就叛到底了。王祖師和祖師婆婆英雄豪傑，勝過你我百倍，他們卻不敢成親。兩位祖師泉下有知，未必便說咱們的不是！」他說這番話神采飛揚，當眞有俯仰百世、前無古人之概。

便在此時，屋頂上喀喇一聲猛響，磚瓦紛飛，椽子斷折，聲勢驚人，只見屋頂破洞中落下一口巨鐘，對準孫不二的頭頂直墮下來。

楊過與小龍女在殿上肆無忌憚的拜堂成親，全眞教上下人等無不憤怒。劉處玄沉吟半晌，心生一計，俯耳與丘處機、王處一、郝大通三人說了。三道連連點頭，向門下弟子低聲囑咐幾句，乘著楊龍二人轉身向裏跪拜之時，到前殿取下一口重逹千餘斤的大銅鐘，劉、丘、王、郝四道共托，飛身上了殿頂，料準了方位，猛地向下砸落，撞破一個大洞，對準孫不二摔將下來。四道武功了得，巨鐘雖重，落下時卻無數寸之差，只要將孫不二罩在鐘內，楊過一時傷她不得，羣道一擁而上，他二人豈不束手受縛？

楊過見巨鐘跌落，已知其理，立即抽玄鐵劍刺出，勢挾風雷，只聽得噹的一響，嗡嗡不絕，劍尖已刺到銅鐘。那口鐘雖重達千斤，但這一劍勁力奇強，又從旁而至，巨鐘凌空一偏，向前斜了兩尺，這一落下，便要壓在孫不二身上。劉處玄等四人在殿頂破洞中看得明白，齊聲驚呼，心中大慟，萬料不到這少年劍上竟有如斯神力，眼見孫不二便要血肉橫飛，給巨鐘壓得慘不可言。劉處玄雙目一閉，不敢再看，卻聽丘處機歡聲叫道：「多謝手下留情！」劉處玄睜開眼來，不由得大奇，只見那口鐘竟仍將孫不二全身罩住了，鐘旁既無血肢殘跡，連孫不二的道袍也沒露出一截。

原來楊過眼見這一劍推動巨鐘，孫不二非立時斃命不可，突然心想：「今日是我夫婦大喜日子，何苦傷害人命？這老道姑不過脾氣乖僻，又不是有甚過惡。」心念甫動，右手袖子著地拂出，推動孫不二身下蒲團，將她送入了鐘底。

劉丘王郝四道在殿頂又驚又喜，均覺不便再與楊過為敵，但各人門下的弟子早已受囑，一待巨鐘落下，立時搶入進攻。他們在殿外也瞧不見鐘底的變化，只聽得巨聲突作，塵土飛揚，各人發一聲喊，挺著長劍便攻進殿來。

楊過將玄鐵劍往背上一揷，伸臂抱了小龍女往殿後躍去。

丘處機叫道：「衆弟子小心，不可傷了他二人！」語音洪亮，雖在數百人吶喊叫嚷聲中，各人仍聽得淸淸楚楚。衆弟子追向殿後，大聲呼喊：「捉住叛教的小賊！」「小賊褻瀆祖師爺聖像，別讓他走了！」「快快，你們到東邊兜截！」「長春眞人吩咐，不可傷了他二人！」

劉處玄於躍上殿頂之前，已先在殿後院子中伏下二十一名硬手。楊過剛轉過屛門，便見院子中劍光閃閃，知有人攔截。心想：「不如從殿頂破洞中竄出。上面雖有四個高手，但這四人諒來不致對我施展殺招。」抱了小龍女縱回殿中。小龍女雙手抱著他頭頸，柔聲道：「反正我們已結成夫婦，在這世上心願已了。衝得出固好，衝不出也沒甚麼。」楊過道：「不錯！」右腿飛起，左腿鴛鴦連環，砰砰兩聲，將兩名道士踢出殿去。殿上不比玉虛洞前寬闊，擠滿了道人，北斗陣法施展不開，但楊過左臂抱著小龍女後，只能出腿傷敵，卻也無法突出重圍，心中暗恨：「這些牛鼻子布不成陣法，倘若我尚有一臂，焉能困得住我二人？」砰的一聲，又有一名道人給他踢開，飛身跌出，撞到了兩人。

正紛亂間，突然殿外奔進一個白鬚白髮的老者，身後卻跟進一大羣蜜蜂，正是老頑童周伯通。後殿中本就亂成一團，多了個周伯通，衆弟子一時也沒在意，但蜜蜂飛進來後卻立時亂叮亂刺。這些蜜蜂殊非尋常，乃小龍女在古墓中養馴的玉蜂，全眞道人中有人遭叮，登時痛癢難當，有的忍耐不住，在地下打滾呼叫，更亂上加亂。

周伯通本來要到襄陽城去相助郭靖，但偷了小龍女的玉蜂蜜漿後，生怕再見到她，襄陽城是不去的了，便上終南山來，要找到趙志敬問個明白，何以膽敢害得師叔祖九死一生。他沿途玩弄玉蜂蜜漿，漸漸琢磨出了一些指揮蜜蜂的門道。道上玩弄蜜蜂，那也罷了，一到終南山上，登時惹出了禍事。山上玉蜂聞到玉蜂蜜漿的甜香，紛紛趕來。玉蜂慣於小龍女的手勢呼叱，周伯通自然驅之不動，非但驅之不動，而且不肯和他干休。老頑童見情勢不妙，只得飛奔逃入重陽宮來，想找個處所躲避，正好趕上宮中鬧得天翻地覆，熱鬧無比。

他見小龍女和楊過都在殿中，又驚又喜，忙將玉蜂蜜漿瓶子向小龍女拋去，叫道：「乖乖不得了，我服侍不了這批蜜蜂老太爺，好姑娘快來救命。」楊過袍袖拂出，兜住了瓶子，小龍女微微含笑，伸手接過。

這時殿上蜂羣飛舞，丘處機等從殿頂躍下向師叔見禮，請安問好。郝大通大叫：「快取火把來！」衆門人有的袍袖罩臉，有的揮劍擊蜂，也有數人應聲去取火把。

周伯通也不理丘處機等人，他額頭給玉蜂刺了兩下，已腫起高高兩塊，只盼找個蜜蜂鑽不進的安穩處所躲避，見地下放著一口巨鐘，心中大喜，忙運力扳開銅鐘，卻見鐘下有人。他也不看是誰，說道：「勞駕勞駕，讓我一讓。」將孫不二推出鐘外，自行鑽入，一鬆手，騰的一聲，巨鐘重又合上，心中得意：「任你幾千頭幾萬頭蜜蜂追來，你們總不能合力掀開這口大鐘，再也咬不到我老頑童一口了！」

楊過低聲道：「你指揮蜜蜂相助，咱們闖出去。」小龍女聽到他說話中含有囑咐之意，心中甜甜的甚是舒服：「好啊，他終於不再當我是師父，眞的當我是他媳婦了。」當即應道：「是！」極爲溫柔順從，舉起蜂蜜瓶子揮舞幾下，呼叱數聲。

玉蜂遇到主人，片刻間便集成一團，小龍女不住揮手呼叱，大羣玉蜂分成兩隊，一隊開路，一隊斷後，擁衛著楊龍二人向後衝了出去。

周伯通這麼來一攪局，丘處機等又驚又喜，又是好笑，眼見楊龍二人退向殿後，喝住衆門人不必追趕。王處一解開了孫不二的穴道，丘處機便去扳那巨鐘。周伯通躲在鐘裏，不知鐘外情形，猛覺那鐘給人扳動，似要揭開，大叫：「乖乖不得了！」雙臂伸出，撐住鐘壁，喝聲：「下來！」丘處機內力不及他深厚，噹的一聲響，那鐘離地半尺，又蓋了下去。丘處機笑道：「周師叔又在開玩笑了，來，咱們一齊動手！」

當下丘處機、王處一、劉處玄、郝大通四人各出一掌，抵在鐘上向外推出，齊聲喝道：「起！」四股大力擠在一起，將鐘抬得離地三尺，卻見鐘底下空蕩蕩的並無人影，周伯通已不知去向。原來他手腳張開，撐在鐘壁之內，連著巨鐘給一齊抬起，旁人自然瞧他不見。四人「咦」的一聲，一怔之間，一條人影一晃，周伯通哈哈大笑，站在鐘旁。

丘處機等重又上前見禮。周伯通雙手亂搖，叫道：「罷了，罷了，乖孩兒們平身免禮！」這時丘處機等均已鬚髮皓然，周伯通卻仍叫他們「乖孩兒」。

衆人正要敘話，周伯通瞥眼見到趙志敬鬼鬼祟祟的正要溜走，大喝一聲，縱上去一把抓住，罵道：「賊牛鼻子，還想逃麼？」左手將巨鐘一推，掀高兩尺，右手將他往鐘底擲去，左手鬆開，巨鐘合上，口中還喃喃不絕的罵道：「賊牛鼻子，賊牛鼻子。」這時大殿上除他一人，其餘個個都是道人，他大罵「賊牛鼻子」，把王重陽的徒子徒孫一起都罵了。丘處機等深知師叔的脾氣，也不以爲忤，不禁相對莞爾。

王處一道：「師叔，趙志敬不知怎麼得罪了您老人家？弟子定當重重責罰。」周伯通道：「嘿嘿，這賊牛鼻子引我到山洞裏去盜旗，卻原來藏著紅紅綠綠的大蜘蛛，劇毒無比，一咬之下，老頑童老命難保，幸虧那小姑娘救我，咦，那小姑娘呢？蜜蜂那裏去了？」他說話顚三倒四，王處一那裏懂得，只見他東張西望的找尋小龍女。

便在此時，十餘名弟子趕來報道，楊龍二人退到了後山藏經閣樓上，衆弟子不敢用火把燒蜂，怕延燒道藏。丘處機等吃了一驚，那藏經閣是全眞教重地，歷代道藏、王重陽和七弟子的著作，以及教中重要文卷均藏在閣中，若有疏虞，損失不小。丘處機道：「咱們過去瞧瞧，楊過手下留情，沒傷了孫師妹，大可化敵爲友。」孫不二道：「不錯！」當下眾人一齊趕向後山藏經閣去。

王處一見門下首徒趙志敬給周伯通罩在鐘內，心想：「周師叔行事胡塗，這事未必便是志敬之錯，回頭再詳細查問。」生怕巨鐘密不通風，悶死了他，叫來三名弟子相助，奮力將鐘扳高數寸，伸足撥過一塊磚頭，墊在鐘沿之下，留出數寸空隙通氣，隨後跟去。

到得藏經閣前，只見數百名弟子在閣前大聲呼噪，卻無人敢上樓去。丘處機朗聲叫道：「楊龍二位，咱們大家過往不咎，化敵爲友如何？」過了一會，不聞閣上有何聲息。丘處機又道：「龍姑娘身上有傷，請下來共同設法醫治。敝教門下弟子決不敢對兩位無禮。丘某行走江湖數十年，從無片言隻語失信於人。」半晌過去，仍然聲息全無。

劉處玄心念一動，說道：「他們早已走啦！」丘處機道：「怎麼？」劉處玄道：「你瞧羣蜂亂飛，四下散入花叢。」從弟子手中接過一個火把，搶先飛步上閣。

丘處機等跟著拾級上閣，果見閣中唯有四壁圖書，並無一人，居中書案上卻放著那瓶玉蜂漿。周伯通如獲至寶，一把搶起，收入懷中。眾人在閣中前後察看，見圖書並無散失，只一堆圖書放在地板上，盛書的木箱卻已不見。忽聽郝大通叫道：「他們從這裏走了！」眾人循聲走到閣後窗口，只見木柱上縛著一根繩索，另一端縛在對面山崖的一株樹上。藏經閣與山崖之間隔著一條深澗，原本無路可通，想不到楊過竟會施展輕功，抱著小龍女從繩索上越谷而去。

楊過和小龍女在重陽宮後殿拜堂成親，全眞教上下均感大失威風，但此時見他二人全身而退，全眞五子相視苦笑，心中倒也鬆了。孫不二本來最爲憤慨，但她在殿上既見他二人情意眞摯，楊過磕頭賠罪，又在千鈞一髮之際救了自己性命，不禁爽然若失，默無一語。

全眞五子和周伯通回到大殿，詢問蒙古大汗降旨敕封、甄趙兩派爭鬥、小龍女突然來攻等等情由。李志常和宋德方等據實一一稟告。丘處機潸然淚下，說道：「志丙玷人清白，確是大錯，但他維護我教忠義，誓死不降蒙古，算得一件大功。」王處一道：「志丙過不掩功，爲人持身，確有大過，然而大義凜然，咱們仍當認他爲代掌教眞人。」劉處玄、郝大通等齊聲稱是。丘處機又道：「若不是龍姑娘適於此時來擋住敵人，我教已然覆沒。龍姑娘實是我教的大恩人，此後非但不可對他夫婦有絲毫無禮，還須設法報恩才是。唉，我們失手打傷了她，不知……不知……」料想她傷重難治，深自歉咎。

丘處機等忙於追詢前事，處分善後，周伯通卻絲毫沒將這些事放在心上，只把那瓶玉蜂蜜漿拿在手中把玩，幾次想要揭開瓶塞誘蜂，總怕招之能來、卻不能揮之而去。這時一名弟子上前稟報，說有五名弟子爲玉蜂螫傷，痛癢難當，請師長設法。郝大通想起當年孫婆婆闖宮贈蜜之事，說道：「這瓶玉蜂蜜漿，料來便是龍姑娘留下給咱們治傷的。師叔，請你把蜜漿賜給五個徒孫，讓他們分服了罷。」

周伯通雙手伸出，掌中空空如也，說道：「不知怎的，忽然找不到啦。」郝大通明明見他適才還拿在手中把弄，怎會突然不見，定是不肯交出，但他身爲長輩，卻不便用言語擠兌，不由得好生爲難。周伯通袍袖一拂，在身上拍了幾下，說道：「我沒藏起來啊，你可別疑心我小氣不給。要不要我脫光衣褲給你們瞧瞧？」

原來老頑童貪玩愛耍、不分輕重緩急的脾性到老不改，心想幾個牛鼻子給蜂兒叮了幾下，最多痛上半天，也不會有性命之憂，這瓶寶貴的蜜漿可不能給人，是以郝大通一開口，他便將蜜漿塞入袖中，順著衣袖溜下，沿胸至腹，肚子一縮，瓶子鑽入褲子，從褲管中慢慢溜到腳背，輕輕落在地下。他內功精深，全身肌肉收放自如，將那小瓶送到地下，竟沒發出半點聲息。

王處一心想：「師叔既不肯交出，只有待他背人取出玩弄之時，突然上前開口，叫他沒法推托。只要大夥兒一走開，他定然熬不住，立時便會取出。此時處置逆徒趙志敬要緊，若不是甄志丙寧死不屈，我教數十年清譽豈非便毀在這逆徒手中？」他想到此處，厲聲說道：「郝師弟，治傷之事，稍緩不妨，咱們須得先處決逆徒趙志敬！」全眞五子相交數十年，師兄弟均知王處一正直無私，趙志敬雖是他的首徒，但犯了叛教大罪，他決不致徇情迴護。各人均想：「這逆徒賣教求榮，戕害同門，決計饒他不得。」

忽聽得巨鐘底下傳出一個微弱的聲音，說道：「周師叔祖，你若救弟子一命，我便把蜂漿還你，否則我一口吃得乾乾淨淨，左右也是個死罷了！」周伯通吃了一驚，踏開一步，果然那瓶蜜漿已失影蹤。原來他站在巨鐘之旁，趙志敬伏在鐘下，那小瓶正好落在他面前，聽得郝大通向周伯通求蜜漿不得，當下從磚頭墊高的空隙中伸手取過。

他以這瓶小小的蜜漿要挾，企圖逃得性命，自知原是妄想，但絕望之中只要有一線生機，也要掙扎到底。周伯通聽他如此說，果然大急，叫道：「喂喂，你千萬不可把蜜漿吃了，其他一切，都好商量。」趙志敬道：「那你須得答允救我性命。」

全眞五子都是一驚，心想倘若師叔出口答允，便不能處置趙志敬了。丘處機急道：「師叔，此人罪大惡極，萬不可饒。」周伯通將頭貼在地下，向著鐘內只叫：「喂喂，千萬不可吃了蜜漿！」劉處玄道：「師叔，不必理他！你要蜜漿，並不爲難。咱們今日已與龍姑娘釋愆解仇，待會可到古墓去求幾瓶來。龍姑娘既肯給你第一瓶，再給你十瓶八瓶也不爲難！」周伯通搖頭道：「未必，未必！」心想：「你道這瓶蜜漿是她給的嗎？是我偷來的。她離藏經閣時匆匆忙忙，不及攜帶，若問她再要，她未必便給，縱然給了，也必讓你們拿去當藥吃了，那裏還有我的份兒？」

只聽一陣輕輕的嗡嗡之聲，五六隻玉蜂從院子中飛進後殿，殿門關著，在長窗上不住碰撞，無法覓路出去。周伯通心念一動，說道：「趙志敬，你拿去的只怕並非玉蜂蜜漿。」趙志敬急道：「是的，是的，為甚麼不是？」周伯通道：「好，那你將瓶塞拔開，讓我聞一聞再說。倘若不是，不用多說廢話。」趙志敬忙拔開瓶塞，道：「你聞呀，難道不是？」周伯通鼻孔深深吸氣，道：「唔，唔，好像不是！待我再聞幾下。」

趙志敬雙手緊緊抓住玉瓶，生怕他掀開巨鐘，夾手硬奪，口中只道：「你聞這股甜香，聞這股甜香！」玉蜂蜜漿芳香無比，瓶塞一開，便即滿殿馥郁。周伯通打了個噴嚏，笑道：「我傷風沒好，鼻子不大管用！」一面轉頭向丘處機等擠眉弄眼。趙志敬也猜到他是在使緩兵之計，說道：「你如伸手碰一碰銅鐘，我便把蜜漿吃個精光。」這時幾隻玉蜂已聞到蜜香，飛到了鐘邊。周伯通袍袖一揮，喝道：「進去叮他！」玉蜂未必便聽他號令，但鐘底傳出的蜜香越來越濃，果然嗡嗡數聲，從鐘底的空隙中鑽了進去。

只聽得趙志敬大聲狂叫，跟著噹的一響，香氣陡盛，顯是玉蜂已刺了他一針，而他失手打碎了瓶子。周伯通大怒，喝道：「臭牛鼻子，怎地瓶子也拿不牢？」待要上前掀開巨鐘，後院中賸下的玉蜂聞到蜜香，紛紛湧進，都鑽進了鐘底。周伯通吃過玉蜂的苦頭，倒也不敢走近。但見鑽入鐘底的玉蜂越來越多，巨鐘之內又有多大空隙，趙志敬身上沾滿蜜漿，一舉手一搖頭都碰到玉蜂，身上已不知給刺了幾百針。眾人初時還聽到他狂呼慘叫，過了片刻，終於寂然無聲，不知是否中毒過多，死活難知。

周伯通一把抓住劉處玄的衣襟，道：「好，處玄，你去向龍姑娘給我要十瓶八瓶蜜漿來罷。」劉處玄皺起眉頭，好生爲難，他適才只求周伯通不可貿然答允趙志敬饒命，以致把話說得滿了，其實全眞五子以一招「七星聚會」合力打傷小龍女，傷勢未必能愈，怎說得上「釋愆解仇」四字？這時給周伯通扭住胸口，只得苦笑道：「師叔放手，處玄去求便是！」轉身向後山古墓走去。

丘處機等知道此行甚爲凶險，倘若小龍女平安無事，那還罷了，連要蜜漿都能成功，但若傷重而死，不知將有多少全眞弟子要死在楊過手裏，齊聲道：「大夥兒一起去。」

那古墓外的林子自王重陽以來便不許全眞教弟子踏進一步，衆人恪遵先師遺訓，走到林緣而止。丘處機氣運丹田，朗聲道：「楊少俠，龍姑娘的傷勢還不妨事麼？這裏有幾枚治傷的九轉靈寶丸，請來取去。」周伯通低聲道：「是啊，是啊！要人家的蜜漿，也得拿些甚麼去換！」隔了半晌，不聽得有人回答。丘處機提氣又說了一遍，林中仍寂無聲息，舉目往林中望去，陰森森濃蔭匝地，頭頂枝椏交横，地下荆棘叢生。

劉處玄和郝大通沿著林緣走了一遍，渾不見有人穿林而入的痕跡，看來楊過和小龍女並非回到古墓，而是下終南山去了。衆人又喜又愁，回到重陽宮中，喜的是楊龍二人遠去，愁的是小龍女如若不治，全眞教實有無窮後患。那老頑童也是一般的又喜又愁，愁的自是爲了取不到玉蜂蜜漿，喜的卻是不必和小龍女會面，以免揭穿他竊蜜之醜。

全眞五子雖在終南山上住了數十年，卻萬萬猜想不到楊過和小龍女到了何處。

楊龍二人在玉蜂掩護下衝向後院，奔了一陣，見一座小樓倚山而建，楊過知是重陽宮要地之一的藏經閣，抱著小龍女拾級上樓。兩人稍喘得一口氣，便聽得樓下人聲喧嘩，已有數十名道人追到，但怕了玉蜂，不敢搶上。

楊過將小龍女放在椅上坐穩，察看周遭情勢，見藏經閣之後是一條深達數十丈的溪澗。山澗雖深，好在並不甚寬，他身邊向來攜帶一條長繩，用以縛在兩棵大樹之間睡覺，以稍慰相思之意，於是將長繩一端縛在藏經閣柱上，拉著繩子縱身竄躍，盪過澗去，拉直了繩子，將另一端縛在一棵大樹上，然後施展輕身功夫從繩上走回。

他走到小龍女身邊，柔聲說道：「咱們去那裏呢？」小龍女道：「你說到那裏，我便跟你到那裏。」楊過笑道：「這便叫作『嫁鷄隨鷄，嫁狗隨狗』了！」他頓了一頓，又問：「你心中最想去那裏呢？」小龍女輕輕嘆了口氣，臉上流露出嚮往之色。楊過知她最盼望的便是回古墓舊居，但如何進入卻大費躊躇，耳聽得樓下人聲漸劇，此處自是不能多躭。

他明白小龍女的心思，小龍女也知他心思，柔聲道：「我也不一定要回古墓，你不用操心啦。」微笑道：「只要跟你在一起，甚麼地方都好。」楊過心想：「這是咱們婚後她第一個心願，說不定也是她此生最後一個心願。我如不能爲她做到，又怎配做她丈夫？」

茫然四顧，聽著樓下喧嘩之聲，心中更亂，瞥眼見到西首書架後堆著一隻隻木箱，心念一動：「有了！」當即搶步過去，見箱上有銅鎖鎖著，伸手扭斷鎖扣，打開箱蓋，見箱中放滿了書籍，提起箱子倒了轉來，滿箱書籍都散在地下，箱子是樟木所製，箱壁厚達八分，甚是堅固。躍起來伸手到書架頂上一摸，果然鋪滿油布，那是爲防備天雨屋漏，浸濕貴重圖書而設。他扯了兩塊大油布放在箱內，踏著繩索將箱子送到對澗，然後回來抱了小龍女過去，笑道：「咱們回家去啦。」

小龍女甚喜，微笑道：「你這主意兒眞好。」楊過怕她躭心，安慰道：「這劍無堅不摧，潛流中若有山石擋住箱子，一劍便砍開了。我走得快，你在箱子中不會氣悶的。」小龍女微笑道：「便只一點不好。」楊過一怔道：「甚麼？」小龍女道：「我要有好一會兒見你不著啦。」

到得對澗，楊過想起郭襄尚在山洞之中，說道：「郭伯伯的姑娘我也帶來啦，你說怎麼辦？」小龍女臉色大變，顫聲道：「你帶來了郭大俠……郭大俠的姑娘？」楊過見她神色有異，一楞之間，已然會意，知她誤會自己帶了郭芙來，俯下頭去在她臉上輕輕一吻，低聲道：「是那個生下只有一個月、還不會斬斷人家手臂的女娃兒！」小龍女登時羞得滿臉通紅，深深藏在楊過懷裏，不敢抬起頭來。

過了一會，她才低聲道：「咱們只好把她帶到墓裏去啦，在這荒山野地中放著，再過半天便得要了她小命。」楊過心想在重陽宮中躭擱了這麼久，不知郭襄在山洞中性命如何，心下惴惴，當下將小龍女放入箱中，抗在肩頭，快步尋到山洞前，卻不聞啼哭之聲，心中更驚，撥開荆棘，只見郭襄沉睡正酣，雙頰紅紅的似搽了胭脂一般。兩人大喜。小龍女伸手道：「我來抱。」楊過將郭襄放入她懷中，抗了木箱又行。

這時終南山的道人都會集在重陽宮中，沿路無人撞見。行過一片瓜地，楊過把道人所種的南瓜摘了八九個放入箱中，笑道：「足夠咱們吃七八天的了。」過不多時，已到了溪流之邊。他低頭吻了吻小龍女的面頰，輕輕合上箱蓋，將油布在木箱外密密包了兩層，用長繩綁住了，然後將箱子放入溪水，深吸一口氣，拉著箱子潛了進去。

他自在荒谷的山洪中苦練氣功，再在這小小溪底潛行自毫不費力，溪水鑽入地底後忽高忽低，他循著水道而行，遇有泥石阻路，木箱不易通行，提劍劈削便過。生怕小龍女在箱中氣悶，行得極爲迅速，不到一炷香時分，便已鑽出水面，到了通向古墓的地下隧道。

他扯去油布，揭開箱蓋，見小龍女微有暈厥之狀，她雖會閉氣之法，但重傷後挨不得辛苦。郭襄卻大喊大叫，極是精神。原來她吃了一個多月的豹乳，竟比常兒壯健得多。小龍女微微一笑，低聲道：「咱們終於回家啦！」再也支持不住，合上了雙目。楊過不再扶她起身，便拉著木箱，回到古墓中的居室。

但見桌椅傾倒，床几歪斜，便和那日兩人與李莫愁師徒惡鬥一場之後離去時無異。楊過眼望石室，看著這些自己從小使用的物件，心中突然生出一股難以形容的滋味，似是歡喜，卻又帶著許多傷感。他呆呆出了會神，忽覺得一滴水點落上手背，回過頭來，見小龍女扶椅而立，眼中淚水緩緩落下。

兩人今日結成了眷屬，長久來的心願終於得償，又回到了舊居，從此和塵世的冤仇、煩惱、愁苦不再有絲毫牽纏糾葛，但兩人心中，卻都深自傷感，悲苦不禁。兩人都知道，小龍女受了這般重傷，既中了國師金輪撞砸，又受全真五子合力撲擊，她嬌弱之軀，如何抵受得住？

兩人這麼年輕，都一生孤苦，從來沒享過甚麼眞正歡樂，突然之間得到了世間最大的福氣，卻立時便要生生分手！

楊過呆了半晌，到孫婆婆房中將她的床拆了，搬到寒玉床之旁重行搭起，鋪好被褥，扶著小龍女上床安睡。古墓中積存的食物都已腐敗，一罈罈的玉蜂蜜漿卻不會變壞。他倒了小半碗蜜漿，用淸水調勻，餵著小龍女服了，又餵得郭襄飽飽的，這才自己喝了一碗。他想：「我須得打起精神，叫她歡喜。我心中悲苦，臉上卻不可有絲毫顯露。」找了兩根最粗的蠟燭用紅布裹了，點在桌上，笑道：「這是咱倆的洞房花燭！」兩枝紅燭一點，石室中登時喜氣洋洋。小龍女坐在床上，見自己身上又是血漬，又是污泥，微笑道：「我這副怪模樣，那像個新娘子啊！」忽然想起一事，道：「過兒，請你到祖師婆婆房裏，把她那口描金箱子拿來。好不好？」

楊過雖在古墓中住了幾年，但林朝英的居室平時不敢擅入，她的遺物更從來不敢碰觸，聽小龍女這麼說，笑道：「對丈夫說話，也不用這般客氣。」過去將床頭幾口箱子中最底下的一口提了來。那箱子並不甚重，也未加鎖，箱外紅漆描金，花紋雅致。

小龍女道：「我聽孫婆婆說，這箱中是祖師婆婆的嫁妝。後來她沒嫁成，這些物事自然沒用了。」楊過「嗯」了一聲，瞧著這口花飾艷麗的箱子，但覺喜意之中，總帶著無限淒涼。他將箱子放在寒玉床上，揭開箱蓋，果見裏面放著珠鑲鳳冠，金繡霞帔，大紅緞子的衣裙，件件都是最上等的料子，雖相隔數十年，仍燦爛如新。小龍女道：「你取出來，讓我瞧瞧。」

楊過把一件件衣衫從箱中取出，衣衫之下是一隻珠鈿鑲嵌的梳妝盒子，一隻翡翠雕的首飾盒子。梳妝盒中的胭脂水粉早乾了，香油還賸著半瓶。首飾盒一打開，二人眼前一亮，但見珠釵、玉鐲、寶石耳環，富麗華美，閃閃生光。楊龍二人少見珠寶，也不知這些飾物到底如何貴重，但見鑲嵌精雅，式樣文秀，顯是每一件都花過一番極大心血。

小龍女微笑道：「我打扮做新娘子，好不好？」楊過道：「你今日累啦，先歇一晚，明兒再打扮。」小龍女搖頭道：「不，今日是咱倆成親的好日子。我愛做新娘。那日在絕情谷中，那公孫止要和我成親，我可沒打扮呢！」楊過微笑道：「那算甚麼成親？只是公孫老兒的妄想罷啦！」

小龍女拿起胭脂，調了些蜜水，對著鏡子，著意打扮起來。她一生之中，這是第一次調脂抹粉，她臉色本白，實不須再搽水粉，只是重傷後全無血色，雙頰上淡淡搽了一層胭脂，果然大增嬌艷。她歇了一歇，拿起梳子梳了梳頭，嘆道：「要梳髻子，我可不會，過兒你會不會呢？」楊過道：「我也不會！你不梳還更好看些。」小龍女微笑道：「是麼？」把亂了的頭髮略一梳順，戴上耳環，插上珠釵，手腕上戴了一雙玉鐲，紅燭掩映之下，當真美艷無比。她喜孜孜的回過頭來，想要楊過稱讚幾句。

一回頭，只見楊過淚流滿面，悲不自勝。小龍女一咬牙，只作不見，微笑道：「你說我好不好看？」楊過哽咽道：「好看極了！我給你戴上鳳冠！」拿起鳳冠，走到她身後給她戴上。小龍女在鏡中見他舉袖擦乾了淚水，再到身前時，臉上已強作歡容，笑道：「我以後叫你娘子呢，還是仍然叫姑姑？」小龍女心想：「還說甚麼『以後』啊？難道咱倆眞的還有『以後』麼？」但仍強作喜色，微笑道：「再叫姑姑自然不好。娘子夫人的，又太老氣啦！」楊過道：「你的小名兒到底叫甚麼？今天可以說給我聽了罷。」

小龍女道：「我沒小名兒的，師父只叫我作龍兒。」楊過說道：「好，以後你叫我過兒，我便叫你龍兒。咱倆扯個直，誰也不吃虧。等到將來生了孩兒，便叫：喂，孩子的爹！喂，孩子的媽！等到孩子大了，娶了媳婦兒……」

小龍女聽著他這麼胡扯，咬著牙齒不住微笑，終於忍耐不住，「哇」的一聲，伏在箱子上哭了出來。楊過搶步上前，將她摟在懷裏，柔聲道：「龍兒，你不好，我也不好，咱們何必理會以後。今天你不會死的，我也不會死的。咱倆今兒歡歡喜喜的，誰也不許去想明天的事。」小龍女抬起頭來，含淚微笑，點了點頭。

楊過道：「你瞧這套衣裙上的鳳凰繡得多美，我來幫你穿上！」扶著小龍女身子，將金絲繡的紅襖紅裙給她穿上。小龍女擦去了眼淚，補了些胭脂，笑盈盈的坐在紅燭之旁。這時郭襄睡在床頭，睜大兩隻烏溜溜的小眼好奇地望著。在她小小的心中，似乎也覺小龍女打扮得眞是好看。

小龍女道：「我打扮好啦，就可惜箱中沒新郎的衣冠，你只好委屈一下了。」楊過道：「讓我再找找，瞧有甚麼俊雅物兒。」說著將箱中零星物事搬到床上。小龍女見他拿出一朶金花，便拿起來給他揷在頭髮上。楊過笑道：「不錯，這就有點像了。」翻到箱底，只有一疊信札，用一根大紅絲帶縛著，絲帶已然褪色，信封也已轉成深黃。

楊過拿了起來，道：「這裏有些信。」小龍女道：「瞧瞧是甚麼信。」楊過解開絲帶，見封皮上寫的是「專陳林朝英女史親啓」，左下角署的是一個「喆」字。底下二十餘封，每封都是一樣。楊過在重陽宮中曾聽人說過祖師爺的事跡，知道王重陽出家之前名叫「王喆」，笑道：「這是重陽祖師寫給祖師婆婆的情書，咱們能看麼？」小龍女自幼對祖師婆婆敬若神明，忙道：「不，不能看！」

楊過笑著又用絲帶將一束信縛好，道：「孫老道姑他們古板得不得了，見咱倆在重陽祖師的遺像前拜堂成親，便似大逆不道、褻瀆神聖一般。我就不信重陽祖師當年對祖師婆婆沒情意。倘若拿這束信讓他們瞧瞧，那些牛鼻子老道的嘴臉才教有趣呢。」他一面說，一面望著小龍女，不禁爲林朝英難過，心想：「祖師婆婆寂居古墓之中，想來曾不止一次的試穿嫁衣。咱倆可又比她幸運得多了。」

小龍女道：「不錯，咱倆比祖師婆婆幸運，你又何必不快活？」

楊過道：「是啊！」突然一怔，笑道：「我沒說話，你竟猜到了我心思。」小龍女抿嘴笑道：「若不知你心思，怎配做你媳婦？」楊過坐到床邊，伸左臂輕輕摟住了她。兩人心中都說不出的歡喜，但願此時此刻，永遠不變。偎倚而坐，良久無語。

過了一會，兩人都向那束信札一望，相視一笑，眼中都流露出頑皮神色，明知不該私看先師的密札，但總是忍不住一番好奇之心。楊過道：「咱們只看一封，好不好？決不多看。」小龍女微笑道：「我也是想看得緊呢，好，咱們只看一封。」

楊過大喜，伸手拿起信札，解去絲帶。小龍女道：「倘若信中的話教人難過傷心，你便不用唸給我聽。」楊過微微一頓，道：「是啊！」心想王林二人一番情意後來並無善果，只怕信中眞是愁苦多而歡愉少，那便不如不看了。小龍女道：「不用先躭心，說不定是很纏綿的話兒。」

楊過拿起第一封信，抽出一看，唸道：「英妹如見：前日我師與韃子於惡波岡交鋒，中伏小敗，折兵四百……」一路讀下去，均是義軍和金兵交戰的軍情。他連讀幾封，信中說的都是兵戈金革之事，沒一句涉及兒女私情。楊過嘆道：「這位重陽祖師固然是男兒漢大丈夫，一心只以軍國爲重，但寡情如此，無怪令祖師婆婆心冷了。」小龍女道：「不！祖師婆婆收到這些信時是很歡喜的。」楊過奇道：「你怎知道？」

小龍女道：「我自然不知，只是將心比心來推測罷啦。你瞧每一封信中所述軍情都十分的艱難緊急，但重陽祖師在如此困厄之中，仍不忘給祖師婆婆寫信，你說是不是心中對她念念不忘？」楊過點點頭道：「不錯，果眞如此。」當下又拿起一封。

那信中所述，更是危急，王重陽所率義軍因寡不敵衆，連遭挫敗，似乎再也難以支撐，信末詢問林朝英的傷勢，雖只寥寥數語，卻關切殊殷。楊過道：「嗯，當年祖師婆婆也受過傷，後來自然好了。你的傷勢慢慢將養，便算須得將養一年半載，終究也會痊可。」小龍女淡淡一笑，她自知這一次負傷非同尋常，倘若連這等重傷也能治愈，只怕天下竟有不死之人了，但說過今晚不提掃興之事，縱然楊過不過空言相慰，也就當他是眞，說道：「慢慢將養便是了，又急甚麼？這些信中也沒私秘，你就讀完了罷！」

楊過又讀一信，其中滿是悲憤之語，說道義軍兵敗覆沒，王重陽拚命殺出重圍，但部屬卻傷亡殆盡，信末說要再招兵馬，捲土重來。此後每封信說的都是如何失敗受挫，金人如何在河北勢力日固，王重陽顯然已知事不可爲，信中全是心灰失望之辭。

楊過說道：「這些信讀了令人氣沮，咱們還是說些別的罷！咦，甚麼？」他語聲突轉興奮，持著信箋的手微微發抖，唸道：「『比聞極北苦寒之地，有石名曰寒玉，起沉痾，療絕症，當爲吾妹求之。』龍兒，你說，這……這不是寒玉床麼？」

小龍女見他臉上斗現喜色，顫聲道：「你……你說寒玉床能治我的傷？」楊過道：「我不知道，但重陽祖師如此說法，必有道理。你瞧，寒玉不是給他求來了麼？祖師婆婆不是製成了床來睡麼？她的重傷不是終於痊可了麼？」

他匆匆將每封信都抽了出來，查看以寒玉療傷之法，但除了那一封信之外，「寒玉」兩字始終不再提到。楊過取過絲帶將書信縛好，放回箱中，呆呆出神：「這寒玉床具此異徵，必非無因，但不知如何方能治愈龍兒之傷？唉，但教我能知此法……但教我立時能知此法……」小龍女笑道：「你獃頭獃腦的想甚麼？」楊過道：「我在想怎樣用寒玉床給你治傷。不知是不是將寒玉研碎來服？還是要用其他藥引？」

他不知寒玉能夠療傷，那也罷了，此時顛三倒四的唸著「起沉痾，療絕症」六個字，卻不知如何用法，當眞心如火焚。小龍女黯然道：「你記得孫婆婆麼？她既服侍過祖師婆婆，又跟了我師父多年，她給那姓郝的道人打傷了，要是寒玉床能治傷，她臨死時怎會不提？何況我師父，她……她也是受傷難愈而死的。」楊過本來滿腔熱望，聽了這幾句話，登時如有一盆冷水當頭淋下。

小龍女伸手輕輕撫著他頭髮，柔聲道：「過兒，你不用多想我身上的傷，又何必自尋煩惱？」楊過霎時間萬念俱灰，過了一會，問道：「我師祖又是怎麼受的傷？」他雖在古墓多年，卻從未聽小龍女說過她師父的死因。

小龍女道：「師父深居古墓，極少出外，有一年師姊在外面闖了禍，逃回終南山來，師父出墓接應，竟中了敵人暗算。師父雖吃了虧，還是把師姊接回，也就算了，不再去和那惡人計較。豈知那惡人得寸進尺，隔不多久，便在墓外叫嚷挑戰，後來更強攻入墓，師父抵擋不住，險些便要放斷龍石與他同歸於盡，幸得發動機關，又突然發出金針。那惡人猝不及防，爲金針所傷，痲癢難當，師父乘勢點了他穴道，制得他動彈不得。豈知師姊竟偷偷解開了他穴道。那惡人突起發難，師父才中了他毒手。」

楊過問道：「那惡人是誰？他武功既尙在師祖之上，必是當世高手。」小龍女道：「師父不跟我說。她叫我心中別有愛憎喜惡之念，說道倘若我知道了那惡人的姓名，心中念念不忘，說不定日後會去找他報仇。」楊過嘆道：「嗯，師祖眞是好人！」小龍女微微一笑，道：「師父今日若能見到我嫁了這樣一個好女婿，可不知有多開心呢。」楊過微笑道：「那也未必！她是不許你動情嫁人的。」小龍女嘆道：「我師父最慈祥不過，縱然起初不許，到後來見我執意如此，也必順我的意。她……她一定會挺喜歡你的。」

她懷念師恩，出神良久，又道：「師父受傷之後，搬了居室，反而和這寒玉床離得遠遠的。她說我古墓派的行功與寒氣互相生剋，因此以寒玉床補助練功固然再妙不過，受傷之後卻受不得寒氣。」

楊過「嗯」了一聲，心中存想本門內功經脈的運行。玉女心經中所載內功，全仗一股純陰之氣打通關脈，體內至寒，體表便散發熱氣，是以修習之時要敞開衣衫，使熱氣暢散，無半點窒滯，如受寒玉床的涼氣一逼，自非受致命內傷不可。尋思：「何以重陽祖師卻說寒玉能起沉痾、愈絕症？這中間相生相剋的妙理，可參詳不透了。」見小龍女眼皮低垂，頗有倦意，說道：「你睡罷！我坐在這裏陪著。」

小龍女忙睜大眼睛，道：「不，我不倦。今晚咱們不睡。」她深怕自己傷重，一睡之後便此長眠不醒，與楊過永遠不能再見，說道：「你陪我說話兒。嗯，你倦不倦？」楊過搖搖頭，微笑道：「你不想睡就別睡，合上眼養養神罷！」小龍女道：「好！」慢慢合上眼皮，低聲道：「師父曾說，有一件事她至死也想不明白，過兒你這麼聰明，你倒想想。」楊過道：「甚麼事啊？」小龍女道：「師父點了那惡人的穴道，師姊不知卻爲甚麼要去給那惡人解開穴道。」楊過想了一會，只覺小龍女靠在他身上，氣息低微，已自睡去。

楊過怔怔的望著她臉，心中思潮起伏，過了一會，一枝蠟燭爆了一點火花，點到盡頭，竟自熄了。他忽然想起在桃花島小齋中見到的一副對聯：「春蠶到死絲方盡，蠟炬成灰淚始乾。」那是兩句唐詩，黃藥師思念亡妻，寫了掛在她平時刺繡讀書之處。楊過當時看了漫不在意，此刻身歷是境，見餘下那枝蠟燭旁垂下一條條燭淚，細細咀嚼此中情味，當眞心爲之碎。突然眼前一黑，那枝蠟燭也自熄滅，心想：「這兩枝蠟燭便像是我和龍兒，一枝點到了盡頭，另一枝跟著也就滅了。」

他出了一會神，聽得小龍女幽幽嘆了一口長氣，道：「我不要死，過兒……我不要死，咱兩個要活很多很多年。」楊過道：「是啊，你不會死的，將養一些時候，便會好了。你現下胸口覺得怎樣？」小龍女不答，她適才這幾句話乃夢中囈語。

楊過伸手在她額頭一摸，但覺熱得燙手。他又憂急，又傷心，心道：「李莫愁作惡多端，這時好好的活著。龍兒一生從未害過人，卻何以要命不久長？老天啊老天，你難道眞的不生眼睛麼？」

他一生天不怕地不怕的獨來獨往，我行我素，這時面臨絕境，徬徨無計，輕輕將小龍女的身子往旁稍挪，跪倒在地，暗暗禱祝：「只要老天爺慈悲，保佑龍兒身子痊可，我寧願……我寧願……」為了延小龍女一命，他又有甚麼事不願做呢？

他正虔誠禱祝，小龍女忽然說道：「是歐陽鋒，孫婆婆說定是歐陽鋒！……過兒，過兒，你到那裏去了？」突然驚呼，坐起身來。楊過急忙坐回床沿，握住她手，說道：「我在這兒。」小龍女睡夢間驀地裏覺得身上少了依靠，大驚之下，立即醒轉，發覺楊過原來便在身旁，並未離去，大是喜慰。

楊過道：「你放心，這一輩子我是永遠不離開你的啦。將來就算要出古墓，我也寸步不離的守在你身邊。」小龍女說道：「外邊的世界，果然比這陰沉沉的所在好得多，只不過到了外邊，我便害怕。」楊過道：「現今咱們甚麼也不用怕啦。過得幾個月，等你身子大好了，咱倆一齊到南方去。聽說嶺南終年溫暖如春，花開不謝，長年葉綠，咱們再也別掄劍使拳啦，種一塊田，養些小鷄小鴨，在南方曬一輩子太陽，生一大羣兒子女兒，你說好不好呢？」小龍女悠然神往，輕輕的道：「永遠不再掄劍使拳，那可有多好！沒有人來打咱倆，咱倆也不用去打別人，種一塊田，養些小鷄小鴨……唉，倘使我可以不死……」

忽然之間，兩顆心遠遠飛到了南方的春風陽光之中，似乎聞到了濃郁的花香，聽到了小雞小鴨嘰嘰喳喳的叫聲……

小龍女實在支持不住，又要矇矇矓矓的睡去，但她又實在不願睡，說道：「我不想睡，你跟我說話啊。」楊過道：「你剛才在睡夢中說是歐陽鋒，那是甚麼事？」小龍女道：「我說了歐陽鋒麼？說些甚麼？」楊過道：「你又說孫婆婆料定是他。」小龍女聽他一提，登時記起，說道：「啊！孫婆婆說，打傷我師父的，定是西毒歐陽鋒。她說世上能傷得我師父的人寥寥無幾，只歐陽鋒是出名的壞人。我師父至死都不肯說那惡人的名字。孫婆婆問她：『是不是歐陽鋒，是不是歐陽鋒？』師父總是搖頭，微笑了一下，便此斷氣了。那歐陽鋒可不是你的義父嗎？他武功果然了得，難怪師父打他不過。」

楊過嘆道：「現下我義父死了，師祖和孫婆婆死了，重陽祖師和祖師婆婆都死了，甚麼怨仇，甚麼恩愛，大限一到，都讓老天爺一筆勾銷。倒是我師祖最看得破，始終不肯說我義父的姓名……」突然大叫：「啊，原來如此！」

小龍女問道：「你想起了甚麼？」楊過道：「我義父給師祖點了穴道，不是李莫愁解的，其實當時師祖沒點中！」小龍女道：「沒點中？不會的。師父的點穴手段高明得很。」楊過道：「我義父有一門天下獨一無二的奇妙武功，全身經脈能夠逆行。經脈一逆，所有穴道盡都移位，點中了也變成點不中。」小龍女道：「有這等怪事？」

楊過道：「我試給你瞧瞧。」說著站起身來，左掌撐地，頭下腳上，的溜溜轉了幾個圈子，吐納了幾口，突然躍起，將頂門對準床前石桌的尖角上撞去。小龍女驚呼：「啊喲！小心！」只見他頭頂心「百會穴」已對著石桌尖角重重一撞。

「百會穴」正當腦頂正中，自前髮際至後髮際縱畫一線，自左耳尖至右耳尖橫畫一線，兩線交叉之點即爲該穴所在。此穴乃太陽穴和督脈所交，醫家比爲天上北極星，所謂「百會應天，璇璣（胸口）應人，湧泉（足底）應地」，是謂「三才大穴」，最是要緊不過。那知楊過以此大穴對準了桌角碰撞，竟然無礙，翻身直立，笑道：「你瞧，經脈逆行，百穴移了位啦！」小龍女嘖嘖稱奇，道：「眞是古怪，虧他想得出來！」

楊過這麼一撞，雖未損傷穴道，但使力大了，腦中也不免有些昏昏沉沉，迷糊之間，似乎突然想到了一件重要之事，到底是甚麼事，卻又說不上來。小龍女見他怔怔的發獃，笑道：「傻小子，輕輕的試一下也就是了，誰教你撞得砰嘭山響，有些痛麼？」楊過不答，搖手叫她不要說話，全神貫注的凝想。腦海中只覺有個模糊的影子搖來晃去，隱隱約約的始終瞧不清楚，似乎要追憶一件往事，又像是突然新發見了甚麼，恨不得從腦中伸出一隻手來，將那影子抓住，放在眼前，細細的瞧個明白。

他想了一會，不得要領，卻又捨不得不想，伸手抓頭，甚是苦惱，道：「龍兒，我想到了一件極要緊的事兒，卻不知是甚麼。你知道麼？」一人思路混雜，有如亂絲，自己理不清頭緒，卻去詢問旁人，此事本來不合情理，但他二人長期共處，心意相通，對方的心思平時常可猜到十之八九。小龍女道：「這事十分要緊？」楊過道：「是啊。」小龍女道：「是不是和我傷勢有關呢？」楊過喜道：「不錯，不錯！那是甚麼事？我想到了甚麼事？」小龍女微笑道：「你剛才在說你義父歐陽鋒，說他能逆行經脈，這和我的傷勢有甚麼相干？我又不是他打傷的……」楊過突然躍起，高聲大叫：「是了！」

這「是了」兩字，聲音宏亮，古墓中一間間石室凡是室門未關的，盡皆隱隱發出回音，「是了，是了……」之聲不絕。楊過一把抓住小龍女的右臂，叫道：「你有救了！你有救了！我有救了！我有救了！」大叫幾聲，不禁喜極而泣，再也說不下去。小龍女見他這般興奮，也染到了他的喜悅之情，坐起身來。

楊過道：「龍兒，你聽我說，現下你受了重傷，不能運轉本門的玉女心經，以致傷勢難愈。但你可以逆行經脈療傷，寒玉床正是絕妙的補助。」小龍女若有所悟，喃喃的道：「逆行經脈……寒玉床……」楊過喜道：「你說這不是天緣麼？你倒練玉女心經，那便成了！剛好有寒玉床。」小龍女迷迷惘惘的道：「我還是不明白。」

楊過道：「玉女心經順行乃至陰，逆行即爲純陽。我說到義父的經脈逆行之法，隱隱約約便覺你的傷勢有救，只是如何療傷，卻摸不著半點頭腦，後來想到重陽祖師信中提及的寒玉，這才豁然而悟。」小龍女道：「難道祖師婆婆以寒玉療傷，她也是逆行經脈麼？」楊過道：「那倒不見得，這經脈逆行之法，祖師婆婆一定不會。但我猜想她必是爲陽剛內力所傷，與你所受全眞教道士的陰柔之力恰恰相反。你逆行經脈，將道家武功以陰爲主的陰力化爲陽剛之氣，通入寒玉床化去。」小龍女含笑點頭，喜悅之情，充塞胸臆。

楊過道：「事不宜遲，咱們這便起手。」去柴房搬了幾大捆木柴，在石室角落裏點了起來，然後將最初步的經脈逆行之法傳授小龍女，扶著她坐上寒玉床。他自行坐在火堆之旁，伸出左手，和小龍女右掌對按，說道：「我引導這裏的熱氣強衝你各處穴道，你勉力使內息逆行，衝開一處穴道便是一處，待熱氣回到寒玉床上，傷勢便減了一分。」小龍女笑道：「我也得似你這般倒過來打轉麼？」楊過道：「那倒不用。倒轉身子逆行經脈，穴道易位，臨敵時自然十分有用。咱們慢慢療傷，還是坐著的好。」

小龍女伸手握住他左掌，微笑道：「那位郭姑娘還不算太壞，沒斬斷你兩條手臂。」兩人經歷了適才的生死關頭，於斷臂之事已視同等閒，小龍女竟拿此事說笑。楊過也笑道：「要是我雙臂齊斷，還有兩隻腳呢。只是用腳底板助你行功，臭哄哄的未免不雅。」小龍女嗤的一笑，當下默默記誦經脈逆行之法，過了一會，說道：「行了！」

楊過見火勢漸旺，潛引內息，正要起始行功，突然叫道：「啊喲！好險！」小龍女道：「怎麼？」楊過指著睡在床頭邊的郭襄道：「咱們練到緊要關頭，要是這小鬼頭突然叫嚷起來，豈不糟糕！」小龍女低聲道：「好險！」修道人練功，最忌外魔擾亂心神。當年小龍女和楊過共練玉女心經，爲甄志丙及趙志敬無意中撞見，小龍女驚怒之下險些嘔血身亡。其時她身子安健尚且如此，今日重傷之下，如何能容得半點驚擾？

楊過調了小半碗蜜漿，抱起郭襄餵飽了，將她放到遠處一間石室之中，關上兩道室門，便是她大聲哭叫，也再不會聽到，這才回到寒玉床邊，說道：「你全身三十六處大穴要盡數衝開，我瞧快則十日，慢須半月。本來這麼多的時日之中，免不了有外物分心，但這古墓與塵世隔絕，當眞是天下最好不過之地，便是最幽靜的荒山窮谷，也總會有清風明月、鳥語花香擾人心神。」小龍女微微一笑，道：「我這傷是全眞道人打的，全眞教的祖師爺造了墓室、備了寒玉床，供我安安靜靜的休息，回復安康，他們的功罪也足以相抵了。」楊過道：「那金輪國師呢？咱們可饒他不得。」

小龍女嘆道：「只要我能活著，你還有甚麼不滿足的麼？」楊過握住了她手，柔聲道：「你說得是。這次你傷好了，咱們永遠不再跟人動手。老天爺待咱們這麼好！唉。」小龍女低低的道：「咱們到南方去，種幾畝田，養些小鷄小鴨……」她出了一會神，突覺掌心一股熱力傳了過來，心中一凜，當即依楊過所傳的經脈逆行之法用起功來。

這經脈逆行和寒玉床相輔相成的療傷怪法，果然大有功效。當年一燈大師以一陽指神功爲黃蓉打通周身穴道，治愈重傷，道理原是一般，只是使一陽指療傷內力耗損極大，見功卻甚快，楊過這怪法子不免多費時日。再者，即令是絲毫不會武功的嬰兒受了重傷，精通一陽指神功之人也能以本身渾厚內力助其打通玄關，起死回生。但小龍女如無深湛的內功根基，而所學與楊過又非同一門派，縱然歐陽鋒復生，王重陽親至，施治者和受治者的精微內息不能絲絲合拍，也決不能一一衝破逆通經脈的無數難關。兩人在共練玉女心經時曾手掌相抵，互通經脈，於此法頗爲熟習。

楊過除一日三次給郭襄餵蜜及煮瓜爲食之外，極少離開小龍女身邊，遇到逆衝大穴，有時一連四五個時辰兩人手掌不能分離。當時郭靖受傷，黃蓉以七日七夜之功助他療傷，小龍女體質既遠不如郭靖壯健，受的傷又倍重之，所需時日自更長久。好在古墓石室密處地底，卻不若郭靖當年療傷牛家村時那般敵友紛至，干擾層出不窮。

那日黃蓉在林外以蘭花拂穴手制住李莫愁，遍尋女兒郭襄不見，大爲憂急，出得林來，喝問李莫愁：「你使甚麼詭計，將我女兒藏到那裏去啦？」李莫愁奇道：「那小姑娘不是好好的在棘藤中麼？」黃蓉急得幾乎要哭了出來，搖頭道：「不見了。」李莫愁撫養郭襄多日，對她極爲喜愛，突然聽得失蹤，心下一怔，衝口說道：「不是楊過，便是金輪國師。」黃蓉問道：「怎麼？」

李莫愁於是將襄陽城外她如何與楊過、國師二人爭奪嬰兒之事說了，說到驚險處，黃蓉也不禁聳然動容，見李莫愁神色間甚是掛懷，確信她實不知情，伸手將她穴道解了，順手小指一拂，拂中了她胸口的「璇璣穴」。這麼一來，她行動與平時無異，但十二個時辰之內不能發勁傷人。李莫愁微微苦笑，站直身子，以拂塵揮去身上泥塵，說道：「如落在楊過手中，那倒不妨，就怕是國師這賊禿搶了去。」黃蓉道：「怎麼？」李莫愁道：「楊過對這小女娃兒極好，搶奪時奮不顧身，料來決無加害之意。他爲了救護這娃兒，幾乎連自己性命也不要了，若不是他出力，這女娃兒已給金輪國師搶去啦！因此上我才瞎猜，以爲是他女兒……」說到這裏急忙住口，生怕黃蓉又要生氣。

但黃蓉心中，卻在想另一件事。她在想像楊過當時如何和李莫愁及金輪國師惡鬥，出力保護郭襄，自己和郭芙卻錯怪了他，以至郭芙斬斷了他一條手臂。她內心深感歉仄，自怨自艾：「唉，過兒救過靖哥哥，救過我，救過芙兒，這次又救了襄兒……但我心中先入爲主，想到他作惡多端的父親，總以爲有其父必有其子，從來就信不過他……便偶爾對他好一陣，不久又疑心他了。蓉兒啊蓉兒，你枉然自負聰明，說到推心置腹，忠厚待人，那裏及得上靖哥哥的萬一。」

李莫愁見她眼眶中珠淚盈然，只道她是擔心女兒的安危，勸道：「郭夫人，令愛生下不過一月，迭遭大難，但居然連毛髮也無損傷。她生得如此玉雪可愛，便是我這殺人不眨眼之人，也喜歡得甚麼似的，可見她生就福命，一生逢凶化吉。你儘管望安，咱倆一起去找尋罷。」

黃蓉伸袖抹了抹眼淚，心想她說得倒也不錯，又想：「誠以待物，才是至理。以後寧可讓人負我，不可我再負人了。」便伸手解開了她「璇璣穴」，說道：「李道長願同去找尋小女，小妹感謝之至。但若道長另有要緊事，咱們就此別過，後會有期。」

李莫愁道：「甚麼要事？最要緊之事莫過於去找尋這小娃娃了。你等一等！」說著搶步鑽進一株大樹的樹洞，解開了豹子腳上的繩索，在牠後臀輕輕一拍，說道：「放你去罷。」那豹子低吼一聲，竄入長草之中。黃蓉奇道：「這豹子幹甚麼？」李莫愁笑道：「那是令千金的乳娘。這法子也是楊過想出來的，我沒他聰明。」

黃蓉微微一笑，兩人一齊回到新城鎮，只見郭芙站在鎮頭，正伸長了脖子張望。

郭芙見到黃蓉，大喜縱上，叫了聲：「媽！妹妹給……」一句話沒說完，看清楚站在母親身後的竟是李莫愁，不禁大吃一驚。她曾與李莫愁交過手，平時聽武氏兄弟說起殺母之仇，心中早當她是世上最惡毒之人。

黃蓉道：「李道長幫咱們去找你妹子。你說妹妹怎麼啦？」郭芙道：「妹妹給楊過抱了去啦，他還搶了我的小紅馬去。你瞧這把劍。」說著舉起手中彎劍，道：「他用斷臂的袖子一拂，這劍撞在牆角上，便成了這個樣子。」黃蓉與李莫愁齊聲問道：「是袖子？」郭芙道：「是啊，當眞邪門！想不到他又學會了妖法。」

黃蓉與李莫愁相視一眼，均各駭然。她二人自然都知一人內力練到極高深之境，確可揮綢成棍、以柔擊剛，但縱遇明師，天資穎異，至少也得三四十年的刻苦勤修，楊過小小年紀，竟能到此境地，實屬罕有。黃蓉聽說女兒果然是楊過抱了去，倒放了一大半心。李莫愁卻自尋思：「這小子功夫練到這步田地，定是得力於我師父的玉女心經。眼下有郭夫人這個強援，我助她奪回女兒，她便得助我奪取心經。我是本派大弟子，師妹雖得師父喜愛，但她連犯本派門規，這心經焉能落入男子手中？」她這麼一想，自己頗覺理直氣壯。

黃蓉問明了楊過所去方向，說道：「芙兒，你也不用回桃花島啦，咱們一起找楊大哥去。」郭芙大喜，連說：「好，好！」但想到要見楊過，臉色又十分尷尬。黃蓉臉一沉，說道：「你總得再見他一面，不管他恕不恕你，務須誠誠懇懇的向他引咎謝罪。」郭芙心中不服，道：「幹麼啊？他不是搶了妹妹去嗎？」黃蓉簡略轉述李莫愁所說言語，道：「他若存有歹心，你妹子焉能活到今日？再說，他這袖子的一拂，若不是拂在劍上，而是對準了你的小腦袋兒，你想想現下是怎生光景？」

郭芙聽母親這麼一說，心中不自禁的一寒，暗想：「難道他當眞是手下留情麼？」但她自幼給母親寵慣了，兀自嘴硬，辯道：「他抱了妹妹向北而去，自然是去絕情谷了！」黃蓉搖頭道：「不會，他定是去終南山。」郭芙撅起嘴唇道：「媽，你儘是幫著他！他倘若眞有好意，怎不抱妹妹到襄陽來還給咱們？抱去終南山又幹甚麼？」

黃蓉嘆道：「你和楊大哥從小一塊兒長大的，居然還不懂得他的脾氣！他從來心高氣傲，受不得半點折辱，突然給你斬斷一臂，要傷你性命，有所不忍，但如就此罷休，又有不甘。這才抱了你妹子去，叫咱們躭心憂急。過得一些時日，他氣消了，自會把你妹子送回。你懂了嗎？你冤枉他偷你妹子，他索性便偷給你瞧瞧！」

黃蓉回到適才打尖的飯鋪去，借紙筆寫了個短簡，給了二兩銀子，命飯鋪中店伙送到襄陽去給郭靖。那店伙道：「郭大俠保境安民，眞是萬家生佛，小人能爲郭大俠稍效微勞，那是磕頭去求也求不來的。」無論如何不肯收銀子，拿了短簡，歡天喜地的去了。郭芙見衆百姓對父親如此崇敬，甚是得意。

當下三人買了牲口，向終南山進發。郭芙不喜李莫愁，路上極少和她交談，逢到迫不得已非說不可，神色間也冷冷的。

朝行夜宿，一路無事，這日午後，三人縱騎正行，迎面有人乘馬飛馳而來。

注：一、據史籍記載，宋道安繼丘處機爲全眞教掌教，尹志平爲副，其後相繼各任掌教依次爲李志常、張志敬、王志坦、祁志誠等。至於甄志丙與趙志敬則爲小說中的虛構人物，史上並無其人。

二、據道藏中《七眞年譜》及歷史著作《丘處機年譜》等記載，丘處機於公元一二二七年七月與成吉思汗同年同月去世。王處一去世在他之前。全眞七子與金朝及蒙古的關係，事實上與《射鵰》、《神鵰》小說中所述並不全同，郭靖攜楊過上終南山時已屆中年，事實上丘處機已去世。武俠小說非歷史小說，所述故事，不能全符史實。有不符者，讀者諒之。

郭芙給煙火薰得快將暈去，嚇得連哭也哭不出了，忽聽得東首呼呼聲響，只見一團旋風裹著一個灰影疾捲而來，旋風到處，火燄向兩旁分開。風中人影便是楊過。

第二十九回　劫難重重

郭芙叫道：「是我的小紅馬，是我的……」叫聲未畢，紅馬已奔到面前。郭芙縱身上前。紅馬認得主人，不待她伸手拉韁，已斗然站住，昂首歡嘶。

郭芙見馬上乘者是個身穿黑衣的少女，昔日見過一面，是曾與她並肩共鬥李莫愁的完顏萍。只見她頭髮散亂，臉色蒼白，神情甚爲狼狽。郭芙道：「完顏姊姊，你怎麼了？」完顏萍伸手指著來路，道：「快……快……」突然身子搖晃，摔下馬來。郭芙伸手扶起，向母親道：「媽，她便是那個完顏姊姊。」說著向李莫愁瞪了一眼。

黃蓉心想：「她騎了汗血寶馬奔來，天下沒人再能追趕得上，本來已無危險。但她手指北方，神情惶急，必是爲旁人擔憂，咱們須得趕去救人。」叫女兒抱了完顏萍坐在馬上，說道：「這馬腳程太快，你千萬不可越過我頭！」郭芙問道：「爲甚麼？」黃蓉道：「前面有重大危險，怎麼這都想不到？」說著向李莫愁一招手，兩人縱馬向北。

奔出十餘里，果然聽得山嶺彼方隱隱傳來兵刃相交之聲。黃蓉和李莫愁縱馬繞過山嶺，只見前面空地上有五人正自惡鬥。其中二人是武氏兄弟，另外一男一女，年紀均輕，黃蓉並不識得，四人聯手與一個中年漢子相抗。雖以四敵一，但兀自遮攔多，進攻少，武氏兄弟均已負傷，只那青年人一柄長劍縱橫揮舞，抵擋了中年漢子的大半招數。旁邊空地上躺著一人，卻是武三通，不住口的吆喝叫嚷。

黃蓉見那漢子左手使柄金光閃閃的大刀，右手使柄又細又長的黑劍，招數奇幻，生平未見，自己若不出手，武氏兄弟便要遭逢奇險，向李莫愁道：「那兩個少年是我徒兒。」李莫愁澀然一笑，心想：「他們母親是我殺的，我豈不知？」見那中年漢子武功高得出奇，江湖上卻從未聽說有這號人物，暗自驚異，微微一笑，道：「下場罷！」拔出拂塵一拂，黃蓉也已持竹棒在手。兩人左右齊上，李莫愁拂塵攻那人黑劍，黃蓉的竹棒便纏向他金刀。

這中年漢子正是絕情谷谷主公孫止，突見兩個中年美貌女子雙雙攻來，心中一震。只聽李莫愁叫道：「一！」拂塵揮出一招，跟著又叫：「二！」原來她與黃蓉暗中較上了勁，要瞧是誰先將這漢子的兵刃打落脫手。但她一直叫到「十」字，公孫止仍有攻有守。那青年長劍唰唰唰連刺三劍，指向公孫止後心。這三劍勢狠力沉，公孫止緩不出手來抵擋，向前縱躍丈餘，脫出圈子，心知再鬥下去，定要吃虧，向黃蓉與李莫愁橫了一眼，暗道：「那裏鑽出這兩個厲害女將來？偏都又這般美貌！我這些年不出谷來尋妻覓妾，當眞錯過了不少良緣。」刀劍互擊，嗡嗡作響，縱身再上。

黃蓉與李莫愁不敢輕敵，舉兵刃嚴守門戶，那知公孫止在空中一個轉身，落地後幾下起落，奔上了山嶺。黃蓉和李莫愁相視一笑，均想：「此人武功既強，人又狡猾，自己倘若落單，只怕不是他對手。」

武氏兄弟手按傷口，上前向師母磕頭，一站直身子，都怒目瞪視李莫愁。

黃蓉道：「舊帳暫且不算，你們爹爹的傷不礙事麼？這兩位是誰？啊喲，不好！李姊姊快跟我來！」不及上馬，飛身向來路急奔。李莫愁沒領會她的用意，但也隨後跟去，叫道：「怎麼啊？」黃蓉道：「芙兒，芙兒正好和這人撞上！」

兩人提氣急追，但公孫止腳程好快，便在這稍一躭擱之際，已相距里許。

只見郭芙雙手摟著完顏萍，兩人騎了小紅馬正緩步繞過山嶺。黃蓉遙遙望見，提氣高叫：「芙兒——小心！」叫聲未歇，公孫止快步搶近，縱身飛躍，已上了馬背，伸手將郭芙制住，跟著拉韁要掉轉馬頭。黃蓉撮唇作哨。紅馬聽得主人召喚，便即奔來。

公孫止吃了一驚，心想：「今日行事怎地如此不順，連一頭畜生也差遣不動？」運勁勒馬。這一勒力道不小，紅馬一聲長嘶，人立起來。公孫止強行將馬頭掉轉，要向南奔馳，但紅馬翻蹄踢腿，竟一步步的倒退而行。黃蓉大喜，急奔近前。公孫止見紅馬倔強，黃蓉與李莫愁轉眼便要追到，當即兵刃入鞘，右手挾了郭芙，左手挾了完顏萍，下馬奔行。黃蓉和李莫愁都是一等一的輕功，不多時便已追近，相距已不過數十步。

公孫止轉過身來，笑道：「我雙臂這般一使勁，這兩個花朵般的女孩兒還活不活？」黃蓉說道：「閣下是誰？何以擒我女兒？」公孫止笑道：「這是你的女兒？原來你是完顏夫人？」黃蓉指著郭芙道：「這才是我女兒！」公孫止向郭芙看了一眼，又向黃蓉望了一眼，笑嘻嘻的道：「嘖嘖，很美，母女倆都很美，倒像是姊妹，美麗之極！」

黃蓉大怒，女兒受他挾制，投鼠忌器，只有先使緩兵之計，再作道理，正待說話，突然颼颼兩聲發自身後，兩枝長箭自左頰旁掠過，直向公孫止面門射去。箭去勁急，破空之聲極響。黃蓉聽得箭聲，險些喜極而呼，錯疑是丈夫到了。中原一般武林高手均少熟習箭術，而蒙古武士箭法雖精，以無渾厚內力，箭難及遠。這兩枝箭破空之聲如此響亮，除郭靖所發之外，她生平還未見過第二人有此功力。但比之郭靖畢竟相差尚遠，箭到半路，她便知並非丈夫。

公孫止眼見箭到，張口咬住第一枝箭的箭頭，跟著偏頭一撥，以口中箭桿將第二枝箭撥在地下。黃蓉心想：「此箭若是靖哥哥所射，你張口欲咬，不在你咽喉上穿個窟窿才怪。」心念方動，只聽得颼颼之聲不絕，連珠箭發，一連九箭，一枝接著一枝，枝枝對準了公孫止雙眉之間。這一來公孫止不由得手忙腳亂，忙放下二女，抽劍格擋。

黃蓉和李莫愁發足奔上，待要去救二女，只見一團灰影著地滾去，抱住了郭芙向路旁一滾，待要翻身站起，公孫止左手金刀尚未拔出，空掌向他頭頂擊落。

那人橫臥地下，翻掌上擋，雙掌相交，砰的一聲，只激得地下灰塵紛飛。公孫止叫道：「好啊！」第二掌加勁擊落。眼見那人難以抵擋，黃蓉打狗棒揮出，使個「封」字訣，已接過了這掌。公孫止見敵人合圍，料知今日已討不了好去，哈哈一笑，倒退三步，轉身揚長而去。這一下身法瀟灑，神態英武，黃蓉等倒也不敢追趕。

抱著郭芙那人站起身來，鬆臂放開。黃蓉見他腰掛長弓，身高膀闊，正是適才使劍的青年，那十一枝連珠箭自然是他所發了。郭芙爲公孫止所制，但未受傷，說道：「耶律大哥，多謝你救我。」說著臉上一紅，狀甚嬌羞。

這時武修文和另一少女也已追到，只武敦儒留在父親身邊照料。按理武修文該爲各人引見，但他滿腔怒火，狠狠的瞪著李莫愁，渾忘了身旁一切，黃蓉連叫他兩聲，竟沒聽見。李莫愁卻已站得遠遠的，負手觀賞風景，並不理睬衆人。

郭芙指著適才救她的青年，對黃蓉道：「媽，這位是耶律齊耶律大哥。」指著那高身材的少女道：「這位是耶律燕耶律姊姊。」黃蓉讚道：「兩位好俊的功夫！」耶律兄妹齊稱：「郭夫人誇獎！」上前行禮。

黃蓉道：「瞧兩位武功是全眞一派，但不知是全眞七子中那一位門下？」她見耶律齊武功了得，後一輩弟子中除楊過之外罕有其匹，料想不會是全眞門下的第四代弟子。耶律燕道：「我的功夫是哥哥教的。」黃蓉點了點頭，眼望耶律齊。耶律齊頗感爲難，說道：「長輩垂詢，原該據實稟告。只是我師父囑咐晚輩，不可說他老人家的名諱，請郭夫人見諒。」

黃蓉一怔，心想：「全眞七子那裏來這個怪規矩了？這青年人武功人才兩臻佳妙，爲甚麼說不得？」心念一動，突然哈哈大笑，彎腰捧腹，顯是想到了甚麼滑稽之極的趣事。郭芙奇道：「媽，甚麼事好笑？」她聽母親正自一本正經的詢問耶律齊的師承門派，驀地裏如此發笑，頗爲無禮，只怕耶律齊定要著惱，心中微感尷尬，又道：「媽，耶律大哥不便說，也就是了，有甚麼好笑？」黃蓉笑著不答。耶律齊也哈哈一笑，笑道：「原來郭夫人猜到了。」郭芙甚感迷惘，轉頭看耶律燕時，見她也大惑不解，不知兩人笑些甚麼。

這時武修文左足跪地，在給完顏萍包紮傷處。她剛才給公孫止挾制了奔跑時扭脫了右足小腿關節。黃蓉問道：「文兒，你爹爹的傷勢怎樣？」武修文道：「爹爹中了那公孫老兒一劍，傷在左腿，幸虧沒傷到筋骨。」黃蓉點點頭，過去撫摸汗血寶馬的長鬣，輕輕說道：「馬兒啊馬兒，我郭家滿門眞難報答你的恩情。」眼見武修文始終不和郭芙說話，神色間頗有異狀，但照料完顏萍卻甚殷勤，也不知是故意做給女兒看呢，還是當眞對這姑娘生了情意，一時也理會不了，說道：「咱們瞧你爹爹去。」

武三通本來坐著，見黃蓉走近，叫道：「郭夫人！」站起身來，終因腿上有傷，身子微微一晃。武敦儒和耶律燕同時伸手去扶，兩人手指互碰，相視一笑。

黃蓉心中暗笑：「好啊，又是一對！沒幾日之前，兩兄弟爲了芙兒拚命，兄弟之情也不顧了，這時另行見到了美貌姑娘，一轉眼便把從前之事忘得乾乾淨淨。」突然間想到郭靖，心下不禁自傲，靖哥哥對自己一片眞心，當眞富貴不奪，艱險不負，眼前的少年人有誰能比得上？跟著又想到了楊過，覺得他和小龍女的情愛身分不稱，倫常有乖，然而這份生死不渝的堅貞，卻也令人可敬可佩，兩個徒兒萬萬不如。

武氏兄弟和郭芙同在桃花島上自幼一齊長大，一來島上並無別個妙齡女子，二來日久自然情生，若要兩兄弟不對郭芙鍾情，反不合情理了。後來忽然得知郭芙對自己原來絕無情意，自是心灰意懶，只道此生做人再無半點樂趣，那知不久遇到了耶律燕和完顏萍，竟爾分別和兩兄弟頗爲投緣。這時二武與郭芙重會，心中暗地稱量，只覺新識的姑娘非但並無不及郭芙之處，反而頗有勝過。一個心道：「耶律姑娘豪爽和氣，那像你這般揑揑扭扭，儘是小心眼兒？」另一個心道：「完顏姑娘楚楚可憐，多溫柔斯文，怎似你每日裏便叫人嘔氣受罪？」他兄弟倆本已立誓終生不再與郭芙相見，但這時狹路相逢，難以迴避，均想：「今日並非我有意前來找你，可算不得破誓。」

郭芙心中，卻儘在回想適才自己爲公孫止所擒、耶律齊抱住她相救之事，幾次偷眼瞧他，見這人長身玉立，英秀挺拔，不禁暗自奇怪：「去年和他初會，事過後也便忘了，那知這人的武功竟如此了得。媽媽和他相對大笑，卻又不知笑些甚麼？」

黃蓉看了武三通腿上的劍傷，幸喜並無大礙。當下各人互道別來之情。

那日武三通、朱子柳隨師叔天竺僧赴絕情谷尋求解藥，剛出襄陽城，武三通便見到兩個兒子。他吃了一驚，只怕兩人又要決鬥，忙叫朱子柳陪師叔先去，搶上去揪住二武兄弟厲聲喝問，原來他兄弟倆爲了曾對楊過立誓不再見郭芙之面，不願再在襄陽多躭。武三通大慰，連讚：「好孩兒，有志氣！」又道：「楊兄弟捨命救我父子，他眼下有難，如何能不設法報答？咱父子三人一起去絕情谷。」

但絕情谷便如世外桃源一般，雖曾聽楊過說過大致的所在方位，卻著實不易找到入口。三人盤旋來去，走了不少岔路，好容易尋到了谷口，天竺僧和朱子柳卻已雙雙失陷，遭裘千尺派遣弟子以漁網陣擒住。武三通父子幾次救援不成，反而險些也陷在谷內，只得退出，想回襄陽求救，途中偏又和公孫止遇上，說他三人擅闖禁地，動起手來。武三通不敵，腿上中了一劍。公孫止倒也不欲傷三人性命，只催迫他們快走，永遠不許再來。

便在此時，耶律兄妹和完顏萍三人在大路上並騎馳來。這三人曾和武氏兄弟聯手拒敵，當即下馬敘舊。公孫止在旁冷眼瞧著，他既和小龍女成不了親，又給妻子逐出，正在百無聊賴之際，見到完顏萍年輕美貌，又起歹心，突然出手將她擄走。耶律兄妹、武氏父子羣起而攻。武三通若非先受了傷，六人聯手，原可和公孫止一鬥，但他腿傷後轉動不便，眞正武功精強的只賸耶律齊一人，自是抵擋不住。恰好汗血寶馬自終南山獨自馳回襄陽，武修文截住寶馬，讓完顏萍騎了逃走，心想公孫止失了鵠的，終當自去，想不到黃蓉和李莫愁竟會於此時趕到。

黃蓉聽後，將楊過斷臂、奪去幼女等情也簡略說了。武三通大驚，忙解釋當日情由，說道：「楊兄弟一片肝膽熱腸，全是爲了相救我那兩個畜生，免得他兄弟自相殘殺，淪於萬劫不復之地，想不到竟生出這些事來。」想到楊過不幸斷肢，全是受了自己兩子牽累，越想越氣，指著兩兄弟破口大罵起來。

武氏兄弟在一旁和耶律兄妹、完顏萍三人說得甚是起勁，過不多時，郭芙也過來參與談論。六人年紀相若，適才又共同經歷了一場惡戰，說起公孫止窮凶極惡，終於落荒而逃，無不興高采烈。突然之間，猛聽得武三通連珠彈般罵了起來：「武敦儒、武修文你這兩隻小畜生，楊過兄弟待你們何等大仁大義，你這兩隻畜生卻累得他斷了手臂，你們自己想想，咱們姓武的怎對得他住？」他面紅耳赤的越罵越兇，若不是腿上有傷，便要撲過去揮拳毆擊。

二武莫名其妙，不知父親何以忽然發怒，各自偷眼去瞧耶律燕和完顏萍，均覺在美人之前，給父親這麼畜生長、畜生短的痛罵，委實大失面子，倘若他再抖出兄弟倆爭奪郭芙的舊事，那更狼狽之至了。兩兄弟你望我，我望你，不知如何是好。

黃蓉見局面尷尬，勸道：「武兄也不必太過著惱，楊過斷臂，全因小妹少了家教，把女孩兒縱壞了。當時我們郭爺也氣惱之極，要將小女的手臂砍一條下來。」武三通大聲道：「對啊，不錯。當眞應該砍的！一臂還一臂！」郭芙向他白了一眼，心想：「要你說甚麼『當眞應該砍的』？」若不是母親在前，她立時便要出言挺撞。

黃蓉道：「武兄，現下一切說明白啦，當眞錯怪了楊過這孩子。眼前有兩件大事，第一，咱們須得找到楊過，好好的向他賠個不是。」武三通連稱：「應得，應得。」黃蓉又道：「第二件大事，便是上絕情谷去相救令師叔和朱大哥，同時爲楊過求取解藥。但不知朱大哥如何被困，刻下是否有性命之憂？」

武三通道：「我師叔和師弟是給漁網陣困住的，囚在石室之中，那老乞婆倒似還不想便即加害。」黃蓉點頭道：「嗯，既是如此，咱們須得先找到楊過，跟他同去絕情谷救人。一獲解藥，好讓他立刻服下。」武三通道：「不錯，卻不知楊過現下是在何處？」

黃蓉指著汗血寶馬道：「此馬剛由楊過借了騎過，只須讓這馬原路而回，當可找到他的所在。」武三通大喜，說道：「今日若非足智多謀的郭夫人在此，老武枉自暴跳如雷，一籌莫展。」郭芙道：「可不是嗎？當眞如此！暴跳如雷，猶似老天爺放那個氣！」

黃蓉微微一笑，她一句不提去尋回幼女，卻說得武三通甘心跟隨，又想：「武氏父子既去，那三個年輕人多半也會隨去，憑空多了幾個強助，豈不甚妙？」向耶律齊道：「耶律小哥若無要事，便和我們同去，相助一臂如何？」

耶律齊尚未回答，耶律燕拍手叫道：「好，好！哥哥，咱們一起去罷！」耶律齊忍不住向郭芙望了一眼，見她眼光中大有鼓勵之意，躬身道：「聽憑武前輩和郭夫人吩咐。晚輩們能多獲兩位教益，正求之不得。」完顏萍也臉有喜色，緩緩點頭。

黃蓉道：「嗯，咱們人雖不多，也得有個發號施令之人。武兄，大夥兒一齊聽你號令，誰都不可有違。」武三通連連搖手，說道：「有你這個神機妙算、亞賽諸葛的女軍師在此，誰還敢發號施令？自然是穆桂英掛帥。」黃蓉笑道：「當眞？」武三通道：「那還有假？」黃蓉笑道：「小輩們也還罷了，就怕你不聽我號令。」武三通大聲道：「你說甚麼，我便幹甚麼。赴湯蹈火，在所不辭。」黃蓉道：「在這許多小輩之前，你可不能說過了話不算？」武三通脹紅了臉，道：「便無人在旁，我也豈能言而無信？」

黃蓉道：「好！這一次咱們找楊過、求解藥、救你的師叔、師弟，須得和衷共濟。

舊日恩怨，暫且擱過一邊。武兄，你們父子可不能找李莫愁算帳，待得大事一了，再拚你死我活不遲。」武三通一怔，他可沒想到黃蓉先前言語相套，竟有如此用意。李莫愁和他有殺妻大恨，這一口怒氣卻如何忍得下？正沉吟未答，黃蓉低聲道：「武兄，你眼前腿上有傷，君子報仇，十年未晚，又豈急在一時？」武三通道：「好，你說甚麼，我就幹甚麼。」

黃蓉縱聲招呼李莫愁：「李姊姊，咱們走罷！」她讓汗血寶馬領路，衆人在後跟隨。紅馬本欲回歸襄陽，這時遇上了主人，黃蓉牽著牠面向來路，便向終南山而去。

武三通和完顏萍身上有傷，不能疾馳，一行人每日只行一百餘里，也就歇了。李莫愁暗中戒備，歇宿時遠離衆人，白天趕路時也遙遙在後。

一路上朝行晚宿，六個青年男女閒談說笑，越來越融洽。武氏兄弟自來爲在郭芙面前爭寵，手足親情不免有所隔閡，這時各人情有別鍾，兩兄弟便十分的相親相愛起來。武三通瞧在眼裏，老懷彌慰，但每次均即想起：「那日兩兄弟就算不中李莫愁的毒針，他二人自相殘殺，必有一亡，而活著的那一個，我也決不能當他是兒子了。現下這兩隻畜生居然好端端地有說有笑，楊兄弟卻斷了一條手臂。唉，眞不知從何說起？該當斬下兩隻小畜生一人一條臂膀，接在楊兄弟身上才是道理。」至於楊過不免由此變成三隻手，他卻沒想到。

不一日來到終南山。黃蓉、武三通率領衆人要去重陽宮拜會全眞五子。李莫愁遠遠站定，說道：「我在這裏相候便了。」黃蓉知她與全眞教有仇，也不相強，逕往重陽宮去。劉處玄、丘處機等得報，忙迎出宮來，相偕入殿，分賓主坐下，剛寒喧得幾句，忽聽得後殿一人大聲吆喝。黃蓉大喜，叫道：「老頑童，你瞧是誰來了？」

這些日來，周伯通儘在鑽研指揮玉蜂的法門。他生性聰明，鍥而不捨，居然已有小成，這天正玩得高興，忽聽得有人呼叫，卻是黃蓉的聲音。周伯通喜道：「啊哈，原來是我把弟的刁鑽古怪婆娘到了！」大呼小叫，從後殿搶將出來。

耶律齊上前磕頭，說道：「師父，弟子磕頭，您老人家萬福金安。」周伯通笑道：「免禮平身！你小娃兒也萬福金安！」武三通等聽了，都感奇怪，想不到耶律齊竟是周伯通的弟子。這老頑童瘋瘋顚顚，教出來的徒弟卻精明練達，少年老成，與他全然不同。丘處機等見師叔門下有了傳人，均甚高興，紛紛向周伯通道賀，與耶律齊相敘。郭芙這時方始醒悟，那日母親和耶律齊相對而笑，便因猜到他師父是老頑童之故。

原來耶律齊於十二年前與周伯通相遇，其時他年歲尚幼，與周伯通玩得投機，老頑童便收他爲徒。所傳武功雖然不多，但耶律齊聰穎強毅，練功甚勤，竟成爲小一輩中的傑出人物。周伯通見他武功日進，舉止越來越規矩，渾不似初相識時的小頑童模樣，他又學不會左右互搏功夫，大覺沒癮，不許他自稱是老頑童的嫡傳弟子。但事到如今，想賴也賴不掉了。耶律齊之父耶律楚材是契丹皇族，爲報女眞金國滅遼之仇，在成吉思汗、窩闊台二汗手下位居宰相，因忠正立朝，忤了皇后意旨，遭到罷斥，其子耶律鑄爲朝廷所殺。耶律齊保護母親、妹子，逃到南朝，做了個南下難民，與大宋尋常百姓無異。

正熱鬧間，突然山下吹起哨吶，教中弟子傳訊，有敵人大舉來襲。當日全眞教既拒蒙古大汗的敕封，復又殺傷多人，丘處機等便知這事決不能就此善罷，蒙古兵遲早會殺上山來，全眞教終不能與蒙古大軍對壘相抗，早已安排了棄宮西退的方策。這時全眞教的代掌教由長春門下第三代弟子宋道安充任，遇上這等大事，自仍由全眞五子發號施令。丘處機向黃蓉道：「郭夫人，蒙古兵攻山！時機當眞不巧，不能讓貧道一盡地主之誼了。」

山下喊殺之聲大作，金鼓齊鳴。黃蓉等自南坡上山，蒙古兵卻自北坡上山，前後相差不到半個時辰。

周伯通道：「是敵人來了？當眞妙不可言，來來來，咱們下去殺他個落花流水。」抓住了耶律齊的手腕，說道：「你顯點師父教的功夫，給幾位老師兄們瞧瞧。我看也不差於全眞七子，你加上去算全眞八子好了。」至於徒兒並非道士，他早忘了。大凡小孩有了心愛玩物，定要到處炫耀，博人稱賞，方始歡喜。他初時叫耶律齊不可洩露師承，是嫌他全無頑皮之性，半點不似老頑童如此名師的高徒。但今日師徒相見，高興之下，早將從前自己囑咐的話忘得乾乾淨淨。

丘處機道：「師叔，我教數十年經營，先師的畢生心血，不能毀於一旦，咱們今日全身而退，方爲上策。」也不等周伯通有何高見，便即傳令：「各人攜帶物事，按派定路程下山。」衆弟子齊聲答應，負了早就打好的包裹，東一隊、西一隊的奔下山去。前幾日中，全眞五子和宋道安早已分派妥當，何人衝前，何人斷後，何處會合，如何聯絡，曾試演多次，因此事到臨頭，毫不混亂。

黃蓉道：「丘道長，貴教安排有序，足見大才，眼前小小難關，不足爲患。行見日後捲土重來，自必更爲昌盛。此番我們有事來找楊過，就此拜別。」丘處機一怔，道：「楊過？卻不知他是否仍在此山之中？」黃蓉微微一笑，道：「有個同伴知曉他的所在。」

說到此時，山下喊殺之聲更加響了。黃蓉心想：「全眞教早有布置，自能脫身。我上山來是找楊過、接女兒，別混在大軍之中，誤了要事。」當下和丘處機等別過，招呼一同上山的諸人，奔到重陽宮後隱僻之處，對李莫愁道：「李姊姊，就煩指引入墓之法。」李莫愁問道：「你怎知他定在古墓之中？」黃蓉微微一笑，道：「楊過便不在古墓，玉女心經一定在的。」李莫愁一凜，暗道：「這位郭夫人當真厲害，怎竟知悉我的心事？」

李莫愁隨著衆人自襄陽直至終南，除黃蓉外，餘人對她都毫不理睬，沿途甚是沒趣，自不必說，武氏父子更虎視眈眈的俟機欲置之死地。黃蓉心想：「她對襄兒縱然喜愛，也決不肯干冒如此奇險，必定另有重大圖謀。」一加琢磨，想起楊過與小龍女曾以《玉女心經》的劍術擊敗金輪國師，而李莫愁顯然不會這門武功，否則當日與自己動手，豈有不使之理？她自是既想取《玉女心經》，又怕別人先入古墓取了經去。兩下裏一湊合，便猜中了她的心意。

李莫愁心想你既然知道了，不如索性說個明白，便道：「我助你去奪回女兒，你須助我奪回本門武經。你是丐幫前任幫主、揚名天下的女俠，可不能說了話不算。」黃蓉道：「楊過是我們郭爺的故人之子，和我小有誤會，見面即便冰釋。小女倘若眞在他處，他自會還我，說不上甚麼奪不奪。」李莫愁道：「既然如此，咱們各行其是，便此別過。」說著轉身欲行。

黃蓉向武修文使個眼色。武修文長劍出鞘，喝道：「李莫愁，今日你還想活著下終南山麼？」李莫愁心想：單黃蓉一人自己已非其敵，再加上武氏父子、耶律兄妹等人，那裏還有生路？她本來頗有智計，但一遇上黃蓉，竟縛手縛腳，一切狡獪伎倆全無可施，淡淡的道：「郭夫人精通奇門之變，楊過既然在此山上，郭夫人還愁找不到麼？何必要我引路？」

黃蓉知她以此要挾，說道：「要找尋古墓的入口，小妹卻無此本事。但想楊過和龍姑娘雖在墓中隱居，終須出來買米打柴。我們八個人分散了慢慢等候，總有撞到他的日子。」意思說你若不肯指引，我們便立時將你殺了，只不過遲幾日見到楊過，也沒甚麼大不了。

李莫愁一想不錯，對方確是有恃無恐。在這平地之上，自己寡不敵衆，但若將衆人引入地下墓室，那時憑著地勢熟悉，便能設法逐一暗害，說道：「今日你們恃衆凌寡，我別無話說，反正我也是要去找楊過，你們跟我來罷！」穿荊撥草，從樹叢中鑽了進去。

黃蓉等緊跟在後，怕她突然逃走。見她在山石叢中穿來插去，許多處所明明無路可通，但東一轉，西一彎，居然別有洞天。這些地勢全是天然生成，並非人力布置，因此黃蓉雖通曉五行奇門之術，卻也不能依理推尋，心想：「有言道是『巧奪天工』，其實天工之巧，豈是人所能奪？」

行了一頓飯時分，來到一條小溪之旁，這時蒙古兵吶喊之聲仍隱隱可聞，但因深處林中，聽來似乎極爲遙遠。

李莫愁數年來處心積慮要奪《玉女心經》，上次自地底溪流逃出古墓，因不諳水性，險些喪命，此後便在江河中熟習水性，此次乃有備而來。她站在溪旁，說道：「古墓正門已閉，若要開啓，須費數千人窮年累月之功。後門是從這溪中潛入，那幾位和我同去？」

郭芙和武氏兄弟自幼在桃花島長大，每逢夏季，日日都在大海巨浪之中游泳，精通水性，三人齊道：「我去！」武三通也會游水，雖然不精，但也沒將這條小溪放在心上，說道：「我也去。」黃蓉心想李莫愁心狠手辣，若在古墓中忽施毒手，武三通等無一能敵，本該自己在側監視，但產後滿月不久，在寒水中潛泳只怕大傷中元，正自躊躇，耶律齊道：「郭伯母你在這兒留守，小姪隨武伯父一同前往。」

黃蓉大喜，此人精明幹練，武功又強，有他同去，便可放心，問道：「你識水性麼？」耶律齊道：「游水是不大行，潛水勉強可以對付。」黃蓉心中一動，道：「是在冰底練的麼？」耶律齊道：「是。」黃蓉又問：「在那裏練的？」耶律齊道：「晚輩幼時隨家父在斡難河畔住過幾年。」蒙古苦寒，那斡難河一年中大半日子都雪掩冰封。蒙古武士中體質特強之人常在冰底潛水，互相賭賽，以遲出冰面爲勝。

黃蓉見李莫愁等結束定當，便要下溪，無暇多問，只低聲道：「人心難測，多加小心。」她對女兒反不囑咐，這姑娘性格莽撞，叮嚀也是無用，只有她自己多碰幾次壁，才會得到教訓。

耶律、完顏二女不識水性，與黃蓉留在岸上。李莫愁當先引路，找到當日上岸處，自溪水的一個洞穴中潛了下去。耶律齊緊緊跟隨。郭芙與武氏父子又在其後。

耶律齊等五人跟著李莫愁在溪底暗流中潛行。地底通道時寬時窄，水流也忽急忽緩，有時水深沒頂，有時只及腰際，潛行良久，終於到了古墓入口。李莫愁鑽了進去。五人魚貫而入，均想：「若非得她引路，焉能想到這溪底居然別有天地？」這時身周雖已無水，卻仍黑漆一團，五人手拉著手，唯恐失散，跟著李莫愁曲曲折折的前行。

又行多時，但覺地勢漸高，腳下已甚乾燥，忽聽得軋軋聲響，李莫愁推開了一扇石門，五人跟著進去。只聽得李莫愁道：「此處已到古墓中心，咱們少憩片刻，這便找楊過去。」自入古墓，武三通和耶律齊即半步不離李莫愁身後，防她使奸行詐，然伸手不見五指，只有以耳代目，凝神傾聽。郭芙和武氏兄弟向來都自負大膽，此刻深入地底，雙目又如盲了一般，都不自禁的怦怦心跳。黑暗之中，寂然無聲。李莫愁忽道：「我雙手各有一把冰魄銀針，你們三個姓武的，怎不過來嘗嘗滋味？」

武三通等吃了一驚，明知她不懷好意，但也沒料到竟會立即發難。武氏父子都吃過她毒針的苦頭，實不敢絲毫輕忽，各自高舉兵刃，傾聽銀針破空之聲，以便辨明方向來勢，擋格閃避，但各人聚集一起，縱然用兵刃將毒針砸開，仍不免傷及自己人。耶律齊心想若容她亂發暗器，己方五人必有傷亡，只有冒險上前近身搏擊，叫她毒針發射不出，才有生路。郭芙心中也是這個主意，兩人不約而同的向李莫愁發聲處撲去。

李莫愁三句話一說完，當眾人愕然之際，早已悄沒聲的退到了門邊。耶律齊和郭芙縱身撲上，使的都是近身搏鬥的小擒拿法，勾腕拿肘，要叫李莫愁無法發射暗器。兩人四手一交，郭芙首先發覺不對，「咦」的一聲叫了出來。耶律齊雙手一翻一帶，已抓住了兩隻手腕，但覺肌膚滑膩，鼻中跟著又聞到一陣香氣，直到聽得郭芙呼聲，方始驚覺。

軋軋聲響，石門正在推上。耶律齊和武三通叫道：「不好！」搶到門邊，風聲颼颼，兩枚銀針射了過來，兩人側身避過，伸手再去推石門時，那門已然關上，推上去如撼山丘，紋絲不動。

耶律齊伸手在石門上下左右摸了一轉，既無鐵環，亦無拉手。他沿牆而行，在室中繞了一圈，察覺這石室約莫兩丈見方，四周牆壁盡是粗糙堅厚的石塊。他拔出長劍，用劍柄在石門上敲了幾下，但聽得響聲鬱悶，顯得極為重實。這石門乃開向室內，內拉方能開啓，苦於光禿禿的無處可資著手。郭芙急道：「怎麼辦？咱們不是要活活的悶死在這兒麼？」耶律齊聽她說話聲音幾乎要哭了出來，安慰道：「別擔心。郭夫人在外接應，定有相救之策。」四下摸索，尋找出路。

李莫愁將武三通等關入石室，心中極喜，暗想：「這幾個傢伙出不來啦。師妹和楊過只道我不識水性，說甚麼也料不到我會從祕道進來偷襲。只不知他二人是否眞的在內？」心知只有不發出半點聲息，才有成功之望，否則當眞動手，他二人已練成《玉女心經》，只怕此時已敵不過二人中任何一個。她除去鞋子，只穿布襪，雙手都扣了冰魄銀針，慢慢的一步步前行。

連日來小龍女坐在寒玉床上，依著楊過所授的逆衝經脈之法，逐一打通周身三十六處大穴。這時兩人正以內息衝激小龍女任脈的「膻中」穴。此穴正當胸口，在「玉堂」穴之下一寸六分，古醫經中名之曰「氣海」，爲人身諸氣所屬之處，最是要緊不過。兩人全神貫注，不敢有絲毫怠忽。小龍女但覺頸下「紫宮」、「華蓋」、「玉堂」三穴中熱氣充溢，不住要向下流動，同時寒玉床上的寒氣也漸漸凝聚在臍上「鳩尾」、「中庭」穴中，要將頸口的一股熱氣拉將下來。但熱氣衝到「膻中穴」處便給撞回，沒法通過。她心知只要這股熱氣一過膻中，任脈暢通，身受的重傷十成中便好了八成，只火候未到，半點勉強不得。她性子向來不急，古墓中日月正長，今日不通，留待明日又有何妨？因此內息綿綿密密，若斷若續，殊無半點躁意，正合了內家高手的運氣法要。

楊過卻甚性急，只盼小龍女早日痊可，便放卻了一番心事，但也知這內息運功之事欲速則不達，何況逆行經脈，比之順行又加倍艱危。但覺小龍女腕上脈搏時強時弱，雖不勻淨，卻無凶兆，當下緩緩運氣，加強衝力。

便在這寂無聲息之中，忽聽得遠處「嗒」的一響。這聲音極輕極微，若不是楊過凝氣運息，心神到了至靜境地，決計不會聽到。過了半晌，又有「嗒」的一聲，卻已近了三尺。楊過心知有異，但怕小龍女分了心神，當這緊急關頭，若內息走入岔道，輕則傷勢難愈，重則立時斃命，豈能稍有差池？因此雖然驚疑，只有故作不知。

過不多時，又聽得輕輕「嗒」的一響，聲音更近了三尺。他這時已知有人潛入古墓，那人不敢急衝而來，只緩緩移近。過了一會，軋軋兩聲輕響，停一停，又軋軋兩響，敵人正在極慢極慢的推開石門。如小龍女能於敵人迫到之前衝過「膻中穴」，自是上上大吉，否則可凶險萬分，此時已騎虎難下，便欲停息不衝，也已不能。

只聽得「嗒」的一聲輕響，那人又跨近了一步。楊過心神難持，不知如何是好，突覺掌心震盪，一股熱氣逼了回來，原來小龍女也已驚覺。楊過忙提內息，將小龍女掌上傳來的內力推了轉去，低聲道：「魔由心生，不聞不見，方是眞諦。」練功之人到了一定境界，常會生出幻覺，或耳聞雷鳴，或劇痛奇癢，只有一概當其虛幻，毫不理睬，方不致走火入魔。這時楊過聽腳步聲清晰異常，自知不是虛相，但小龍女正當生死繫於一線的要緊關頭，只有騙她來襲之敵是心中所生的魔頭，任他如何兇惡可怖，始終置之不理，心魔自消。小龍女聽了這幾句話，果然立時寧定。

其時古墓外紅日當頭，墓中卻黑沉沉的便如深夜。楊過耳聽腳步聲每響一次，便移近數尺，心想世上除自己夫妻之外，只李莫愁和洪凌波方知從溪底潛入的祕徑，那麼來者必是她師徒之一。憑著楊過這時的武功，本來全不畏懼，只早不來，遲不來，偏偏於這時進襲，不由得徬徨焦慮，苦無抵禦之計。敵人來得越慢，他心中煎熬越甚，凶險步步逼近，自己卻只有束手待斃。他額上漸漸滲出汗珠，心想：「那日郭芙斬我一臂，劍落臂斷，倏然了結，雖然痛苦，可比這慢慢的煎熬爽快得多。」

又過一會，小龍女也已聽得明明白白，知道決非心中所生幻境，實是大難臨頭，想要加強內息，趕著衝過「膻中穴」，但心神稍亂，內息便即忽順忽逆，險些在胸口亂竄起來。就在此時，只聽腳步之聲細碎，倏忽間到了門口，颼颼數聲，四枚冰魄銀針射了過來。

這時楊過和小龍女便和全然不會武功的常人無異，好在兩人早有防備，一見毒針射到，同時向後仰臥，手掌卻不分離，四枚毒針均從臉邊掠過。李莫愁沒想到他們正自運功療傷，生怕二人反擊，因此毒針一發，立即後躍，若不是她心存懼怕，則四針發出後跟著又發四針，他二人決難躲過。

李莫愁隱隱約約只見二人並肩坐在寒玉床上。她一擊不中，已自惴惴，見二人並不起身還手，更不明對方用意，當即斜步退至門邊，手執拂塵，冷冷的道：「兩位別來無恙！」楊過道：「你要甚麼？」李莫愁道：「我要甚麼，難道你不知麼？」楊過道：「你要玉女心經，是不是？好，我們在墓中隱居，與世無爭，你就拿去罷。」李莫愁將信將疑，道：「拿來！」這玉女心經刻在另一間石室頂上，楊過心想：「且告知她眞相，心經奧妙，讓她去慢慢參悟琢磨就是。我們只消有得幾個時辰，姑姑的『膻中穴』一通，那時殺她何難？」但此時小龍女內息又正狂竄亂走，楊過全神扶持，無暇開口說話。

李莫愁睜大眼睛，凝神打量兩人，矇矇矓矓見到小龍女似乎伸出一掌，和楊過的手掌相抵，心念一動，登時省悟：「啊，楊過斷臂重傷，這小賤人正以內力助他治療。此刻行功正到了要緊關頭，今日不傷他二人性命，此後怎能更有如此良機？」她這猜想雖只對了一半，但忌憚之心立時盡去，縱身而上，舉起拂塵便往小龍女頂門擊落。

小龍女只感勁風襲頂，秀髮已飄飄揚起，唯有閉目待死。便在此時，楊過張口一吹，一股氣息向李莫愁臉上噴去。他這時全身內力都用以助小龍女打通脈穴，這口氣中全無勁力，眼見小龍女危急萬分，唯一能用以擾敵的也不過吹一口氣罷了。

李莫愁素知楊過詭計多端，但覺一股熱氣撲面吹到，心中一驚，向後躍開半丈。她自因智力不及而慘敗在黃蓉手下之後，處處謹愼小心，未暇傷敵，先護自身，躍開後覺臉上也無異狀，喝道：「你作死麼？」

楊過笑道：「那日我借給你的一件袍子，今日可帶了來還我麼？」李莫愁想起當日與鐵匠馮默風激鬥，全身衣衫都給火紅的大鐵錘燒爛，若非楊過擲袍遮身，那一番出醜可就狼狽之極了。按理說，單憑這贈袍之德，今日便不能傷他二人性命，但轉念一想，此刻心腸稍軟，他日後患無窮，欺身直上，左掌又拍了過去。

危難之中，楊過情急智生，想起先幾日和小龍女說笑，曾說我若雙臂齊斷，你只好抓住我的腳板底了，耳聽得掌風颯然，李莫愁的赤練神掌又已擊到，不遑細想，猛地裏頭下腳上的倒豎過來，同時雙腳向上一撐，揮脫鞋子，喝道：「龍兒，抓住我腳！」左掌斜揮，啪的一聲，和李莫愁手掌相交。他身上一股極強的內力本來傳向小龍女身上，突然內縮，登時生出黏力，將李莫愁的手掌吸住。便在同時，小龍女也已抓住了他右腳。

李莫愁忽見楊過姿式古怪，不禁一驚，隨即想起那日他抵擋自己的「三無三不手」便曾這般怪模怪樣，也沒甚麼了不起，催動掌力，要將楊過斃於當場。當年她以赤練神掌殺得陸家莊上鷄犬不留之時，掌力已極凌厲，經過這些年的修爲，更加威猛悍惡。楊過但覺一股熱氣自掌心直逼過來，竟不抗拒，反而加上自己掌力，一齊傳到了小龍女身上。

這麼一來，變成李莫愁和楊過合力，協助小龍女通關衝穴。李莫愁所習招數雖不如楊龍二人奥妙，但說到功力修爲，自比他二人深厚得多。小龍女驀地裏得了一個強助，只覺一股大力衝過來，「膻中穴」豁然而通，胸口熱氣直至丹田，精神大振，歡然叫道：「好啦，多謝師姊！」鬆手放脫楊過右腳，躍下寒玉床來。

李莫愁一愕，她只道小龍女助楊過療傷，因此催動掌力，想乘機震傷楊過心脈，豈知無意中反而助了敵人。楊過大喜，翻轉身子，赤足站在當地，笑道：「若非你趕來相助，你師妹這膻中穴可不易打通呢。」李莫愁躊躇未答，小龍女突然「啊」的一聲，捧住心口，摔倒在寒玉床上。楊過驚問：「怎麼？」小龍女喘道：「她，她，她手掌有毒。」這時楊過頭腦中也大感暈眩，已知李莫愁運使赤練神掌時劇毒逼入掌心，適才與她手掌相交，不但劇毒傳入自己體內，更傳到了小龍女身上。

楊過提起玄鐵重劍，喝道：「快取解藥來！」舉劍當頭砍下。李莫愁舉拂塵擋架，錚的一聲，精鋼所鑄的拂塵柄斷爲兩截，虎口也震得鮮血長流。她這柄拂塵以柔力爲主，不知會過天下多少英雄豪傑，但給人兵刃震斷，卻從所未有，只嚇得她心驚膽戰，急忙躍出石室。楊過提劍追去，左臂前送，眼見這一劍李莫愁萬難招架得住，不料體內毒性發作，眼前金星亂冒，手臂酸軟無力，噹的一聲，玄鐵劍掉落在地。

李莫愁不敢停步，向前竄出丈餘，這才回過頭來，見楊過搖搖晃晃，伸手扶住牆壁，心想：「這小子武功古怪之極，我稍待片刻，讓他毒發跌倒，才可走近。」

楊過咽喉乾痛，頭脹欲裂，勁貫左臂，只待李莫愁近前，發掌將她擊斃，那知她站得遠遠的竟不過來。楊過「啊」一聲，仆跌在地，手掌已按住玄鐵劍的劍柄。李莫愁這時已成驚弓之鳥，不敢貪功冒進，算定已立於不敗之地，站著靜觀其變。

楊過心想多挨一刻時光，自己和小龍女身上的毒便深一層，拖延下去，只於敵人有利，深深吸一口氣，內息流轉，暈眩少止，握住玄鐵劍劍柄，站了起來，反身伸臂抱住小龍女腰間，喝道：「讓路！」大踏步向外走出。李莫愁見他氣勢凜然，不敢阻攔。

楊過只盼走入一間石室，關上室門讓李莫愁不能進來，小龍女任督兩脈已通，只須半個時辰，兩人便可將體內毒液逼出。此事比之打通經脈易過百倍。楊過幼時中了李莫愁銀針之毒，一得歐陽鋒傳授，即時將毒液驅出，眼前兩人如此功力，自毫不爲難。

李莫愁自也知他心意，那容他二人驅毒之後再來動手？她不敢逼近襲擊，不即不離的跟隨在後，和楊過始終相距五尺。楊過站定了等她過來，她也即站定不動。

楊過但覺一顆心越跳越厲害，似乎要從口中竄將出來，委實無法支持，跌跌衝衝的奔進一間石室，將小龍女在一張石桌上一放，伸手扶住桌面，大聲喘氣，明知李莫愁跟在身後，也顧不得了。稍過片刻，才知竟是來到停放石棺之處，自己手上所扶、小龍女置身的所在，乃是一具石棺。

李莫愁從師學藝之時，在古墓中也住過不少時候，暗中視物的本事雖不及楊龍二人，卻也瞧清楚石室中並列五具石棺，其中一具石棺棺底便是地下祕道的門戶，她適才正是由此進來，心想：「你們想從這裏逃出去嗎？這次可沒這麼容易了。」

三人一坐一站，另一個斜倚著身子，一時石室中只有楊過呼呼喘氣之聲。

楊過身子搖晃幾下，嗆啷一聲，玄鐵劍落地，隨即仆跌下去，撲在小龍女身上，跟著手中一物飛出，啪的一聲輕響，飛入一具空棺之中，叫道：「李莫愁，這《玉女心經》總是不能讓你到手。啊喲……」長聲慘叫，便一動也不動了。

室中五具石棺並列，三具收斂著林朝英師徒和孫婆婆，另外兩具卻是空的，其中一具是祕道門戶，棺蓋推開兩尺有餘，可容出入，另一具的棺蓋則只露出尺許空隙。李莫愁見楊過將《玉女心經》擲入這具空棺，又驚又喜，但上次拿到的是一卷尋常道書《參同契》，這次怕他又使狡計，過了片刻，見他始終不動，這才俯身去摸他臉頰，觸手冰涼，顯已死去，哈哈大笑，說道：「壞小廝，饒你刁惡，也有今日！」當即伸手入棺中去取經書。

但楊過這麼一擲，將《心經》擲到了石棺的另一端，李莫愁拂塵已斷，否則便可用帚尾捲了出來。她伸長手臂摸了兩次，始終抓不到，於是縮身從這尺許的空隙鑽入石棺，爬到石棺彼端，這才抓住《心經》，入手猛覺不妙，似乎是一隻鞋子。

便在此時，楊過已躍到石棺彼端，左臂奮力提起玄鐵劍，將劍頭抵住棺蓋，左臂發勁猛推，棺蓋合縫，登時將李莫愁封在棺中！

李莫愁自始不知《玉女心經》其實是石室頂上的石刻，總道是一部書冊。楊過假裝慘呼跌倒，撲在小龍女身上，立時除下她腳上一隻鞋子，擲入空棺，軟物碰在石上，倒也似是一本書冊。他擲出鞋子當即經脈倒轉，便如僵死一般。其實他縱然中毒而死，也不會瞬息之間便全身冰冷，一個人心停脈歇，至少也得半個時辰之後全身方無熱氣。李莫愁大喜之下，竟至失察。此舉自凶險萬分，李莫愁若不理他死與不死，在他頂門補上一掌赤練神掌，楊過自不免假死立變真死，但身處絕境，只有行險以求僥倖。

楊過推上棺蓋，勁貫左臂，跟著又用重劍一挑，喝一聲：「起！」將另一具空棺挑了起來，砰的一聲巨響，壓在那棺蓋之上。這一棺一蓋，本身重量已在六百斤以上，加之棺蓋的榫頭做得極是牢固，合縫之後，李莫愁武功再高，無論如何也逃不出來了。

楊過中毒後心跳頭痛，隨時均能暈倒不起，大敵當前，全憑一股強勁心意支持到底，待得連挑兩劍，已神困力乏，抛下玄鐵劍，掙扎著走到小龍女身旁，以歐陽鋒所授之法，先將自身毒質逼出大半，再伸左掌和小龍女右掌相抵，助她逆運經脈驅毒。

郭芙、耶律齊等被困於石室之中，衆人從溪底潛入，身上攜帶的火摺盡數浸濕，難以著火，黑暗中摸索了一會，那裏找得著出路？五人無法可施，只得席地枯坐。

武三通不住的咒罵李莫愁陰險惡毒。郭芙本已萬分焦急愁悶，聽武三通罵個不停，更是煩躁，忍不住說道：「武伯伯，那李莫愁陰險惡毒，你又不是今天才知，怎麼你毫不防備？這時再來背後痛罵，又有何用？」武三通一怔，答不出話來。

武氏兄弟和郭芙重會以來，各懷心病，當和耶律兄妹、完顏萍等在一起之時，大家有說有笑，但從不曾相互交談，這時武修文聽她出言搶白父親，忍不住道：「咱們到古墓中來，是爲了救你妹子，既不幸遭難，大家一起死了便是，你又發甚麼小姐脾氣了……」他還待要說，武敦儒叫道：「弟弟！」武修文這才住口，他說這番話時心意激動，但話一出口，自己也大爲詫異。他從來對郭芙千依百順，怎敢有半分衝撞，豈知今日居然厲聲疾言的數說她起來？

郭芙一怔，待要還嘴，卻又說不出甚麼道理，想到不免要生生悶死在這古墓之中，從此不能再見父母之面，心中一痛，黑暗中也看不清周遭物事，伏在一塊甚麼東西上面，嗚嗚咽咽哭了起來。武修文聽她哭泣，心中過意不去，說道：「好啦，是我說得不對，跟你賠不是啦。」郭芙哭道：「賠不是又有甚麼用？」哭得更加厲害，順手拉起手邊一塊布來擤了擤鼻涕，猛地發覺，原來是靠在一人腿上，拉來擦鼻涕的竟是那人的袍角。郭芙一驚，忙坐直身子，她聽武三通父子都說過話，那三人都不是坐在她身邊，只有耶律齊始終默不作聲，那麼這人自然是他了。她羞得滿臉通紅，囁嚅著道：「我……」

耶律齊忽道：「你聽，甚麼聲音？」四人側耳傾聽，卻聽不到甚麼。耶律齊道：

「嗯，嗯，是嬰兒啼哭。郭姑娘，定是你妹子。」這聲音隔著石壁，細若游絲，若不是他內功修為了得，耳音特強，決計聽不出來。

他站起身來走了幾步，哭聲登時減弱，心中一動：「嬰兒哭聲既能傳到，這石室或有通氣之處。」當下留神傾聽，要分辨哭聲自何處傳入。他向西走幾步，哭聲略輕，向東退回，哭聲又響了些，斜趨東北，哭聲聽得更加清晰。於是走到東北角上，伸劍在石牆上輕輕刺擊，刺到一處，空空空的聲音微有不同，似乎該處特別薄些。他還劍入鞘，雙掌抵住石塊向外推去，全無動靜，他吸一口氣，雙掌力推，跟著使個「黏」字訣，掌力急收，砰的一聲，那石塊竟為他掌力吸出，掉在地下。

郭芙等驚喜交集，齊聲歡呼，奔上去你拉我扳，又起出了三塊石頭。此時身子已可通過，眾人魚貫鑽出，循聲尋去，到了一間小小石室。郭芙黑暗中聽那孩子哭得極響，當即伸手抱起。

這嬰兒正是郭襄。楊過為了相助小龍女通脈，又和李莫愁對敵，錯過了餵食的時刻，因此她哭得甚是厲害。郭芙竭力哄她，又拍又搖，但郭襄餓狠了，越哭越兇。郭芙不耐煩起來，將妹子往武三通手裏一送，道：「武伯伯，你瞧瞧有甚麼不對了。」

耶律齊伸手在桌上摸索，摸到了一隻燭台，跟著又摸到火刀火石，當下打火點燭。眾人在沉沉黑暗之中悶了半日，眼前突現光明，胸襟大爽，齊聲歡呼。

武三通究竟養過兒子，聽郭襄如此哭法，知是為了肚餓，見桌上放有調好了的蜜水，又有一隻木雕小匙，便舀了一匙蜜水餵她。蜜一入口，郭襄果然止哭。耶律齊笑道：「若不是小郭姑娘餓了大哭，只怕咱們都要死在那間石室裏了。」

武三通恨恨的道：「這便找李莫愁去。」各人拉斷桌腿椅腳，點燃了當作火把，沿著甬道前行。每到轉角之處，武敦儒便用劍尖劃了記號，生怕回出時迷失道路。

五人進了一室又是一室，高舉火把，尋覓李莫愁的蹤跡，見這座古墓規模龐大，通道曲折，石室無數，都驚詫不已，萬想不到一條小溪之下，竟會隱藏著如此宏偉的建構。待走進小龍女的臥室，見到地下有幾枚冰魄銀針。郭芙以布裹手，拾起兩枚，說道：「待會我便用這毒針還敬那魔頭一下。」

楊過以內力助小龍女驅出毒質，眼見她左手五指指尖上微微滲出黑水，只須再有一頓飯時分便可毒質盡除，忽聽得通道中又有腳步聲響，共有五人過來。楊過暗暗吃驚，心想每當緊急關頭，總有敵人來襲，李莫愁一人已難應付，何況更有五人？小龍女經脈初通，內力不固，毒質若不立即驅出，勢必侵入要穴。正自徬徨，突見遠處火光閃動，那五人行得更加近了。楊過伸臂抱起小龍女，躍進壓在李莫愁之上的那空棺之中，伸掌推攏棺蓋，只是不合榫頭，以防難以揭開石蓋。

他二人剛躲入石棺，耶律齊等便即進來。五人見室中放著五具石棺，都是一怔，隱約均覺這事太過巧合，大是惡兆。郭芙忍不住道：「哼，咱們這兒五個人，剛好有五口棺材！」楊過和小龍女在石棺中聽到郭芙的聲音，均感奇怪：「怎麼是她？」楊過左掌仍不離小龍女手掌，要趕著驅出毒質。他聽來者五人之中有郭芙在內，雖覺奇怪，卻心中一寬，料想她還不致乘人之危，一聲不響，全心全意的運功驅毒。

耶律齊已聽到石棺中的呼吸之聲，心想李莫愁躲在棺中，必有詭計，這次可不能再上她當，當即做個手勢，叫各人四下裏圍住。郭芙見棺蓋和棺身並未合攏，從縫中望進去尚可見到衣角，料定必是李莫愁躲著，哈哈一笑，心想：「即以其人之道，還治其人之身！」左掌用力將棺蓋一推，兩枚冰魄銀針便激射進去。

這兩枚銀針發出，相距既近，石棺中又無空隙可以躲閃。楊龍二人齊叫：「啊喲！」一針射中了楊過右腿，另一針射中小龍女左肩。

郭芙銀針發出，正大感得意，卻聽石棺中竟傳出一男一女的驚呼聲，她心怦的一跳，也「啊喲」一聲叫了出來。耶律齊左腿飛出，砰嘭一響，將棺蓋踢落在地。楊過和小龍女顫巍巍的站起，火把光下但見二人臉色蒼白，相對悽然。

郭芙不知自己這一次所闖的大禍更甚於砍斷楊過一臂，只略覺歉疚，陪話道：「楊大哥，龍姊姊，小妹不知是你兩位，發針誤傷。好在我媽媽有醫治這毒針的靈藥，當年我的兩隻鵰兒給李莫愁銀針傷了，也是媽媽給治好的。你們怎麼好端端的躲在棺材之中？誰又料得到是你們呢？」

她想自己斬斷了楊過一臂，楊過卻弄曲了她的長劍，算來可說已經扯平，何況爹爹媽媽又爲此狠狠責罵過自己，心想：「我不來怪你，也就是了。」她自幼處於順境，旁人瞧在她父母份上，事事趨奉容讓，因此她一向只想到自己，絕少爲旁人打算，說到後來，倒似楊龍二人不該躲在石棺之中，以致累得她嚇了一跳。她那知小龍女身中這枚銀針之時，恰當體內毒質正要順著內息流出，突然受到如此劇烈的一刺，赤練神掌上的毒質盡數倒流，侵入周身諸處大穴，這麼一來，縱有靈芝仙丹，也已無法解救。李莫愁的銀針不過是外傷，但教及時醫治，原本無礙，然毒質內侵，厲害處卻相差不可以道里計了。

小龍女在一刹那之間，但覺胸口空蕩蕩的宛似無物，一顆心竟如不知到了何處，轉頭瞧楊過時，只見他眼光之中又傷心，又悲憤，全身發顫，便似一生中所受的憂患屈辱盡數要在這時候發洩出來。小龍女不忍見他如此悽苦，輕聲道：「過兒，咱們命該如此，也怨不得旁人，你別太氣苦了。」伸手先替他拔下腿上銀針，然後拔下自己肩頭的毒針。這冰魄銀針是她本師所傳，和李莫愁自創的赤練神掌毒性全然不同，本門解藥她是隨身攜帶的，取出來給楊過服了一顆，自己服了一顆。楊過恨極，呸的一聲，將解藥吐在地下。

郭芙怒道：「啊喲，好大的架子啊。難道我是存心來害你們的嗎？我向你們賠了不是，也就是了，怎麼發這般大脾氣？小小一兩枚針兒，又有甚麼了不起啦？」

武三通見楊過臉上傷心之色漸隱，怒色漸增，又見他彎腰拾起地下一柄黑黝黝的大劍，知道情勢不對，忙上前勸道：「楊兄弟請別生氣。我們五人給李莫愁那魔頭困在石室之中，好容易逃了出來，郭姑娘一時魯莽，失手……」

郭芙搶著道：「怎麼，是我魯莽了？你自己也以爲是李莫愁，否則怎地不作聲？」武三通瞧瞧楊過，瞧瞧郭芙，不知如何勸說才好。

小龍女又取出一顆解藥，柔聲道：「過兒，你服了這顆藥。難道連我的話你也不聽了？」楊過聽小龍女這般溫柔纏綿的勸告，張開口來，吞了下去，想起兩人連日來苦苦在生死之間掙扎，到頭來終成泡影，再也忍耐不住，突然跪倒，伏在石棺上放聲大哭。

武三通等面面相覷，均想他向來十分硬朗，怎地今日中了小小一枚銀針，便如此痛哭起來？

小龍女伸手撫摸楊過頭髮，說道：「過兒，你叫他們出去罷，我不喜歡他們在這裏。」她從不疾言厲色，「我不喜歡他們在這裏」這句話中，已含了她最大的厭憎和憤慨。

楊過站起身來，從郭芙起始，眼光逐一橫掃過去，他雖怒極恨極，終究知道郭芙發射銀針乃無心之過，除了怪她粗心魯莽之外，不能說她如何不對，何況縱然一劍將她劈死，也已救不了小龍女的性命。他提劍凝立，目光如炬，突然間舉起玄鐵重劍，噹的一聲巨響，火花一閃，竟爾將他適才躲藏在內的石棺砍爲兩段。這一劍不單力道沉雄絕倫，其中更蘊蓄著無限傷心悲憤。

郭芙等見他這一劍竟有如斯威力，不禁都驚得呆了。眼見這石棺堅厚重實，係以花崗石鑿成，一個石匠若要將之斷爲兩截，非用大斧大鑿窮半日之功不可。倘若楊過用的是開山巨斧或厚背大砍刀，猶有可說，長劍卻自來以輕捷靈動爲尙，即令寶劍利刃，和這般堅石硬碰也非損即折，豈知這柄劍斫石如泥，刃落棺斷。

楊過見五人愕然相顧，厲聲喝道：「你們來做甚麼？」武三通道：「楊兄弟，我們是隨著郭夫人來找你的。」楊過怒道：「你們要來奪回她的女兒，是不是？爲了這小小嬰兒，你們便忍心害死我的愛妻。」武三通驚道：「害死你的愛妻？啊，是龍姑娘。」他見小龍女穿的是新娘服飾，登時會意，忙道：「你夫人中了毒針，郭夫人有解藥，她便在外邊。」楊過呸的一聲，喝道：「你們這麼來一攪，毒質侵入了我愛妻周身大穴。郭夫人便怎麼了？她難道還能起死回生麼？」武三通因楊過有救子之恩，對他極是尊敬，雖聽他破口斥責，也絲毫不以爲忤，只喃喃的道：「毒質侵入了周身大穴，這便如何是好？」

這一旁卻惱了郭芙，聽楊過言語中對她母親頗有不敬，勃然大怒，喝道：「我媽媽甚麼地方對你不起了？你幼時無家可歸，不是我媽收留你的麼？她給你吃，給你穿，你，哼，你到頭來反而忘恩負義，搶我的妹子。」這時她早知妹子雖落入楊過手中，並非他存有歹意，但既和他鬥上了口，想不到甚麼話可以反唇相稽，便又牽扯了這件事。

楊過冷笑道：「不錯，我今日正要忘恩負義。你說我搶這孩子，我便搶了永遠不還，瞧你拿我怎麼？」郭芙左臂一緊，牢牢抱住妹子，右手高舉火把，擋在身前。武三通急道：「楊兄弟，你夫人既然中毒，快設法解毒要緊……」楊過悽然道：「武兄，沒有用的。」突然間一聲長嘯，右袖捲起一拂，郭芙等五人猛覺一陣疾風掠過，臉上猶似刀割，熱辣辣的生疼，五枝火把一齊熄滅，眼前登時漆黑一團。郭芙大叫一聲「啊喲！」耶律齊生怕楊過傷害於她，縱身搶上。

只聽得郭襄「啊啊」一聲啼哭，已出了石室。衆人驀地一驚，哭聲已在數丈之外，身法之快，宛如鬼魅。

郭芙叫道：「我妹子給他搶去啦。」武三通叫道：「楊兄弟，龍姑娘！楊兄弟，龍姑娘！」卻那裏有人答應？各人均無火摺，黑沉沉瞧不見周遭情勢。耶律齊道：「快出去，別給他關在這裏。」武三通怒道：「楊兄弟大仁大義，怎會做這等事？」郭芙道：

「他仁義個……還是快走的好，在這裏幹甚麼？」剛說了這句話，忽聽得石棺中喀喀兩響，因有棺蓋相隔，聲音甚爲鬱悶。

郭芙大叫：「有鬼！」拉住了身旁耶律齊的手臂。武三通等聽清楚聲音確是從石棺中發出，似有殭屍要從棺中爬將出來。黑暗之中，人人毛骨悚然。耶律齊向武三通低聲道：「武叔叔，你在這裏，我在那邊。殭屍倘若出來，咱們四掌齊施，打他個筋折骨斷。」他反手握住郭芙手腕，拉她站在自己身後，生怕鬼物暴起傷人。

只聽得呼的一響，棺中有物飛出。武三通和耶律齊早已運勁蓄勢，聽到風聲，同時拍擊下去。兩人手掌碰到那物，齊叫：「不好！」原來擊到的竟是一條長長的石塊，卻是放置在棺中的石枕。兩人這一擊用足了全身之力，將那石枕猛擊下去，撞上石棺，碎片紛飛，石枕裂爲數塊，同時風聲颯然，有物掠過身體。武三通和耶律齊待要出掌再擊，那物已飄然遠去，但聽得室外「嘿嘿」幾下冷笑，隨即寂然無聲。

武三通驚道：「李莫愁！」郭芙叫道：「不，是殭屍！李莫愁怎會在石棺之中？」耶律齊「嗯」一聲，並不接口。他不信世上竟有鬼怪，但如說是李莫愁，卻又不合情理，她明明和自己一起進來，楊過和小龍女卻已在古墓多日，她怎會處於楊龍二人身下的棺中？武三通道：「然則李莫愁那裏去了？」耶律齊道：「這墓中到處透著邪門，咱們還是先出去罷。」郭芙道：「我妹子怎生是好？」武三通道：「咱們沒法子，你媽媽必有妙策，大家出去聽她吩咐便了。」

當下眾人覓路而出，潛回溪水。剛從水底鑽上，眼前一片通紅，左右樹林均已著火，一股熱氣撲面而來。郭芙驚叫：「媽，媽！」卻不聞應聲。驀地裏一棵著了火的大樹直跌下來，耶律齊拉著她向上游急躍，這才避過。此時正當隆冬，草木枯槁，滿山已燒成一片火海。五人身上雖均浸濕了溪水，大火逼來，臉上仍感滾熱。

武三通道：「必是蒙古兵攻打重陽宮失利，放火燒山洩憤。」郭芙急叫：「媽，媽！你在那裏啊？」忽見溪左一個女子背影正在草間跳躍避火。郭芙大喜，叫道：「媽，媽！」從溪水中縱身而出，奔了過去。武三通叫道：「小心！」喀喇、喀喇幾響，兩株大樹倒下，阻斷了他目光。

郭芙冒煙突火的奔去。當她在溪水中時，一來思母心切，二來從黑沉沉的古墓中出來，眼前突然光亮異常，目爲之炫，不易看得清楚，待得奔到近處，才見背影不對，一怔之間，那人斗然回身，竟是李莫愁。

她給楊過壓在石棺之下，本已無法逃出，後來楊過盛怒下揮劍斬斷上面一口石棺，全力揮劍，連下面的棺蓋竟也斬裂，李莫愁死裏逃生，先擲出石枕，再跟著躍出。

她閉在棺中雖還不到一個時辰，但這番注定要在棺中活生生悶斃的滋味，實爲人生最苦最慘的處境，在這短短的時刻之中，她咬牙切齒，恨極了世上每一個人，只想：

「我死後必成厲鬼，要害死楊過，害死小龍女，害死武三通，害死黃蓉，害死何沅君，害死陸展元……」不論是誰，她都要一一害死，連何沅君、陸展元已死，也都忘了。後來她雖僥倖逃得性命，心中積蓄的怨毒卻絲毫不減，忽然見到郭芙，當即臉露微笑，柔聲道：「郭姑娘，是你啊，大火燒得很厲害，可要小心了。」

郭芙見她神色親切，頗出意外，問道：「見到我媽媽麼？」李莫愁走近幾步，指著左首，道：「那邊不是麼？」郭芙順著她手指望去。李莫愁突然欺近，一伸手點中她腰下穴道，笑道：「別性急，你媽就會來找你的。」眼見大火從四面八方逼近，若再逗留，自己性命不保，縱身一躍，疾馳而西。郭芙軟癱在地，只聽李莫愁淒厲的歌聲隔著烈燄傳了過來：「問世間，情是何物，直教生死相許？」

歌聲漸遠，驀地裏一股濃煙隨風捲至，裹住了郭芙。她四肢伸動不得，給濃煙嗆得大聲咳嗽。武氏父子和耶律齊站在溪水之中，滿頭滿臉都是焦灰，小溪和郭芙之間烈火沖起兩三丈高，四人明知她處境危急，但如過去相救，只有陪她一起送命，決計救她不出。

郭芙給煙火薰得快將暈去，嚇得連哭也哭不出了，忽聽得東首呼呼聲響，轉過頭來，只見一團旋風裹著一個灰影疾颷而來，旋風到處，火燄向兩旁分開，頃刻間已颷到她身前。風中人影便是楊過。郭芙本以爲有人過來相救，正自歡喜，待得看清卻是楊過，身外雖然炙熱，心頭宛如一盆冷水澆下，想道：「我死到臨頭，他還要來譏嘲羞辱我一番。」她畢竟是郭靖、黃蓉之女，狠狠的瞪著楊過，竟毫不畏懼。

楊過奔到她身邊，挺劍刺去，劍身從她腰下穿過，喝道：「小心了！」左臂向外揮出。玄鐵劍加上他渾厚內力，郭芙便如騰雲駕霧般飛上半空，越過十餘株燒得烈燄衝天的大樹，噗通一聲，掉入了溪水。耶律齊急忙奔上，扶了起來，解開她被封的穴道。郭芙頭暈目眩，隔了一會，才哇的一聲哭了出來。

原來楊過帶著小龍女、郭襄出墓，見蒙古兵正在燒山。楊龍二人在這些大樹花草之間一起度過多時，忽見起火，自是甚爲痛惜，眼見蒙古軍勢大，無力與抗。楊過不知小龍女毒質侵入要穴與臟腑之後，還能支持得多久，便找了個草木稀少的石洞暫且躲避。

過不多久，遙遙望見郭芙爲李莫愁所害，大火即將燒到身邊。楊過道：「龍兒，這姑娘害了我不夠，又來害你，今日終於遭到如此報應。」小龍女明亮的眼光凝視著他，奇道：「過兒，難道你不去救她？」楊過恨恨的道：「她將咱們害成這樣，我不親手殺她，已算對得起她父母了。」小龍女嘆道：「咱們不幸，那是命苦，讓別人快快樂樂的，不很好嗎？」

楊過口中雖然如此說，但望見大火燒近郭芙身邊，心裏終究不忍，澀然道：「好！咱們命苦，人家命好！」除下身上浸得濕透的長袍，裹在玄鐵劍上，催動內力急揮，劍上所生風勢逼開大火，救了郭芙脫險。他回到小龍女身邊，頭髮衣衫都已燒焦，褲子著火，雖即撲熄，但腿上已燒起了無數大泡。

小龍女抱著郭襄，退到草木燒盡之處，伸手給楊過整理頭髮衣衫，只覺嫁了這樣一位英雄夫婿，心中不自禁的得意，俏立勁風烈燄之間，倚著楊過，臉上露出平安喜樂的神色。楊過凝目望著她，但見大火逼得她臉頰紅紅的倍增嬌豔，伸臂環抱著她腰間。在這一刹那時，兩人渾忘了世間的一切愁苦和哀傷。

她二人站在高處，武氏父子、郭芙、耶律齊五人從溪水中隔火仰望，但見他夫婦衣袂飄飄，姿神端嚴，宛如神仙中人。郭芙向來瞧不起楊過，這時見了他這般情狀，又想起他以德報怨，奮不顧身的救了自己性命，當眞是大仁大義，猛然間自慚形穢。

楊過和小龍女站立片刻，小龍女望著滿山火燄，嘆道：「這地方燒得乾乾淨淨，待得花草樹木再長，將來不知又是怎生一副光景？」楊過不願她為這些身外之物難過，笑道：「咱倆新婚，蒙古兵放煙火祝賀，這不是千千萬萬對花燭麼？」小龍女微微一笑。楊過道：「到那邊山洞中歇一忽兒罷，你覺得怎樣？」小龍女道：「還好！」兩人並肩往山後走去。

武三通忽地想起一事，縱聲叫道：「楊兄弟，我師叔和朱師弟受困絕情谷，你去不去救他們啊？」楊過一怔，並不答話，自言自語：「我還管得了這許多麼？」

他心中念頭微轉，腳下片刻不停，逕自向山後草木不生的亂石堆中走去。小龍女中毒雖深，一時尚未發作，關穴通後，武功漸復，抱著郭襄快步而行。兩人走了半個時辰，離重陽宮已遠，回頭遙望，大火燒得半邊天都紅了。

北風越颳越緊，凍得郭襄的小臉蘋果般紅。小龍女道：「咱們得去找些吃的，孩子又冷又餓，只怕支持不住。」楊過道：「我也眞傻，搶了這孩子來不知幹甚麼，徒然多個累贅。」小龍女俯頭去親親郭襄的臉，道：「這小妹妹多可愛，你難道不喜歡麼？」楊過笑道：「人家的孩子，有甚麼希罕？除非咱倆自己生一個。」小龍女臉上一紅，楊過這句話觸動了她心底深處的母性，輕輕說道：「倘若我能給你生一個孩兒……唉，我怎有這般好福氣？」

楊過怕她傷心，不敢和她眼光相對，抬頭望望天色，但見西北邊灰撲撲的雲如重鉛，便似要壓到頭上來一般，說道：「瞧這天怕要下大雪，得找家人家借宿才好。」他們爲避火勢，行的是山後荒僻無路之處，滿地亂石荆刺，登高四望，十餘里內竟沒人煙。楊過道：「這一場雪定然不小，倘若大雪封山，那可糟了，說不得，只好辛苦一些，今日須得趕下山去。」

小龍女道：「武三叔、郭姑娘他們會不會遇上蒙古兵？全眞教的道士們能否逃得性命？」語意之中，極是掛念。楊過道：「你良心也眞忒好，這些人對你不起，你仍念念不忘的掛懷。難怪當年師祖知你良心太好，怕你日後吃苦，因此要你修得無情無欲，甚麼事都不過問。可是你一關懷我，十多年的修練前功盡棄，對人人都關懷了。」

小龍女微微一笑，說道：「其實啊，我爲你擔心難過，苦中是有甜的。最怕的是你不要我關懷你。」楊過道：「我最怕的是你不關懷我！大苦大甜，遠勝於不苦不甜。我只能發痴發顛，可不能太太平平的過日子。」小龍女微笑道：「你不是說咱倆要到南方去，種田、養鷄、晒太陽麼？」楊過嘆道：「我只盼能這樣。」

又行出數里，天空飄飄揚揚的下起雪來。初時尚小，後來北風漸勁，雪也越下越大。兩人自不放在心上，在大風雪之下展開輕功疾行，另有一番興味。

小龍女忽道：「過兒，你說我師姊到那裏去了？」楊過道：「你又關心起她來了。這一次沒殺了她，也不知……也不知……」他本待說「也不知咱們能活到幾時，日後能不能再殺了她」，但怕惹起小龍女傷心，便不再說下去。小龍女道：「師姊其實也是很可憐的。」楊過道：「她不甘心自己獨個兒可憐，要天下人人都如她一般傷心難過。」

說話之間，天色更加暗了。轉過山腰，忽見兩株大松樹之間蓋著兩間小小木屋，屋頂上已積了寸許厚白雪。

楊過喜道：「好啦，咱們便在這兒住一晚。」奔到臨近，見板門半掩，屋外雪地中並無足跡，他朗聲說道：「過路人遇雪，相求借宿一宵。」隔了一會，並無應聲。

楊過推開板門，見屋中無人，桌凳上積滿灰塵，顯是久無人居，便招呼小龍女進屋。她關上板門，生了一堆柴火。木屋板壁上掛著弓箭，屋角中放著一隻捕兔機，看來這屋子是獵人暫居之處。另一間屋中有床有桌，床上堆著幾張破爛已極的狼皮。楊過拿了弓箭，出去射了一隻獐子，回來剝皮開腔，用雪一擦洗，便在火上烤了起來。

這時外邊雪愈下愈大，屋內火光熊熊，和暖如春。小龍女咬些熟獐肉，嚼得爛了，餵在郭襄口裏。楊過將獐子在火上翻來翻去，笑吟吟的望著她二人。

松火輕爆，烤肉流香，荒山木屋之中，別有一番溫馨天地。

周伯通晃身搶近小龍女，一伸臂便托著她腰，將她放上了箱頂。慈恩生怕給小龍女趕上，全神貫注的疾奔。小龍女坐在箱上，平穩安適，猶勝於騎馬。

第三十回　離合無常

這段寧靜平安也無多時。郭襄睡去不久，東邊遠遠傳來嚓嚓嚓的踏雪之聲，起落快捷。楊過站起身來，向東窗外張去。只見雪地裏並肩走來兩個老者，一胖一瘦，衣服襤褸，瞧模樣是丐幫中人，勁風大雪之際，諒是要來歇足。楊過此時不願見任何世人，對武林人物更感厭憎，轉頭道：「外邊有人，你到裏面床上睡著，假裝生病。」小龍女抱起郭襄，依言走進內室躺在床上，扯過床邊一張七孔八穿的狼皮蓋在身上。

楊過抓起一把柴灰，塗抹臉頰頭頸，將帽沿壓得低低的，又將玄鐵劍藏入內室，耳聽得兩人走近，接著便來拍門。楊過將獐肉油膩在衣衫上一陣亂抹，裝得像個獵人模樣，這才過去開門。

那肥胖老丐道：「山中遇上這場大雪，當眞苦惱，還請官人行個方便，讓叫化子借宿一宵。」楊過道：「小小獵戶，老丈稱甚麼官人？儘管在此歇宿便是。」那胖老丐連聲稱謝。楊過心想自己曾在英雄會上大獻身手，莫要被他們認出了，撕下兩條烤熟的獐腿給了二人，說道：「乘著大雪正好多做些活。明兒一早便得去裝機捉狐狸，我不陪你們啦。」胖老丐道：「小官人請便。」

楊過粗聲粗氣的道：「大姐兒他媽，咳得好些了嗎？」小龍女應道：「一變天，胸口更加發悶。」說著大聲咳了一陣，伸手輕輕搖醒郭襄。女人咳聲中夾著嬰孩的哭叫，這一家三口的獵戶真像得不能再像。楊過走進內室，掩上了板門，上床躺在小龍女身旁，心想：「這胖化子恁地面熟，似在甚麼地方見過。」一時卻想不起來。

胖瘦二丐只道楊過真是荒山中的一個窮獵戶，毫沒在意，吃著獐腿，說起話來。瘦丐道：「終南山上大火燒通了天，想是已經得手。」胖丐笑道：「蒙古大軍東征西討，打遍天下無敵手，要剿滅全真教小小一羣道士，便似踏死一窩螞蟻。」瘦丐道：「但前幾日金輪國師他們大敗而回，那也夠狼狽的了。」胖丐笑道：「這也好得很啊，好讓四王子知道，要取中國錦繡江山，終究須靠中國人，單憑蒙古和西域的武士可不成。」瘦丐道：「彭長老，這次北派丐幫如能起得成，蒙古皇帝要封你個甚麼官啊？」

楊過聽到這裏，猛地記起，這胖老丐曾在大勝關英雄會上見過，那時他披裘裹氈，穿的是蒙古人裝束，時時在金輪國師耳畔低聲獻策的，便是此人了，心想：「原來兩個傢伙都是賣國賊，這就儘快除了，免得在這裏打擾。」

這胖老丐正是丐幫中四大長老之一的彭長老，早就降了蒙古。只聽他笑道：「大汗許的是『鎭南大將軍』的官，可是常言道得好：討飯三年，皇帝懶做。咱們丐幫裏的人，還想做甚麼官？」他話是這麼說，語調中卻顯然充滿了熱中和得意之情。瘦丐道：「做兄弟的先恭喜你了。」彭長老笑道：「這幾年來你功勞不小，將來自然也少不了你的份兒。」

那瘦丐道：「做官我倒不想。只是你答應了的攝魂大法，到底幾時才傳我啊？」彭長老道：「待北派丐幫正式起成，我一當上幫主，咱兩個都空閒下來，我自便傳你。」那瘦丐道：「你當上了北派丐幫的幫主，又封了大蒙古國鎭南大將軍的官，只有越來越忙，那裏還會有空閒？」彭長老笑道：「老弟，難道你還信不過做哥哥的麼？」那瘦丐不再說話，鼻中哼了一聲，顯是不信。楊過心道：「天下只一個丐幫，自來不分南北，他要起甚麼北派丐幫，定是助蒙古人搗鬼。」

只聽那瘦丐又道：「彭長老，你答應了的東西，遲早總得給。你老是推搪，好教人心灰意懶。」彭長老淡淡的道：「那你便怎樣？」那瘦丐道：「我敢怎麼樣？只是我武功低，膽子小，沒一項絕技傍身，卻跟著你去幹這種欺騙衆兄弟的勾當，日後黃幫主、魯幫主追究起來，我想想就嚇得渾身發抖，那還是乘早洗手不幹的好。」楊過心想：

「瘦老兒性命不要了，膽敢說這樣的話？那彭長老既胸懷大志，自然心狠手辣。你這人啊，當眞又奸又胡塗。」彭長老哈哈一笑，道：「這事慢慢商量，你別多心。」那瘦丐不語，隔了一會，說道：「小小一隻獐腿吃不飽，我再去打些野味。」說著從壁上摘下弓箭，推門而出。

楊過湊眼到板壁縫中張望，見那瘦丐一出門，彭長老便閃身而起，拔出短刀，躲在門後，耳聽得他腳步聲向西遠去，跟著也悄悄出門。楊過向小龍女笑道：「這兩個奸徒要自相殘殺，倒省了我一番手腳。那胖化子厲害得多，那瘦的決不是他對手。」小龍女道：「最好兩個都別回來，這木屋安安靜靜的，不要有人來打擾。」楊過道：「是啊。」突然壓低聲音道：「有腳步聲。」只聽西首有人沿著山腰繞到屋後。

楊過微微一笑，道：「那瘦老兒回來想偷襲。」推窗輕輕躍出。果見那瘦丐矮著身子在壁縫中張望。他不見彭長老的影蹤，似乎一時打不定主意。楊過走到他的身後，「嘻」的一聲笑。

那瘦丐出其不意，急忙回頭，只道是彭長老到了身後，臉上充滿了驚懼之色。楊過笑道：「別怕，別怕。」伸手點了他胸口、脅下、腿上三處穴道，將他提到門前，放眼盡是白茫茫的大雪，童心忽起，叫道：「龍兒，快來幫我堆雪人。」隨手抄起地下白雪，堆在那瘦丐的身上。小龍女從屋中出來相助，兩人嘻嘻哈哈的動手，沒多久間，已將那瘦丐周身堆滿白雪。這瘦丐除了一雙眼珠尙可轉動之外，成爲一個肥胖臃腫的大雪人。

楊過笑道：「這精瘦乾枯的瘦老頭兒，片刻之間便變得又肥又白。」小龍女笑道：「那個本來又肥又白的老頭兒呢，你怎生給他變一變？」楊過尙未回答，聽得遠處腳步聲響，低聲道：「胖老兒回來啦，咱們躲起來。」兩人回進房中，帶上了房門。小龍女搖動郭襄，讓她哭叫，口中卻不斷安慰哄騙：「乖寶乖，別哭啦。」她一生從不作僞，這般精靈古怪的勾當她想都沒想過，眼見楊過喜歡，也就順著他玩鬧。

彭長老一路回來，一路察看雪地裏的足印，眼見瘦老丐的足印去了又回，顯是埋伏在木屋左近。他隨著足印跟到木屋背後，又轉到屋前。楊過和小龍女在板縫中向外張去，但見他矮身從窗孔中向屋內窺探，右手緊握單刀，全神戒備。

瘦老丐身上寒冷徹骨，眼見彭長老站在自己身前始終不覺，只要伸手揮落，便能擊中他要害，苦在身上三處要穴遭點，半分動彈不得。

彭長老見屋中無人，甚是奇怪，伸手推開板門，正在猜想這瘦丐到了何處，忽聽得遠遠傳來腳步之聲。彭長老臉上肌肉一動，縮到板門背後，等那瘦丐回來。

楊過和小龍女都覺奇怪，那瘦丐明明已成爲雪人，怎麼又有人來？剛一沉吟，已聽明來者共有兩人，原來又有生客到了。彭長老耳音遠遜，直到兩人走近，方始驚覺。

只聽得屋外一人說道：「阿彌陀佛，貧僧山中遇雪，向施主求借一宿。」彭長老轉身出來，見雪地裏站著兩個老僧，一個白眉長垂，神色慈祥，另一個身裁矮小得多，留著一部蒼髯，身披緇衣，雖在寒冬臘月，兩人衣衫均甚單薄。

彭長老一怔之間，楊過已從屋中出來，說道：「兩位大和尚進來罷，誰還帶著屋子走道呢？」便在此時，彭長老突然見到了瘦丐所變成的雪人，察看之下，便即認出，見他變得如此怪異，大感驚詫，轉眼看楊過時，見他神色如常，似乎全然不知。

楊過迎著兩個老僧進來，尋思：「瞧這兩個老和尚也非尋常之輩，尤其那黑衣僧相貌兇惡，眼發異光，只怕和這彭長老是一路。」說道：「大和尚，住便在此住，我們山裏窮人，沒床給你們睡，你兩位吃不吃野味？」那白眉僧合什道：「罪過，罪過。我們帶有乾糧，不敢勞煩施主。」楊過道：「這個最好。」回進內室，在小龍女耳邊低聲道：「兩個老和尚，看來是很強的高手。」小龍女一皺眉頭，低聲道：「世上惡人眞多，便是在這深山之中，也教人不得淸靜。」

楊過俯眼板壁縫中張望，見白眉僧從背囊中取出四團炒麵，交給黑衣僧兩團，另兩團自行緩緩嚼食。楊過心想：「這白眉老和尚神情慈和，舉止安詳，當眞似個有道高僧，可是世上面善心惡之輩正多，這彭長老何嘗不是笑容可掬，和藹得很？那黑衣僧的眼色卻又何以這般兇惡？」

正尋思間，忽聽得嗆啷啷兩響，黑衣僧從懷中取出兩件黑黝黝的鐵鑄之物。彭長老本來坐在凳上，立即躍起，手按刀柄。黑衣僧對他毫不理睬，喀喀兩響，將一件黑物扣在自己腳上，原來是副鐵銬，另一副鐵銬則扣上了自己雙手。楊過和彭長老都詫異萬分，猜不透他自銬手足是何用意，但這麼一來，對他的提防之心便減了幾分。

那白眉僧臉上大有關懷之色，低聲道：「又要發作麼？」黑衣僧道：「弟子一路上老覺得不對，只怕又要發作。」突然間跪倒在地，雙手合什，說道：「求佛祖慈悲。」他說了那句話後，低首縮身，一動不動的跪著，過了一會，身子輕輕顫抖，口中喘氣，漸喘漸響，到後來竟如牛吼一般，連木屋的板壁也爲吼聲震動，簷頭白雪撲簌簌地掉將下來。彭長老固驚得心中怦怦而跳，楊過和小龍女也相顧駭然，不知這和尙幹些甚麼，從吼聲聽來，似乎他身上正經受莫大苦楚。楊過本來對他頗懷敵意，這時卻不自禁的起了憐憫之心，暗想：「不知他得了甚麼怪病，何以那白眉僧毫不理會？」

再過片刻，黑衣僧的吼聲更加急促，直似上氣難接下氣。那白眉僧緩緩的道：「不應作而作，應作而不作，悔惱火所燒，證覺自此始……」這幾句偈語輕輕說來，雖在黑衣僧牛吼一般的喘息之中，仍令人聽得淸淸楚楚。楊過吃了一驚：「這老和尙內功如此深厚，當世不知有誰能及？」只聽白眉僧繼續唸偈：「若人罪能悔，悔已莫復憂，如是心安樂，不應常念著。不以心悔故，不作而能作，諸惡事已作，不能令不作。」

他唸完偈後，黑衣僧喘聲頓歇，呆呆思索，低聲唸道：「若人罪能悔，悔已莫復憂……師父，弟子深知過往種種，俱是罪孽，煩惱痛恨，不能自已。弟子便是想著『諸惡事已作，不能令不作。』心中始終不得安樂，如何是好？」白眉僧道：「行罪而能生悔，本為難得。人非聖賢，孰能無過？知過能改，善莫大焉。」

楊過聽到這裏，猛地想起：「郭伯母給我取名一個『過』字，表字『改之』，說是『知過能改，善莫大焉』的意思。難道這位老和尚是聖僧，今日是來點化我嗎？」

黑衣僧道：「弟子惡根難除。十年之前，弟子皈依吾師座下已久，仍出手傷了三人。今日身內血煎如沸，難以自制，只怕又要犯大罪，求吾師慈悲，將弟子雙手割去了罷。」白眉僧道：「善哉善哉！我能替你割去雙手，你心中的惡念，卻須你自行除去。若惡念不去，手足縱斷，有何補益？」黑衣僧全身骨骼格格作響，突然痛哭失聲，說道：「師父諸般開導，弟子總不能除去惡念。」

白眉僧喟然長嘆，說道：「你心中充滿憎恨，雖知過去行為差失，只因少了仁愛，總之惡念難除。我說個『佛說鹿母經』的故事給你聽聽。」黑衣僧道：「弟子恭聆。」說著盤膝坐下。楊過和小龍女隔著板壁，也肅然靜聽。

白眉僧道：「從前有隻母鹿，生了兩隻小鹿。母鹿不慎為獵人所捕，獵人便欲殺卻。母鹿叩頭哀求，說道：『我生二子，幼小無知，不會尋覓水草。乞假片時，使我告知孩兒覓食之法，決當回來就死。』獵人不許。母鹿苦苦哀告，獵人心動，縱之使去。

「母鹿尋到二子，低頭鳴吟，舐子身體，又喜又悲，向二子道：『一切恩愛會，皆由因緣合，會合有別離，無常難得久。今我爲爾母，恆恐不自保，生死多畏懼，命危於晨露。』二鹿幼小，不明母親所言之意。母鹿帶了二子，指點美好水草所在，涕淚交流，說道：『吾朝行不吉，誤墮獵者手；即當應屠割，碎身化糜朽。念汝求哀來，今當還就死；憐汝小早孤，努力活自己。』」

小龍女聽到這裏，念及自己命不長久，想著「生死多畏懼，命危於晨露」、「憐汝小早孤，努力活自己」這幾句話，忍不住淚水流了下來。楊過明知白眉僧說的只是佛家寓言，但其中所述母子親情悲切深摯，也大爲感動。

只聽白眉僧繼續講道：「母鹿說完，便和小鹿分別。二子嗚啼，悲泣戀慕，從後緊緊跟隨，雖然幼小奔跑不快，還是跌倒了重又爬起，不肯離開母親。母鹿停步，回頭說道：『兒啊！你們不可跟來，如給獵人見到，母子一同畢命。我原甘心就死，只因哀憐你們稚弱。世間無常，皆有別離。我自薄命，使你們從小便沒了母親。』說畢，便奔到獵人身前。兩小鹿孺慕心切，不畏獵人弓箭，追尋而至。

「獵人見母鹿篤信死義，捨生守誓，志節丹誠，人所不及；又見三鹿母子難分難捨，惻然憫傷，便放鹿不殺。三鹿悲喜，嗚聲咻咻，以謝獵者。獵人將此事稟報國王，舉國讚歎，爲止殺獵惡行。」

黑衣僧聽了這故事，淚流滿面，說道：「此鹿全信重義，母慈子孝，非弟子所能及於萬一。」白眉僧道：「慈心一起，殺業即消。」說著向身旁的彭長老望了一眼，似乎也有向他開導之意。黑衣僧應道：「是！」白眉僧道：「若要補過，唯有行善。與其痛悔過去不應作之事，不如今後多作應作之事。」說著微微歎息，道：「便是我，一生之中，何嘗也不是曾做了許多錯事。」說著閉目沉思。

黑衣僧若有所悟，但心中煩躁，總是難以克制，抬起頭來，見彭長老笑瞇瞇的凝望自己，眼中似發光芒。黑衣僧一怔，覺得曾在甚麼地方和此人會過，又覺得他這眼色瞧得自己極不舒服，當即轉頭避開，過不片刻，忍不住又去望了他一眼。彭長老笑道：「下得好大的雪啊，是不是？」黑衣僧道：「是，好大的雪。」彭長老道：「來，咱們去瞧瞧雪景。」說著推開了板門。黑衣僧道：「好，去瞧瞧雪景。」站起身來，和他並肩站在門口。楊過雖隔著板壁，也覺彭長老眼光特異，心中隱隱有不祥之感。

彭長老道：「你師父說得好，殺人是萬萬不可的，但你全身勁力充溢，若不和人動手，心裏便十分難過，是不是啊？」黑衣僧迷迷糊糊的應道：「是啊！」彭長老道：「你不妨發掌擊這雪人，打好了，那可沒罪孽。」黑衣僧望著雪人，雙臂舉起，躍躍欲試。這時離二僧到來之時已隔了小半個時辰，瘦丐身上又堆了一層白雪，連得他雙眼也皆掩沒。彭長老道：「你雙掌齊發，打這雪人，打啊！打啊！打啊！」語音柔和，充滿了勸誘之意。黑衣僧運勁於臂，說道：「好，我打！」

白眉僧抬起頭來，長長歎了口氣，低聲道：「殺機既起，業障即生。」

但聽得砰的一聲響，黑衣僧雙掌齊出，白雪紛飛。那瘦丐身上中掌，震鬆穴道，「啊」的一聲大叫，聲音慘厲，遠遠傳了出去。小龍女輕聲低呼，伸手抓住了楊過手掌。黑衣僧大吃一驚，叫道：「雪裏有人！」白眉僧急忙奔出，俯身察看。那瘦丐中了黑衣僧這一下功力深厚之極的鐵掌，早已斃命。黑衣僧神不守舍，呆在當地。

彭長老故作驚奇，說道：「這人也真奇怪，躲在雪裏幹甚麼？咦，怎麼他手中還拿著刀子？」他以攝心術唆使黑衣僧殺了瘦丐，自是得意，但也不禁奇怪：「這廝居然有這等耐力，躲在雪中毫不動彈。難道白雪塞耳，竟沒聽到我叫人出掌搏擊嗎？」

黑衣僧只叫：「師父！」瞪目呆視。白眉僧道：「冤孽，冤孽。此人非你所殺，可也是你所殺。」黑衣僧伏在雪地之中，顫聲道：「弟子不懂。」白眉僧道：「你只道這是雪人，原無傷人之意。但你掌力猛惡，出掌之際，難道竟無殺人之心麼？」黑衣僧道：「弟子確有殺人之心。」

白眉僧望著彭長老，目不轉睛的瞧了一會，目光柔和，充滿了悲憫之意，只這麼一瞧，彭長老的「攝心術」竟爾消於無形。黑衣僧突然叫了出來：「你……你是丐幫的長老，我記起了！」彭長老臉上笑瞇瞇的神色於刹那間影蹤不見，眉宇間洋溢乖戾之氣，說道：「你是鐵掌幫的裘幫主啊，怎地做了和尙？」

這黑衣僧正是鐵掌幫幫主裘千仞。當日在華山絕頂頓悟前非，皈依一燈大師座下爲僧。這位白眉老僧，便是與王重陽、黃藥師、歐陽鋒以及洪七公齊名的一燈大師。裘千仞剃度後法名慈恩，誠心皈佛，努力修爲，只爲往日作孽太多，心中惡根難以盡除，遇到外誘極強之際，不免出手傷人，因此打造了兩副鐵銬，每當心中煩躁，便自銬手足，以制惡行。這一日一燈大師在荆湖北路隱居處接到弟子朱子柳求救的書信，便帶同慈恩前往絕情谷。那知在這深山中遇到彭長老，慈恩卻無意間殺了一人。

慈恩出家以來，近二十年中雖有違犯戒律，殺害人命卻爲第一次，一時心中迷惘無依，只覺過去近二十年來的修爲盡付東流。他狠狠瞪著彭長老，眼中如要噴出烈火。

一燈大師知道此時已到緊急關頭，如以武功強行制住他不許動手，他心中惡念越積越重，終有一日堤防潰決，一發而不可收拾，只有盼他善念滋長，惡念潛消，方能漸趨善徑。他站在慈恩身旁，輕輕唸道：「阿彌陀佛，阿彌陀佛！」直唸到七八十聲，慈恩的目光才離開彭長老身上，回進木屋坐倒，又喘起氣來。

彭長老早知裘千仞武功卓絕，卻不認得一燈大師，但見他白眉如雪，是個行將就木的衰僧，渾不放在意下，本想只消以「攝心術」制住了裘千仞，便可爲所欲爲，那知一燈的目光射來，自己心頭便如有千斤重壓，再也施展不出法術。這一來登時心驚膽戰，沒了主意，倘若發足逃走，這裘千仞號稱「鐵掌水上飄」，輕功異常了得，雪地中足跡清楚，決計逃不了，只盼他聽從白眉老和尚勸善的言語，不來跟自己爲難。他縮在屋角，惴惴不安。慈恩喘氣漸急，他一顆心也越跳越快。

楊過聽一燈講了三鹿的故事，想起有生之物莫不樂生惡死，那瘦丐雖行止邪惡，死有餘辜，但突然間慘遭不測，卻也頗爲憮然，又見慈恩掌力大得異乎尋常，暗想這和尚不知是誰，竟有如此高強武功？

但聽得慈恩呼呼喘氣，大聲道：「師父，我生來是惡人，上天不容我悔過。我雖無意殺人，終究免不了傷人性命，我不做和尚啦！」一燈道：「罪過，罪過！我再說段佛經給你聽。」慈恩粗聲道：「還聽甚麼佛經？你騙了我十多年，我再也不信啦。」格喇、格喇兩聲，手足鐵銬上所連的鐵鍊先後崩斷。

一燈柔聲道：「慈恩，已作莫憂，勿須煩惱。」慈恩站起身來，向一燈搖了搖頭，驀地迅速轉身，對著彭長老胸口雙掌推出，一燈不及阻止，砰的一聲巨響，彭長老撞穿板壁，飛了出去。在這鐵掌揮擊之下，自是筋折骨斷，便有十條性命也活不成了。

楊過和小龍女聽得巨響，嚇了一跳，攜手從內室出來，見慈恩雙臂高舉，目露兇光，高聲喝道：「你們瞧甚麼？今日一不做，二不休，老子要大開殺戒了。」說著運勁於臂，便要使鐵掌功拍出。

一燈大師走到門口，擋到楊龍二人身前，盤膝往地下一坐，口宣佛號，說道：「迷途未遠，猶可知返。慈恩，慈恩，你當眞要沉淪於萬劫不復之境麼？」慈恩臉上一陣青、一陣紅，心中混亂已極，善念和惡念不住交戰。此日他在雪地裏行走時胸間已萬分煩躁，待得給「攝心術」一擾，又連殺兩人，再也難以自制。眼中望將出來，一燈大師一時是救助自己的恩師，一時卻成爲專跟自己作對的大仇人。

如此僵立片刻，心中惡念越來越盛，突然間呼的一聲，出掌向一燈大師劈去。一燈舉手斜立胸口，身子微晃，擋了這一掌。慈恩怒道：「你定是要和我過不去！」左手又是一掌，一燈大師伸手招架，仍不還招。慈恩喝道：「你假惺惺作甚？快還手啊，你不還手，枉自送了性命，可別怨我！」

他雖神智混亂，這幾句話卻說得不錯，他的鐵掌功夫和一燈大師的一陽指各擅勝場，當年本在武林齊名。一燈的佛學修爲做他師父而有餘，說到武功，要是出先天功一陽指全力周旋，或可勝得一招半式，掌上功夫卻有所不及，這般只挨打而不還手，時候稍久，縱不送命，也必重傷。可是一燈抱著捨身度人的大願大勇，寧受鐵掌撞擊之禍，也決不還手，只盼他終於悔悟。這並非比拚武功內力，卻是善念和惡念之爭。

楊過和小龍女眼見慈恩的鐵掌有如斧鉞般一掌掌向一燈劈去，劈到得第十四掌時，一燈「哇」的一聲，一口鮮血噴了出來。慈恩一怔，喝道：「你還不還手麼？」一燈柔聲道：「我何必還手？我打勝你有甚麼用？你打勝我有甚麼用？須得勝過自己、克制自己，這才有用。」慈恩一楞，喃喃的道：「要勝過自己，克制自己！」

一燈大師這幾句話，便如雷震一般，轟到了楊過心裏，暗想：「要勝過自己的任性，要克制自己的隨意妄念，確比勝過強敵難得多。這位高僧的話眞是至理名言。」卻見慈恩雙掌在空中稍作停留，終於呼的一聲又拍了出去。一燈身子搖晃，又一口鮮血噴出，白鬚和僧袍上全染滿了。

楊過見他接招的手法和耐力，知他武功決不在黑衣僧之下，但這般一味挨打，便鐵石身軀終於也會毀了。這時他對一燈已欽佩無已，明知他要捨身點化惡人，但決不能任他如此喪命，心想憑自己單掌之力，擋不了黑衣僧的鐵掌，回身提起玄鐵重劍，繞過一燈身側，待慈恩又揮掌拍出，便即挺劍直刺。

玄鐵劍激起勁風，和慈恩的掌風一撞，兩人身子都微微一搖。

慈恩「咦」的一聲，萬想不到荒山中一個青年獵人竟有如此高強武功。一燈大師瞧了楊過一眼，也甚詫異。慈恩厲聲喝道：「你是誰？幹甚麼？」楊過道：「尊師好言相勸，大師何以執迷不悟？不聽金石良言，已是不該，反而以怨報德，竟向尊師猛下毒手。如此爲人，豈非禽獸不如？」慈恩大怒，喝道：「你也是丐幫的？跟那個鬼鬼祟祟的長老是一路的麼？」楊過笑道：「這二人是丐幫敗類，作惡多端，大師除惡即是行善，何必自悔？」慈恩一怔，自言自語：「除惡即是行善……除惡即是行善……」

楊過隔著板壁聽他師徒二人對答，已隱約明白了他的心事，知他因悔生恨，惡念橫起，又道：「那二人是丐幫叛徒，意圖引狼入室，將我大漢河山出賣於異族。大師殺此二人，實爲莫大功德。這二人不死，不知有多少無辜男女家破人亡。我佛雖然慈悲，但遇到邪魔外道，不也要大顯神通將之驅滅麼？」楊過所知的佛學盡此而已，實在淺薄之至，但慈恩聽來卻極爲入耳。他緩緩放下手掌，一轉念間，猛地想起自己昔日也曾受大金之封，也曾相助異族侵奪大宋江山，楊過這幾句話無異痛斥自己之非，突然提掌向他劈去，喝道：「小畜生，你胡說八道些甚麼？」

這一掌既快且狠，楊過只道已用言語打動了他，那料他竟會忽地發難，霎時間掌風及胸，危急中不及運勁相抗，索性順著他掌力縱身後躍，砰嘭喀喇兩聲響，木屋板壁撞破了一個大洞，楊過飛身到了屋外。一燈大師大吃一驚，暗道：「難道這少年便也如此喪命？瞧來他武功不錯啊！唉，我怎不及時救他性命？」心下好生懊惱。

驀地裏屋中柴火一暗，板壁破洞中颳進一股疾風，楊過身隨風至，挺劍向慈恩刺去，喝道：「好，你我今日便較量較量。」慈恩右掌斜劈，欲以掌力震開他劍鋒。可是楊過這路劍法其實乃獨孤求敗的神功絕技，雖年代相隔久遠，不能親得這位前輩的傳授，但洪水練劍，蛇膽增力，仗著神鵰之助，楊過所習的劍法已彷彿於當年天下無敵的劍魔。慈恩一掌擊出，楊過劍鋒只稍偏數寸，劍尖仍指向他左臂。慈恩大駭，向右急閃，才避過了這劍，立即還掌劈出。兩人各運神功，劍掌激鬥。

一燈越看越奇，心想這少年不過二十有餘，竟能與當代一流高手裘鐵掌打成平手，自己見多識廣，卻也認不出他的武功是何家數，這柄劍如此沉重，亦奇妙之至。一回頭間，見小龍女手抱嬰兒，站在門邊，容顏佳麗，神色閒雅，對兩人惡鬥殊不驚惶，暗想：「這個少女也非尋常人物。」隨即見她眉間與人中隱隱有一層黑氣，不禁叫了聲：「啊喲！」小龍女報以一笑，心道：「你瞧出來了。」

這時兩人一劍雙掌越鬥越激烈，楊過在兵刃上佔了便宜，慈恩卻多了一條手臂，可說扯了個直。只聽得砰的一聲，木板飛脫一塊，接著喀喇聲響，柱子又斷了一條，木屋既小，又非牢固，實容不下兩位高手的劇鬥。劍刃和掌風到處，木板四下亂飛，終於喀喇喇一聲大響，木柱折斷，屋面壓了下來。小龍女抱起郭襄，從窗中飛身而出，一燈在後相護，揮袖拂開了幾塊碎木。

北風呼呼，大雪不停，兩人惡鬥不休。慈恩二十年來從未與人如此酣戰，打得興發，大吼聲中鐵掌翻飛，堪堪拆到百餘招外，但覺對方劍上勁力不住加重，他年紀衰邁，漸漸招架不住。楊過挺劍當胸刺去，見他斜走閃避，當即鐵劍橫掃，疾風捲起白雪，直撲過去。慈恩雙目爲雪蒙住，忙伸手去抹，猛覺玄鐵劍搭上了右肩，斗然間身上猶如壓上了千鈞之重，再也站立不住，翻身跌倒。楊過劍尖直刺其胸，這劍雖不鋒利，力道卻是奇大，只壓得他肋骨向內劇縮，只能呼氣出外，不能吸進半口氣來。

便在此刻，慈恩心頭如閃電般掠過一個「死」字。他自練成絕藝神功之後，縱橫江湖，只有他去殺人傷人，極少遇到挫折，便敗在周伯通手下，一直逃到西域，最後仍憑巧計嚇退老頑童。此時去死如是之近，生平從未遭逢，一想到「死」，不由得大悔，但覺這一生便自此絕，百般過惡，再也無法補救。一燈大師千言萬語開導不了的，楊過這一劍卻登時令他想到：「給人殺死如是之慘，然則我過去殺人，被殺者也一樣的悲慘。」

一燈大師見楊過將慈恩制服，心想：「如此少年英傑，實在難得。」走上前去，伸指在劍刃上一點，楊過只覺左臂一熱，玄鐵劍立時盪開。

慈恩挺腰站起，跟著撲翻在地，叫道：「師父，弟子罪該萬死，弟子罪該萬死！」

一燈微笑，伸手輕撫其背，說道：「生死大事，原難勘破。還不謝過這位小居士的教誨？」

楊過本就疑心這位老和尚是一燈大師，給他一指盪開劍刃，心想這一陽指功夫和黃島主的彈指神通眞有異曲同工之妙，當世再無第三人的指力能與之並駕齊驅，當即下拜，說道：「弟子楊過參見大師。」見慈恩向自己跪倒，忙即還禮，說道：「前輩行此大禮，可折煞小人了。適才多有得罪。」指著小龍女道：「這是弟子室人龍氏。快來叩見大師。」小龍女抱著郭襄，斂衽行禮。

慈恩道：「弟子適才失心瘋了，師父的傷勢可厲害麼？」一燈淡然一笑，問道：「你可好些了麼？」慈恩歉仄無已，不知說甚麼才好。

四人坐在幾株大樹之下。楊過約略述說如何識得武三通、朱子柳及點蒼漁隱，又說到自己如何在絕情谷中毒，天竺神僧及朱子柳如何爲己去求解藥被困。一燈道：「我師徒便是爲此而去絕情谷。你可知這慈恩和尙，和那絕情谷的女谷主有何淵源？」

楊過聽彭長老說過「鐵掌幫的裘幫主」，便道：「慈恩大師俗家可是姓裘，是鐵掌幫的裘幫主？」見慈恩緩緩點頭，便道：「如此說來，絕情谷的女谷主便是令妹了。」慈恩道：「不錯，我那妹子可好麼？」楊過難以回答，裘千尺四肢被丈夫截斷筋脈，成爲廢人，實在說不上個「好」字。慈恩見他遲疑，道：「我那妹子暴躁任性，倘若遭到了孽報，也不足爲奇。」楊過道：「令妹便是手足有了殘疾，身子倒挺安健的。」慈恩嘆了口氣，道：「隔了這許多年，大家都老了……嗯，她一向只跟她大哥說得來……」慈恩說到這裏，呆呆出神，追憶往事。

一燈大師知他塵緣未斷，適才所以悔悟，只因臨到生死關頭，惡念突然消失，其實心中孽根並未除去，將來再遇極強的外感，不免又要發作，自己能否活得那麼久，到那時再來維護感化，一切全憑緣法了。

楊過見一燈瞧著慈恩的眼光中流露出悲憫之情，忽想：「一燈大師武功決不在他弟子之下，始終不肯還手，定有深意。我這出手，只怕反而壞了事。」忙道：「大師，弟子愚不解事，適才輕舉妄動，是否錯了，請大師指點。」

一燈道：「人心變幻難知，他便將我打死了，也未必就此能大徹大悟，說不定陷溺更深。你救我一命，又令他迷途知返，怎會是錯？老衲深感盛德。」轉頭望著小龍女，問道：「小娘子如何毒入內臟？」楊過聽他一問，似在沉沉黑暗之中突然見到一點光亮，忙道：「她受傷之後正在打通經脈治療，不幸恰在那時中了餵有劇毒的暗器。大師可能慈悲救她一命？」說著不由自主的雙膝跪地。

一燈伸手扶起，問道：「她如何打通經脈？內息怎生運轉？」楊過道：「她逆運經脈，又有寒玉床及弟子在旁相助。」一燈聽了他的解釋，不由得嘖嘖稱奇，道：「歐陽兄眞乃天下奇人，他武功向來極高，開創逆運經脈之法，更加匪夷所思，在武學中另闢蹊徑。」伸指搭了小龍女雙手腕脈，臉現憂色，半晌不語。

楊過怔怔的瞧著他，只盼他能說出「有救」兩個字來。小龍女的眼光卻始終望著楊過，她早便沒想到能活至今日，見楊過臉色沉重，只爲自己擔憂，緩緩的道：「生死有命，人身無常，因緣離合，豈能強求？過兒，憂能傷人，你別太過關懷了。」

一燈自進木屋以來，第一次聽到小龍女說話，聽她這幾句話語音溫柔，而且心情平和，達觀知命，不禁一怔。他不知小龍女自幼便受師父教誨，靈台明淨，少受物羈，本想這姑娘小小年紀，中毒難治，定然憂急萬狀，自當與當年郭靖、黃蓉前來求自己救治時心情相似，那知說出話來竟是功行深厚的修道人口吻，心想：「這對少年夫婦人間龍鳳，男的武功如此了得，女的參悟生死，更加不易，即是苦修了數十年的老僧老道，也未必有此造詣。郭靖、黃蓉夫婦武功爲人，足可和他們比肩，但達觀知命、漠視生死，比之卻有所不如，我那些蠢弟子更無一能及。唉，但她中毒既深，我受傷後又使不出一陽指神功。」微一沉吟，說道：「兩位年紀輕輕，修爲卻著實不凡，老衲不妨直言……」

楊過聽到這裏，一顆心不由得沉了下去，雙手冰冷。

只聽一燈續道：「小夫人劇毒透入重關，老衲倘若身未受傷，可用一陽指功夫助她體內毒質暫不發作，然後尋覓靈藥解毒。如今嘛……好在小夫人幼功所積頗厚，老衲這裏有藥一顆，服後保得七日平安。咱們到絕情谷去找到我師弟……」楊過拍腿站起，叫道：「啊，不錯，這位天竺神僧治毒的本事出神入化，必有法子解毒。」

一燈道：「倘若我師弟也不能救，那是大數使然。世上有的孩子生下來沒多久便死了，小夫人嫁人之後方始不治，也不爲夭。」說到這裏，想起當年周伯通和劉貴妃所生的那個孩子，只因自己由妒生恨，堅不肯爲其治傷，終於喪命；而那個孩子，卻是慈恩打傷的。木屋倒塌，四人在大樹下避雪，小龍女抱了郭襄，拾塊木板遮在她頭頂擋雪。

楊過睜大了眼睛望著一燈，心想：「龍兒能否治愈，尚在未定之天，你卻不說一句安慰的言語。」小龍女淡淡一笑，道：「大師說得很是。」眼望身周大雪，淡淡的道：「這些雪花落下來，多麼白，多麼好看。過幾天太陽出來，每一片雪花都變得無影無蹤。到得明年冬天，又有許許多多雪花，只不過已不是今年這些雪花罷了。」

一燈點了點頭，轉頭望著慈恩，道：「你懂麼？」慈恩點了點頭，心想日出雪消，冬天下雪，這些粗淺的道理有甚麼不懂？

楊過和小龍女本來心心相印，對方即是最隱晦的心意相互也均洞悉，但此刻她和一燈對答，自己卻隔了一層。似乎她和一燈相互知心，自己反成爲外人，這情境自與小龍女相愛以來從所未有，不禁大感迷惘。

一燈從懷中取出一個鷄蛋，交給小龍女，說道：「世上鷄先有呢，還是蛋先有？」這是千古不解的難題。楊過心想：「當此生死關頭，怎地問起這些不打緊的事來？」小龍女接過蛋來，見是個磁蛋，顏色形狀無一不像。她微一沉吟，已明其意，道：「蛋破生鷄，鷄大生蛋，既有其生，必有其死。」輕輕旋開蛋殼，滾出一顆丸藥，金黃渾圓，便如蛋黃。一燈道：「快服下了。」小龍女心知此藥貴重，放入口中嚼碎嚥下。

次晨大雪兀自未止，楊過心想此去絕情谷路程不近，一燈的丸藥雖可續得七日性命，但必須全力趕路，毫不躭擱，方能及時到達，說道：「大師，你傷勢怎樣？」一燈傷得著實不輕，但想救援師弟、朱子柳和小龍女三人，都片刻延緩不得，袍袖一拂，說道：「不礙事。」站起身來，提氣發足，在雪地裏竄出丈餘。楊過三人隨後跟去。

小龍女服了丸藥後，只覺丹田和緩，精神健旺，展開輕功，片刻間便趕在一燈大師之前。慈恩吃了一驚，心想這嬌怯怯的姑娘原來武功竟也這生了得，驀地裏好勝心起，腿下發勁，向前急追。一個是輕功天下無雙的古墓派傳人，一個是號稱「鐵掌水上飄」的成名英雄，霎時之間趕出數十丈，在雪地中成爲兩個黑點。楊過生怕慈恩忽又惡性發作，加害小龍女，當即追上相護。他輕功不及二人，但內功既厚，腳下勁力自長，初時和二人相距甚遠，行不到半個時辰，前面二人的背影越來越清晰。

忽聽身後一燈笑道：「小居士內力如此深厚，當眞難得。師承是誰，能見告麼？」楊過腳步略慢，和他並肩而行，說道：「晚輩武功是我妻子教的。」一燈是南傳佛徒，戒律雖多，教中居士並無師徒不得成婚的規矩，於娶師爲妻之事不以爲奇，只說：「尊夫人可不及你啊？」楊過道：「近數月來，晚輩不知怎的忽地內力大進，自己也不明白是何緣故。」一燈道：「你可服了甚麼增長內力的丹藥？或者是成形的人參、千年以上的靈芝？」楊過搖了搖頭，說道：「晚輩吃過數十枚蛇膽，吃後力氣登時大了許多，不

知可有干係？」一燈道：「蛇膽？蛇膽只能驅除風濕，並無增力之效。」（注）

楊過道：「這是一種奇蛇之膽，那毒蛇身上金光閃閃，頭頂生有肉角，形狀十分怪異。」一燈沉吟片刻，突然道：「啊，那是菩斯曲蛇。佛經上曾有記載，原來中土也有。聽說此蛇行走如風，極難捕捉。」楊過道：「是一頭大鵰啣來給弟子吃的。」一燈讚嘆：「這眞是曠世難逢的奇緣了。」

兩人口中說話，足下毫不停留，又行一會，和小龍女及慈恩二人更加接近了。一燈和楊過相視一笑。他二人輕功雖不及小龍女和慈恩，但長途奔馳，最後決於內力深厚。再看前面兩人時，小龍女已落後丈許，以內力而論，她自是不及慈恩。疾行間轉過一個山坳，楊過指著前面道：「咦，怎地有三個人？」

原來小龍女身後不遠又有一人快步而行。楊過一瞥之間，便覺此人輕身功夫實不在小龍女和慈恩之下，見他背上負著一件巨物，似是一口箱子，但仍步履矯捷，和小龍女始終相隔數丈。一燈也覺奇怪，在這荒山之中不意連遇高人，昨晚遇到一對少年英秀的夫妻，今日所見此人卻是個老者。

小龍女給慈恩超越後，不久相距更遠，聽得背後腳步聲響，只道楊過跟了上來，說道：「過兒，這位大和尚輕功極好，我比他不過，你追上去試試。」身後一個聲音笑道：「你到箱子上來歇一歇，養養力氣，不用怕那老和尚。」小龍女聽得語音有異，回頭一看，見一人白髮白鬚，卻是老頑童周伯通。

他笑容可掬的指著背上的箱子，說道：「來，來，來！」小龍女認得木箱是重陽宮藏經閣中用來藏裝全眞教道藏經書之用，不知他爲甚麼這般巴巴的負出來。小龍女微微一笑，尙未回答，周伯通突然身形晃動，搶到她身邊，一伸臂便托著她腰，將她放上了箱頂。這一下身法旣快，出手又奇，小龍女竟不及抗拒，身子已在木箱之上，不禁暗自佩服：「全眞派號稱天下武學正宗，果有過人之處，重陽宮的衆道人打不過我，只因沒學到師門武功的精髓而已。」

這時楊過和一燈也均已認出是周伯通，只慈恩生怕小龍女趕上，全神貫注的疾走，不知身後已多了一人。周伯通邁開大步跟隨其後，低聲道：「再奔半個時辰，他腳步便會慢下來。」小龍女笑著輕聲問：「你怎知道？」周伯通仍低聲道：「我跟他鬥過腳力，從中原直追到西域，又從西域趕回中原，幾萬里跑了下來，那能不知？」小龍女坐在箱上，平穩安適，猶勝騎馬，低聲笑道：「老頑童，你爲甚麼幫我？」周伯通道：「你模樣兒討人歡喜，又不似黃蓉那麼刁鑽古怪。我偷了你蜜糖，你也不生氣。」

這般奔了半個多時辰，果如周伯通所料，慈恩腳步漸慢。周伯通道：「去罷！」肩頭推聳，將小龍女送出丈餘，她養足力氣，縱身奔跑，片刻間便越過慈恩身旁，側過頭來微微一笑。慈恩一驚，急忙加力。但兩人輕功本在伯仲之間，現下一個休憩已久，一個卻一步沒停過，相距越來越遠，再也追趕不上了。

慈恩生平兩大絕技自負天下無對，但一日一夜之間，鐵掌輸於楊過，輕功輸於小龍女，不由得大爲沮喪，但覺雙腿軟軟的不聽使喚，暗自心驚：「難道我大限已到，連一個小姑娘也比不過了？」他昨晚惡性大發，出手打傷了師父，一直怔忡不安，這時用足全力追趕小龍女不上，更加心神恍惚，但覺天下事全屬不可思議。

楊過在後頭看得明白，見周伯通暗助小龍女勝過慈恩，頗覺有趣，加快腳步走到他身邊，笑道：「周老前輩，多謝你啊。」周伯通道：「這裘千仞好久沒見他了，怎麼越老越胡鬧，剃光了頭做起和尚來？」楊過道：「他拜了一燈大師爲師，你不知道麼？」說著向後一指。周伯通大吃一驚，叫道：「段皇爺也來了麼？」回頭遙遙望見一燈，叫道：「出行不利，溜之大吉！」當即斜刺裏竄出，鑽進了樹林。楊過也不知「段皇爺」是甚麼，但見樹分草伏，周伯通霎時間去得無影無蹤，暗道：「這人行事之怪，當眞天下少有。」

一燈見周伯通躲開，快步上前，見慈恩神情委頓，適才的剛勇強悍突然間不知去向，說道：「你對勝負之數，仍這般勘不破麼？」慈恩惘然不語。一燈道：「有所欲即有所蔽。以你武功之強，若非一意爭勝，豈能不知背後多了一人？」

四人加緊趕路，起初五日行得甚快，到第六日清晨，一燈傷勢不輕，漸漸支持不住。楊過道：「大師還請暫且休息，保養身子爲要。此去絕情谷已不在遠，晚輩夫婦隨慈恩大師趕去谷中，說甚麼也要救神僧和朱大叔出來。」一燈微笑道：「我留著可不放心。」稍停片刻，又道：「只怕谷中變故甚多，老僧還是親去的好。」慈恩道：「弟子背負師父前往。」說著將一燈負在背上，大踏步而行。

午時過後，一行人來到谷口。楊過向慈恩道；「咱們是否要報明身分，讓令妹出來迎接大師？」慈恩一怔，尚未回答，忽聽得谷中隱隱傳來兵刃相交之聲。慈恩掛念妹子，生怕是她在和武三通等人交手，任誰一方傷了都不好，說道：「咱們快去制止動手要緊。」施展輕功向前急衝。他不識谷中道路，楊過一路指點。

四人奔到鄰近，見七八名綠衣弟子各執兵刃，守在一叢密林之外，兵刃聲從密林中傳出，卻不見相鬥之人。綠衣弟子突見又有外敵攻到，發一聲喊，衝將過來，奔到近處，認出了楊過和小龍女，一齊住足。領頭的弟子上前兩步，按劍說道：「主母請楊相公辦的事，大功已成麼？」

楊過反問道：「林中何人相鬥？」那綠衣弟子不答，側目凝視，不知他此來居心是善是惡。楊過微笑道：「小弟此來，並無惡意。公孫夫人安好？公孫姑娘安好？」那弟子心中去了幾分敵意，道：「託福，主母和姑娘都好。」又問：「這兩位大和尚是誰？

各位和林中四個女子可是一路麼？」楊過道：「四個女子，那是誰啊？」那弟子道：「四個女子分作兩路闖進谷來，主母傳令攔阻，她們大膽不聽，現已分別引入情花坳中。那知她們一見面，自己卻打了起來。」

楊過聽到「情花坳」三字，不禁一驚，猜不出四個女子是誰，倘是黃蓉、郭芙、完顏萍、耶律燕，四人怎會互鬥？說道：「便煩引見一觀，小弟倘若相識，當可勸其罷鬥，一同叩見谷主。」那弟子心想反正這四個女子已經被困，讓你見識一下，也可知我絕情谷的厲害，便引四人走進密林。果見四個女子分作兩對，正自激鬥。

楊過和小龍女一見，暗暗心驚。原來四個女子立足處是一片徑長兩丈的圓形草地，外邊密密層層的圍滿了情花，此時正當冬季，情花早謝，花枝上只賸下千百枝尖刺，四女不論從那個方位出來，都有八九丈地面生滿情花。任你輕功再強，也決不能一躍而出，縱然躍至半路也必難能。

小龍女道：「是師姊！」南向而鬥的兩個女子一是李莫愁，另一個是她弟子洪凌波。兩人各持長劍，想是李莫愁的拂塵在古墓中折斷後，倉卒間不及重製。

敵對的兩女一個手持柳葉刀，另一個兵刃是一根銀色短棒，兩人身形婀娜，步法迅捷，武功也自不弱，但和李莫愁相抗總是不及。楊過一驚：「是她們表姊妹倆？」這時洪凌波身子略側，穿淡黃衫子的少女回過半面，穿淺紫衫的少女跟著斜身，正是程英和陸無雙。

四人局處徑長兩丈的草地之中，便似擂台比武或斗室惡鬥一般，地形有限，不能踏錯半步，這麼一來，武功較差的更縛手縛腳。幸得李莫愁兵刃不順手，洪凌波對陸無雙顧念師姊妹之情，不痛下殺手，而程英得黃藥師眞傳，玉簫劍法好生了得，程陸二女雖處下風，還在勉力支持。楊過問那領頭的綠衣弟子：「她們四人好端端的，怎會闖到這圓圈中去打架？」那綠衣人甚是得意，傲然道：「這是公孫谷主布下的奇徑。我們把奸細逼進情花坳，再在進口處堆上情花，怎麼還能出來？」楊過急道：「她們都中了情花毒麼？」那綠衣人道：「就算這時沒中，也不久了。」

楊過心想：「憑你們的武功，怎能將李莫愁逼入情花坳中？啊，是了，定是使出帶刀漁網陣絕惡的法門。倘若程陸二女再中情花之毒，世上已無藥可救。」朗聲說道：「程姑娘，陸姑娘，楊過在此。你們身周的花上有刺，劇毒無比，千萬小心了。」

李莫愁早瞧出情花模樣詭異，綠衣弟子既用花樹攔路，其中必有緣故，因此一入情花坳後，便低聲囑咐洪凌波小心，須得遠離花樹。程英和陸無雙也均乖巧伶俐，如何看不出來？四人見到花枝上無數尖刺，早覺厲害，這時聽楊過一叫，對身周花樹更增畏懼，向草地中心擠攏，近身而搏，鬥得更加兇了。

程英和陸無雙聽得楊過到來，心下極喜，急欲和他相見，苦於敵人相逼極緊，難以脫身。李莫愁卻想只有殺了兩女，鋪在情花上作墊腳石，方能踏著她們身子出去。楊過和小龍女之來，原讓她大吃一驚，好在中間有情花相隔，他們不能過來援手，厲聲喝道：「凌波，你再不出全力，自己的小命要送在這兒了。」洪凌波忙應道：「是！」劍上加勁，併力向程英刺去。

程英舉短棒擋架，她使的鐵棒外鍍純銀，雕出幾個假孔，有如一枝銀簫，形狀顏色都頗美觀，使的是師傳玉簫劍法。李莫愁長劍向她咽喉疾刺。陸無雙搶上提刀橫擋。李莫愁冷笑一聲，長劍微晃，飛起左腿，踢中她手腕。陸無雙柳葉刀脫手飛出，跌入情花叢中。李莫愁長劍閃動，向程英連刺三劍。程英招架不住，只得急退。她只消再退一步，左腳便得踏入花叢，陸無雙驚叫：「表姊，不能再退。」李莫愁微笑道：「不能再退，那便上前罷！」說著斜後讓開一步。程英明知她決無善意，但自己所站處實在過於危險，只得跟著踏前。李莫愁冷笑道：「好大的膽子！」長劍抖動，閃出十餘點銀光，劍尖將她上半身盡數罩住了。

楊過在外瞧得明白，知是古墓派劍法的厲害招數，叫做「冷月窺人」，倘若不明這一招的來龍去脈，十九會盡全力守護上身，小腹便非中劍不可，眼見程英舉棒在自己胸前削下，忙從地下拾起一塊小石，放在拇指和中指之間，颼的一聲，彈了出去，石子去勢勁急，直取李莫愁雙目。便在此時，李莫愁劍尖驀地下指，離程英的小腹已不過數寸。她斗見石子飛到，不及挺劍殺敵，只得迴劍擊開石子。

楊過所使的正是黃藥師傳授的彈指神通功夫，但火候未到，只能聲東擊西，引敵迴救。倘使黃藥師親自出手，這顆石子便擊在李莫愁劍上，將長劍震落或震開，那就萬無一失，但也虧得他傳了楊過這手功夫，他晚年所收的女弟子方始保住性命，縱然如此，楊過和程英都已嚇出一身冷汗。

李莫愁見程英這一下死裏逃生，本來白嫩的面頰嚇得更全無血色，知她心神未定，喝道：「又來了！」長劍抖動，仍是這一招「冷月窺人」。程英學了乖，知她此招攻上盤是虛而擊中盤是實，當即棒護丹田。那知李莫愁詭變百出，劍尖果然指向程英丹田，跟著欺近身去，左手食指伸出，點中了她胸口的「玉堂穴」。程英一呆之際，李莫愁左腳橫掃，先將陸無雙踢倒，跟著足尖又點中了程英膝彎外側的「陽關穴」，這幾下變招快速無比，霎時間程陸二人齊倒，楊過欲待相救，已然不及。

李莫愁抓起程英背心，奮力遠拋，跟著又將陸無雙擲去，喝道：「凌波，踏在她二人身上……」話猶未畢，楊過已縱身而入，伸左臂接住程英，跟著又向前躍。程英胸口與腿上雖給點了穴道，雙臂無恙，當即抱住了陸無雙，叫道：「楊大哥，你……」她對楊過本來一往情深，此時見他不惜踏入情花叢中，捨身相救，更難以自已。

楊過接住二女後倒退躍出，將她們輕輕放落。程英左腿麻木，小龍女給她解了穴道。三女一齊望著楊過，見他褲腳給毒刺扯得稀爛，小腿和大腿上鮮血淋漓，不知多少毒刺刺傷了他。程英眼中含淚，陸無雙急得只說：「你……你……不用救我，誰教你這樣？」楊過一笑，說道：「我身上情花之毒未除，多一點少一點沒甚麼不同。」但人人都知，毒深毒淺自然大有分別，他這麼說，只是安慰眼前這三個姑娘而已。

程英含淚瞧著楊過右手的空袖。陸無雙又叫：「傻蛋，你……你的右臂呢？怎麼斷了？」小龍女見二女對楊過極是關懷，頃刻間已將她二人當作是最好的朋友看待，微笑道：「你怎麼叫他傻蛋，他可不傻啊？」陸無雙「啊」了一聲，歉然道：「對不起！我叫慣了，一時改不過口。」和程英對望一眼，道：「這位姊姊是？」楊過道：「那就是……」程英接口道：「那定是小龍女前輩了。」陸無雙道：「是了。我早該想到，這樣仙女般的人物。」程陸二人以前見楊過對小龍女情有獨鍾，心中不能不含妒念，此刻一見，不由得自慚形穢，均想：「我怎能和她相比？」

陸無雙又問：「楊大哥，你手臂是怎生斷的？可還痛嗎？」楊過道：「早就好了。是給人斬斷的。」陸無雙怒道：「是那個該死的惡賊？他定然使了卑鄙奸計，是不是？是那萬惡的女魔頭麼？」

忽然背後一個女子聲音冷笑道：「你背後罵人，便不卑鄙麼？」陸無雙等一驚，回過頭來，見說話的是個美貌少女，正是郭芙。她手握劍柄，怒容滿面，身旁站著好幾人。陸無雙奇道：「我又沒罵你，我是罵那斬斷楊大哥手臂的惡賊！」

嗆的一響，郭芙長劍從鞘中抽出了一半，說道：「他的手臂便是我斬斷的。我賠不是也賠過了，給爹爹媽媽也責罰過了，你們還在背後這般惡毒的罵我……」說到這裏，眼眶一紅，心中委屈無限。

武三通、郭芙、耶律齊、武氏兄弟等在小溪旁避火，待火勢弱了，才緣溪水而下，和黃蓉及完顏萍、耶律燕相遇，便到絕情谷來。一行人比一燈、楊過等早到了半日，只因在谷前谷後遍尋天竺僧和朱子柳被困處不獲，躭擱了不少時光。至於李莫愁師徒和程英姊妹進入絕情谷，卻均因周伯通童心大發而分別引來，要爲絕情谷多增對頭、鬧個天翻地覆。周伯通見絕情谷中事事死樣活氣，有神沒氣，瞧著一百個不順眼，因此一上來便跟他們搗蛋爲難。

當下黃蓉、武三通等向一燈行禮，各人互相引見。程英先前在亂石陣外不及拜見黃蓉，久聞這位師姊的大名，一直十分欽仰，當下恭恭敬敬的上前磕頭，叫了聲：「師姊！」黃蓉早知父親暮年又收了個女徒，這時見這小師妹丰神秀美，謙恭有禮，忙即還禮，拉住了她好生親熱，問起父親，得知身體安健，更加歡喜。

林旁的綠衣弟子見入谷外敵會合，聲勢甚盛，不敢出手攔阻，飛報裘千尺去了。

郭芙和陸無雙怒目對視，心中互相惱恨。郭芙聽母親吩咐，竟要對程英長輩稱呼，更爲不喜，那一聲「師叔」叫得異常勉強。

楊過和小龍女攜手遠遠的站著。楊過向小龍女臂彎中抱著的郭襄瞧了一眼，說道：「龍兒，把這女孩兒還給她母親罷。」小龍女舉起郭襄，在她頰上親了親，走過去遞給黃蓉，說道：「郭夫人，你的孩兒。」很捨不得離手。黃蓉稱謝接過，這女孩兒自出娘胎後，直到此刻，她方始安安穩穩的抱在懷裏，喜悅之情自不可言喻。

楊過對郭芙朗聲說道：「郭姑娘，你妹子安好無恙，我可沒拿她去換救命解藥。」郭芙怒道：「我媽媽來了，你自然不敢。你若無此心，抱我妹妹到此來幹麼？」她只逞一時意氣，於楊過先前救她性命之恩盡數不理。按照楊過往日的脾性，立時便要反脣相稽，但他近月來迭遭生死大變，於這些口舌之爭已不放在心上，只淡淡一笑，便和小龍女攜手走開。

陸無雙向郭襄看了一眼，對程英道：「這是你師姊的小女兒嗎？但願她長大以後，別要橫蠻刁惡才好。」郭芙如何聽不出這句話是譏刺自己，接口道：「我妹妹是不是橫蠻刁惡，干你甚麼事？你說這話是甚麼用意？」陸無雙道：「我又沒跟你說話。橫蠻刁惡之人，天下人人管得，怎能不干我事？」在陸無雙心坎兒裏，念茲在茲的便只楊過一人。她和程英見楊過手臂爲郭芙斬斷，原是一般的心痛惱怒，但她不如表姊沉得住氣，雖在衆人之前，仍然發作了出來。

郭芙大怒，按劍喝道：「你這跛腳……」黃蓉喝道：「芙兒，不得無禮！」陸無雙一來劇憐楊過斷臂，二來見小龍女秀美若仙，世所罕見，不由得神往，雖見楊過對小龍女情重親熱，不免嫉妒，但隨即見到楊過腿上鮮血淋漓，全是爲救自己表姊妹而致，嫉妒小龍女之心全轉而去惱怒郭芙了。

便在此時，只聽得遠處「啊」的一聲大叫，衆人回過頭去，但見情花叢中，李莫愁將洪凌波的身子高高舉起，這一聲喊叫乃洪凌波所發。衆人忙於廝見，一時把隔在情花叢中的李莫愁師徒忘了。陸無雙驚叫：「不好，師父要把師姊當作墊腳石，快，快想法子救……」衆人一楞之間，見李莫愁已將洪凌波擲出，摔在情花叢中，跟著飛身躍出，左腳在洪凌波胸口一點，人又躍高，雙腳甩起，右手卻抓住洪凌波又向外擲了數丈，然後再落在她身上。

她兩次落下借力，第三次躍起便可落在情花叢外，她生怕黃蓉等上前截攔，躍出的方位和衆人站立之處恰恰相反。她縱身又要躍起，洪凌波突然大叫一聲，跟著躍起，抱住了她左腿。李莫愁身子往下一沉，空中無從用力，右腳飛出，砰的一聲，踢中洪凌波的胸口，這一腳好不厲害，登時將她踢得臟腑震裂，立時斃命，但洪凌波雙手仍牢牢抱住她左腿不放，兩人一齊摔下，跌落時離情花叢邊緣已不過兩尺。然而終於相差了這兩尺，千萬根毒刺一齊刺進了李莫愁體內。

這一變故淒慘可怖，人人驚心動魄，眼睜睜的瞧著，說不出話來。陸無雙感念師姊平素相待的恩情，傷痛難禁，放聲大哭，叫道：「師姊，師姊！」楊過想起當日戲弄洪凌波的情景，也不禁黯然神傷。

李莫愁俯身扳開洪凌波的雙手，但見她人雖死了，雙眼未閉，滿臉怨毒之色。李莫愁心想：「我既中花毒，解藥定須在這谷中尋求。」待要繞過花堆，覓路而行，忽聽黃蓉叫道：「李姊姊，請你過來，我有句話跟你說。」李莫愁一愕，微一躊躇，走到數丈外站定，問道：「甚麼？」暗盼她肯給解藥，至少也能指點尋覓解藥的門徑。

黃蓉道：「你要出這花叢，原不用傷了令徒性命。」李莫愁倒持長劍，冷冷的道：「你要教訓我麼？」黃蓉微笑道：「不敢。我只教你一個乖，你只須用長劍掘土，再解下外衫包兩個大大的土包，擲在花叢之中，豈不是絕妙的墊腳石麼？不但你能安然脫困，令徒也可絲毫無傷。」

李莫愁的臉自白泛紅，又自紅泛白，悔恨無已，黃蓉所說的法子其實簡易之極，不過惶急之際來不及想到，以致既害了世上唯一親人，自己卻也擺脫不了禍殃，不由得恨恨的道：「這時再說，已經遲了。」黃蓉道：「是啊，早就遲了。其實，這情花之毒，你中不中都是一樣。」李莫愁瞪視著她，不明她言中之意。黃蓉嘆道：「你早就中了痴情之毒，胡作非為，害人害己，到這時候，嗯，早就遲了。」

李莫愁傲氣登生，森然道：「我徒兒的性命是我救的，若不是我自幼將她養大，她早已活不到今日。自我而生，自我而死，原是天公地道。」黃蓉道：「每個人都是父母所生，但便是父母，也不能殺死兒女，何況旁人？」

武修文仗劍上前，喝道：「李莫愁，你今日惡貫滿盈，不必多費口舌、徒自強辯了。」跟著武敦儒、武三通，以及耶律齊、耶律燕、完顏萍、郭芙六人分從兩側圍了上去。程英和陸無雙也各踏上兩步。陸無雙道：「你狠心殺我全家，今日只要你一人抵命，算是便宜了你。不說你以往過惡，單是害死洪師姊一事，便已死有餘辜。」郭芙回頭向陸無雙望了一眼，冷笑道：「你拜的好師父！」陸無雙瞪眼以報，說道：「一人便有天大靠山，那也是自作孽，不可活！你別學這魔頭的榜樣！」

李莫愁聽陸無雙說到「靠山」兩字，心中一動，提聲叫道：「小師妹，你便絲毫不念師門之情麼？」她一生縱橫江湖，任誰都不瞧在眼裏，此時竟向小龍女求情，實因自知處境凶險無比，而殺洪凌波後內心不免自疚，終於氣餒。

小龍女一時不知如何回答。楊過朗聲道：「你背師殺徒，還提甚麼師門之情？」李莫愁嘆了一口氣道：「好！」長劍一擺，道：「你們一齊上來罷，人越多越好。」

武氏兄弟雙劍齊出，程英、陸無雙自左側搶上。陸無雙手中沒了兵刃，只空手在表姊身旁迴護。武三通、耶律齊等兵刃同時遞出。適才見了她殺害洪凌波的毒辣手段，人人均極爲憤恨，連一燈大師也覺若容這魔頭活在世上，只有多傷人命。但聽得兵刃之聲叮噹不絕，李莫愁武功再高，轉眼便要給衆人亂刀分屍。

突然之間，李莫愁左手一揚，叫道：「看暗器！」衆人均知她冰魄銀針厲害，一齊凝神注目，卻見她縱身躍起，竟然落入情花叢中。衆人忍不住出聲驚呼。原來李莫愁突然想到，倘若情花果有劇毒，反正我已遍體中刺，再刺幾下也不過如此，別人卻不敢追來。她這一回入花叢，連黃蓉和楊過也沒料及，但見她對穿花叢，直入林中去了。

楊過在地下拾起一塊小石塊，扣在中指，對準花叢中陸無雙的柳葉刀彈出，小石塊飛將過去，將柳葉刀彈得飛出花叢，陸無雙躍起接住，對楊過道：「楊大哥，多謝！」

武修文叫道：「大夥兒追！」長劍一擺，從東首繞道追去，但林中道路盤旋曲折，只跑出數丈，眼前出現三條岐路。他正遲疑間，忽見前面走出五個身穿綠衣的少女，當先一人手提花籃，身後四人卻腰佩長劍。當先那少女問道：「谷主請問各位，大駕光臨，有何指教？」楊過遙遙望見，叫道：「公孫姑娘，是我們啊。」

這少女正是公孫綠萼。她一聽到楊過的聲音，矜持之態立失，快步上前，喜道：「楊大哥，你大功告成了罷？快見我媽媽去。」楊過道：「公孫姑娘，我給你引見幾位前輩。」於是先引她拜見一燈，然後再見慈恩和黃蓉。

公孫綠萼不知眼前這黑衣僧人便是自己的親舅舅，行了一禮，也不以爲意，但聽楊過稱黃蓉爲郭夫人，知她便是母親日夜切齒的仇人，楊過非但沒殺她，反而將她引入谷來，不覺疑心大起，退後兩步，不再行禮，說道：「家母請衆位赴大廳奉茶。」暗想此中變故必多，一切當由母親作主，於是引導衆人來到大廳。

裘千尺坐在廳上椅中，說道：「老婦人手足殘廢，不能迎客，請恕無禮。」

慈恩心中所記得的妹子，乃是她與公孫止成親前的閨女，當時盈盈二十，嬌嫩婀娜，不意此刻眼前竟是個禿頭皺面的醜陋老婦，回首前塵，心中一陣迷惘。

一燈見他目中突發異光，不由得爲他擔憂。一燈生平度人無算，只這個弟子總是不能大徹大悟，悔惡行善，只因他武功高深，當年又是一幫之主，實是武林中了不起的人物，昔日陷溺愈深，改過便愈難。他以往二十年隱居深山，倒還安穩，這時重涉江湖，所見事物在在引他追思往昔。常言道「不見可欲，其心不亂」，但若一見可欲，其心便亂，那裏談得上修爲自持？一燈這次帶慈恩上絕情谷來，固是爲了相救師弟和朱子柳，但也有使他多歷磨難、堅其心志的深意。

裘千尺見楊過逾期不返，只道他早已毒發而死，突然見他鮮龍活跳的站在面前，心下大奇，問道：「你還沒死麼？」楊過笑道：「我服了解毒良藥，早把你的花毒消了。」

裘千尺「嗯」了一聲，心想：「世上居然尚有解藥能解情花之毒，這倒奇了。」突然心念一動，冷笑道：「撒甚麼謊？倘若眞有解毒良藥，那天竺和尙跟那姓朱的書生又巴巴的趕來作甚？」楊過道：「裘老前輩，天竺神僧和朱前輩給你關在甚麼地方？晚輩既已親到，請你放了他們罷！」裘千尺冷笑道：「縛虎容易縱虎難！」她這話倒也不假。她四肢殘廢，全憑一項漁網陣才擒了天竺僧和朱子柳。倘若釋放，天竺僧不會武功，倒也罷了，朱子柳必要報復，絕情谷衆弟子可沒一個是他對手。

楊過心想只要他跟親兄長見面，念著兄妹之情，諸事當可善罷，微笑道：「裘老前輩，你仔細瞧瞧，我給你帶了誰來啦？你見了一定歡喜不盡。」

裘千尺和兄長睽別數十年，慈恩又已改了僧裝，她雖知兄長出家，但心中所記得的兄長乃是個剽捷勇悍的青年，一時之間那裏認得出這個老僧？她聽了女兒稟報，知殺兄大仇人黃蓉已到，眼光從衆人臉上逐一掃過，終於牢牢瞪住黃蓉，咬牙道：「你是黃蓉！我哥哥是死在你手裏的。」楊過吃了一驚，本意要他兄妹相見，她卻先認出了仇人，忙道：「裘老前輩，這事暫且不說，你先瞧瞧還有誰來了？」

裘千尺喝道：「難道郭靖也來了嗎？妙極，妙極！」她向武三通瞧瞧，又向耶律齊瞧瞧，只覺一個太老，一個太少，都似不對，心中惘然，要在人叢中尋出郭靖來，斗然間眼光和慈恩的眼光相觸，四目交投，心意登通。

慈恩縱身上前，叫道：「三妹！」裘千尺也大聲叫了出來：「二哥！」二人心有千言萬語，眞是一時不知如何說起。過了半晌，裘千尺問道：「二哥，你怎麼做了和尚？」慈恩問道：「三妹，你手足怎地殘廢了？」裘千尺道：「中了公孫止那奸賊的毒計。」慈恩驚道：「公孫止？是妹丈麼？他到那裏去了？」裘千尺恨恨的道：「你還說甚麼妹丈？這奸賊狼心狗肺，暗算於我。」

慈恩怒氣難抑，大叫：「這奸賊那裏去了？我將他碎屍萬段，跟你出氣。」裘千尺冷冷的道：「我雖受人暗算，幸而未死，大哥卻已給人害死了。」慈恩黯然道：「是！」裘千尺猛地提氣喝道：「你空有一身本領，怎地到今日尚不爲大哥報仇？手足之情何在？」慈恩瞿然而驚，喃喃道：「爲大哥報仇？爲大哥報仇？」裘千尺大喝道：「眼前黃蓉這賤人在此，你先將她殺了，再去找郭靖啊。」慈恩望著黃蓉，眼中異光陡盛。

一燈緩步上前，柔聲道：「慈恩，出家人怎可再起殺念？何況你兄長之死，是他自取其咎，怨不得旁人。」慈恩低頭沉思，過了片刻，低聲道：「師父說得是。三妹，這仇是不能報的。」裘千尺向一燈瞪了一眼，怒道：「老和尚胡說八道。二哥，咱們姓裘的一門豪傑，大哥給人害死，你全沒放在心上，還算是甚麼英雄好漢？」慈恩心中一片混亂，自言自語：「我算得甚麼英雄好漢？」裘千尺道：「是啊！想當年你縱橫江湖，『鐵掌水上飄』的名頭有多大威風，想不到年紀一老，變成個貪生怕死的懦夫。裘千仞，我跟你說，你不給大哥報仇，休想認我這妹子！」

眾人見她越逼越緊，都想：「這禿頭老太婆好生厲害。」黃蓉當年中了裘千仞一掌，幸蒙一燈大師仗義相救，才得死裏逃生，自然知他了得，霎時之間，心中已盤算了好幾條脫身之策。郭芙卻已忍耐不住，喝道：「我媽不過不跟你一般見識，難道便怕了你這糟老太婆？你再囉唆不休，姑娘可要對你不客氣了。」黃蓉正要喝阻，轉念一想：「眼見那裘千仞便要受她之激，按捺不住，芙兒出來一打岔，倒可分散他心神。」郭芙見母親不出聲攔阻，又道：「我們遠來是客，你不好好接待，卻如此無禮，還誇甚麼英雄好漢？」裘千尺冷冷的望著她，說道：「你便是郭靖和黃蓉的女兒嗎？」郭芙道：「不錯，你有本事便自己動手。你哥哥早已出家做了和尚，怎能再跟人打打殺殺？」

裘千尺喃喃的道：「好，你是郭靖和黃蓉的女兒，你是郭靖和黃蓉……」那「的女兒」三字尚未說出，突然「呼」的一聲，一枚鐵棗核從口中疾噴而出，向郭芙面門激射過去。她上一句說了「你是郭靖和黃蓉的女兒」，下句再說「你是郭靖和黃蓉」這七個字，人人都以爲她定要再說「的女兒」三字，那知在這一霎之間，她竟會張口突發暗器。這一下突如其來，而她口噴棗核的功夫更神乎其技，連公孫止武功這等高明也給她射瞎了右眼，郭芙別說抵擋，連想躲避也沒來得及想。

眾人之中，只楊過和小龍女知她有此奇技，小龍女沒料到她會暴起傷人，楊過卻時時刻刻均在留心，目光沒一剎那間曾離開她的臉，見她口唇一動，不是說「的女兒」三字的模樣，當即疾躍上前，抽出郭芙腰間長劍，回手急掠。噹的一聲，接著嗆啷一響，長劍竟給鐵棗核打得斷成兩截，半截劍掉在地下。

眾人齊聲驚呼，黃蓉和郭芙更嚇得花容失色。黃蓉心下自警：「我料得她必有毒辣手段，但萬萬想不到她身不動、足不抬、手不揚、頭不晃，竟會無影無蹤的驀地射出如此狠辣暗器。」棗核打斷長劍，勁力之強，人人都瞧得清楚，均想：「若不是楊過這麼一擋，郭姑娘那裏還有命在？他出手如此之快，也眞令人驚詫。」

裘千尺瞪視楊過，沒料到他竟敢大膽救人，冷冷的道：「你今日再中情花之毒，刻下縱然未發，決計挨不過三日。世上僅有半枚丹藥能救你性命，難道你不信麼？」

楊過出手相救郭芙之時，在那電光石火般的一瞬間怎有餘裕想到此事，這時經裘千尺一提，不由得氣餒，上前一躬到地，說道：「裘老前輩，晚輩可沒得罪你甚麼，若蒙賜予丹藥，終身永感大德。」裘千尺道：「不錯，我重見天日，也可說受你之賜。但我裘老太婆有仇必報，有恩卻未必記在心上。你應承取郭靖、黃蓉首級來此，我便贈藥救你。豈知你非但沒遵約言，反而救我仇人，又有何話說？」

公孫綠萼眼見事急，說道：「媽，舅舅的怨仇可跟楊大哥無干。你……你就發一次慈悲罷。」裘千尺道：「我這半枚丹藥是留給我女婿的，不能輕易送給外人。」公孫綠萼一聽，滿臉脹得通紅，又羞又急。

郭芙連得楊過救援，心中兀自怦怦亂跳，此時才相信楊過仁俠爲懷，實無以妹子來換解藥之意，回思自己一再損傷於他，而他始終以德報怨，大聲道：「楊大哥，小妹以前全都想錯了，請你見諒。」然而不知如何，心中對他的嫌隙總是難解，這句話剛說過，立時便想：「你一再救我，也不過是想向我賣弄本領，要我服你，感激你，顯得你雖只一條手臂，仍比我有兩條手臂之人強得多，哼，好了不起嗎？」

楊過微微一笑，笑容之中卻大有苦澀之意，心想：「你出言認錯，容易不過，卻不知我和龍兒爲你受了多大苦楚。」但見裘千尺一雙眼睛牢牢的瞪著自己，顯然若不允娶她女兒，她決不肯給那半枚救命的靈丹，再僵持下去，徒然使綠萼和小龍女爲難，朗聲道：「我已娶龍氏爲妻，楊過死就死了，豈能作負義之徒？」說著便即轉身，攜了小龍女的手，走向廳門，尋思：「讓你們在廳中爭鬧，我正好去救天竺神僧和朱大叔。」

裘千尺冷笑道：「好，好！你自願送命，與我無干。」轉頭對慈恩道：「二哥，聽說黃蓉是丐幫的幫主，咱們鐵掌幫不敢得罪她罷。」慈恩道：「鐵掌幫？早就散了夥啦，還有甚麼鐵掌幫？」裘千尺說道：「怪不得，怪不得，你無所依仗，膽子就更加小了……」

她不住發言相激，綠萼不再聽母親的言語，只眼望著楊過一步步的出廳。她突然奔出，叫道：「楊過，你這般無情無義，算我瞎了眼睛。」楊過愕然停步，心想這位姑娘向來斯文守禮，怎地忽然如此失常，難道是聽得我和龍兒成婚，因而恚怒難當麼？他微感歉仄，回過頭來，說道：「公孫姑娘……」綠萼罵道：「好奸賊，我叫你入谷容易出谷難……」她口中雖罵，臉上神色卻柔和溫雅，同時連使眼色。楊過一見，早知別有緣故，也大聲喝道：「我怎麼了？諒你這區區絕情谷也難不了人。」他面向大廳，裘千尺看得明白，因此眉目之間不敢絲毫有異。

綠萼罵道：「我恨不得將你一劈兩半，剖出你的心來瞧瞧……」口一張，噗的一聲，吐出一枚棗核，向楊過迎面飛去。楊過伸手接住，冷笑道：「快快給我回去，我便不來傷你，諒你這點雕蟲小技，能難爲得我了？」綠萼使個眼色，命他快走，忽地雙手掩面，叫道：「媽，他……他欺負人！」奔回大廳。她一番相思盡成虛空，意中人已與旁人結成良緣，這份傷心卻半點不假。裘千尺見她淚流滿面，喝道：「萼兒，這成甚麼樣子？那小子性命指日難保。」綠萼伏在她膝頭，嗚咽不止。

這一番做作，廳上衆人都給瞞過，只黃蓉卻暗暗好笑，心道：「她假意惱恨楊過，好叫母親不防，便可俟機盜藥。想不到楊過這小子到處惹下相思，竟令這許多美貌姑娘爲他顚倒。」想到此處，向程英和陸無雙望了一眼。

楊過接了棗核，快步便行，只覺綠萼的話很是奇怪，一時想不透是何用意。小龍女見了綠萼的臉色和眼神，也知她喝罵是假，道：「過兒，她假意惱你，是不是叫她母親不防，以便偷盜丹藥？」楊過道：「似乎是這樣。」兩人轉了個彎，楊過見四下無人，提手看掌中棗核，卻是個橄欖核兒，中心隱隱有條細縫。楊過手指微一用力，欖核破為兩半，中間是空的，藏著一張薄紙。小龍女笑道：「這姑娘的話中藏著啞謎兒，甚麼『一劈兩半，剖出心來瞧瞧』，原來是這個意思。」

楊過打開薄紙，兩人低首同看，見紙上寫道：「半枚丹藥母親收藏極密，務當設法盜出相贈，天竺僧及朱前輩囚於火浣室中。」字旁繪著一張地圖，通路盤旋曲折，終點寫著「火浣室」三字。楊過大喜，道：「咱們快去，正好此時無人阻攔。」

注：民間醫藥以蛇膽治風濕，當代西醫認爲，此法未能以實驗證實，但一般蛇膽中多寄生蟲及各種細菌，服用不當即有害。